U0944796

失踪的王子

[美]弗朗西丝·霍奇森·伯内特 著
马爱新 译

中国人口出版社
China Population Publishing House
全国百佳出版单位

图书在版编目（CIP）数据

失踪的王子 /（美）伯内特著 ；马爱新译. — 北京：
中国人口出版社，2014.11
（孩子们应该知道的经典）
ISBN 978-7-5101-2713-7

Ⅰ. ①失 Ⅱ. ①伯… ②马… Ⅲ. ①儿童文学－长
篇小说－美国－近代 Ⅳ. ①I712.84

中国版本图书馆CIP数据核字(2014)第168462号

失踪的王子

[美] 弗朗西丝 · 霍奇森 · 伯内特 著 马爱新 译

出版发行 中国人口出版社
印　　刷 北京凯达印务有限公司
开　　本 710×1000 1/16
印　　张 15
字　　数 197 千字
版　　次 2014 年 11 月第 1 版
印　　次 2014 年 11 月第 1 次印刷
书　　号 ISBN 978-7-5101-2713-7
定　　价 28.80 元

社　　长 张晓林
网　　址 www. rkcbs. net
电子信箱 rkcbs@126.com
电　　话 (010)83534662
传　　真 (010)83519401
地　　址 北京市西城区广安门南街 80 号中加大厦
邮　　编 100054

目　录

第1章　菲利伯特街七号的新房客

伦敦某些地区有一排排又脏又破、丑陋不堪的房子，但肯定没有哪一排比菲利伯特街更肮脏丑陋。据说她也曾经体面过，但那是很久以前，无人记得了。房子前面狭窄的苗圃无人料理、烟尘弥漫。残缺不全的铁栅栏象征性地隔开街上汹涌的车流。大客车、出租车、板车和货车整日来来往往，嘈杂不已。行人衣着寒碜，好像不是要去干苦活，就是刚干完苦活回来，要不就是正急着去找一份这种活计糊口。正面的砖墙被煤烟熏黑了，几乎所有窗户都是污渍斑斑，挂着脏兮兮的窗帘或根本没有窗帘。那些狭窄的地皮本是用来栽花的，却已被践踏成荒土，连野草都忘了长。有一块地被用作石匠的工场，廉价的墓碑、十字架和石板摆在那里待售，上面刻着"纪念……"的字样。另一块地上堆着旧木料，还有一块地上陈列着旧家具：站立不稳的椅子、破洞里鼓出马鬃的沙发、带脏斑和裂缝的镜子。房子里面和外面一样阴郁，式样雷同，黑暗的过道后有窄楼梯通到上面的卧室，窄台阶通到地下的厨房。后面的卧室临着黑乎乎的、铺着石板的狭小后院，瘦骨伶仃的猫儿在那里争吵，或是坐在砖墙顶上希望能晒到太阳。前面的房间对着马路，杂乱的喧嚣声从窗户里传来。在最明朗的日子里，这房子也显得寒酸阴沉，再值灰雾蒙蒙或阴雨凄凄，这里就是伦敦最绝望的地方了。

至少有一个男孩是这么想的。在本故事开始的这天早晨，他站在铁栅栏

旁，望着过往的行人。正是这天早晨，父亲带着他成为了七号房子里间小屋的房客。

他是一个约莫十二岁的男孩，名叫马可·罗利斯坦。他是那种人们看了一眼就会看第二眼的男孩。首先，他个头不小——在同龄人中是高的，体格十分健壮，肩膀很宽，手臂和双腿长而有力。他习惯于听到人们看他时说"这男孩多漂亮，个子多高！"然后人们总会再看看他的面孔，既不像英国人，也不像美国人，肤色非常深。五官坚毅，黑发厚密，大大的眼睛深嵌在眼窝里，从直而浓密的黑睫毛中间望出来。他是最不像英国人的男孩，善于观察者马上就会感到他整个面孔带着一种沉默的神态，表明他不是一个话多的男孩。

这天早晨他站在铁栅栏旁时，那种神态尤其明显。他在想的事会让一个十二岁男孩的脸上露出不像男孩的表情。

他在想着他跟父亲和老兵仆人拉萨勒斯这几日来匆忙的长途旅行——从俄国出发，挤在狭小的火车三等车厢里，像被什么重要或可怕的东西驱赶着一样，疾驰过欧洲大陆。现在来到了伦敦落脚，好像要在菲利伯特街七号永远住下去似的。但他知道，虽然他们可能待上一年，但也可能在某天夜里，父亲或拉萨勒斯会把他从睡梦中叫醒，说道："起来——快穿上衣服，我们必须马上动身。"几天之后，他可能就会在圣彼得堡、柏林、维也纳，或布达佩斯，躲在像菲利伯特街七号一样简陋的小破屋里。

想到这里他用手摸了摸额头，望着来往的车辆。他那与众不同的生活以及他和父亲的密切关系使他显得老成，但他毕竟还是一个少年，神秘的经历有时沉甸甸地压在他心上，使他陷入深深的疑惑。

在他所知道的那么多国家中，马可从未见过一个生活与他稍稍相似的男孩。别的孩子都有家，年复一年地住在家中，按时上学，跟小伙伴们一起玩耍，公开谈论自己的经历和旅行见闻。而他即使在某个地方待得长到交上了个把小朋友，也知道不能忘记他的整个生活是个秘密，安全取决于他的沉默与小心。

因为他对父亲发过誓，那是他记得的第一件事。他并不为跟父亲有关的任何事情而遗憾。想到这里，他昂起了黑色的头颅。别的男孩都没有这样一位父亲，谁都没有。父亲是他的偶像和首长。他从没见过父亲衣服不破旧的时候，但也从没见过哪一次父亲不是比最显眼的人更加出众，尽管他的外套很

他在想的事会让一个十二岁男孩的脸上露出不像男孩的表情。

旧，亚麻衬衫也磨出了毛边。父亲走在街上时人们都会回头看他，比看马可还要频繁。男孩觉得这不仅仅是因为父亲身材魁梧，有一张英俊、黝黑的面庞，而是因为他看上去好像天生就是指挥军队的，好像没有人会想到违抗他。但马可从没见过他指挥任何军队，他们一直都很穷，穿得不好，经常饥一顿饱一顿。但无论在哪个国家，不管藏身在多么幽暗的地方，见到的那寥寥几个人总是对父亲恭恭敬敬，在他面前几乎总是站着，除非他叫他们坐下。

“那是因为他们知道他是个爱国者，爱国者受人尊敬。”男孩告诉自己。

他自己也想当一名爱国者，却从未见过祖国萨马维亚。不过，他很熟悉那个地方。自从他发誓的那天起，父亲经常对他讲到祖国，教他认识古怪而详细的地图——祖国的城市、山脉、道路，讲到祖国人民遭受的欺凌，他们的苦难和争取自由的斗争，更重要的是他们不可征服的勇气。一起谈论祖国的历史时，马可少年的热血在体内沸腾奔涌，从父亲的目光中，他总是知道，父亲也是热血沸腾。同胞被杀害、被掠夺，成千上万的人死于虐待和饥饿，但他们的灵魂从未被征服过，在被强大的民族镇压奴役的那么多年里，他们从未停止过争取解放，争取自由独立，像萨马维亚民族在许多世纪以前那样。

“我们为什么不住在那儿呢，”发誓的那一天马可叫道，“为什么不回去战斗？等我长大了，我要去当兵，为萨马维亚战死。”

“我们这些人必须为萨马维亚活着——日夜工作，”父亲答道，“自我克制，锻炼我们的身体和意志，开动脑筋，学习去做对我们的人民和祖国最有利的事。即使是流亡者也可以做萨马维亚的战士——我就是一个，你也必须是。”

“我们是流亡者吗？”

“是的。”父亲答道，“但即使从未踏上过萨马维亚的国土，我们也必须为她献身。我从十六岁就开始这样做，死而后已。”

“你从没在那儿住过吗？”马可问。

一种奇怪的表情从父亲脸上掠过。

“没有。”他答道，没有再说什么。马可望着他，知道自己不该再问这个问题。

父亲接下来说的是关于保证的话。马可当时还是个小孩子，但他能体会到它们的严肃性，并觉得自己像大人一样受到尊重。

“等你长大了，就会知道所有你想知道的事情。”罗利斯坦说，“现在你还是个孩子，不应该有太多思想负担。但你也必须做好自己分内的事。孩子有时会忘记说话可能有危险，你必须保证永远不忘记这一点。无论在哪里，如果你跟小伙伴在一起，你必须记得对许多事情守口如瓶，不能说我是做什么的，不能说谁来看过我，也不能说让你的生活与其他孩子不同的那些东西。你必须记住我们有一个秘密，一句冒失话就可能使它暴露。你是一个萨马维亚人，有许多萨马维亚人宁愿死一千次也不会泄露一个秘密。你必须学会像战士那样无条件地服从。现在你必须宣誓。”

他起身走到屋角，跪下来掀开地毯，揭起一块地板，从底下取出一样东西，是一把剑。走回马可身边时，他拔剑出鞘。男孩结实的小身躯挺直了，深黑的大眼睛闪闪放光。他将要像大人那样对着宝剑宣誓效忠。他没有意识到自己的小手熟悉而渴望地抓握着，因为他的祖先在漫长的岁月中曾经手握宝剑征战沙场。

罗利斯坦把那柄巨大的武器交给他，笔直地站在他面前。

“一句一句跟我宣誓！”他命令道。

马可响亮而清晰地重复每一句誓言。

“我手中的利剑——为了萨马维亚！

“我跳动的心脏——为了萨马维亚！

“我敏锐的视力，我所有的思想，我毕生的生命——为了萨马维亚。

“一个男子汉在成长——为了萨马维亚。

“感谢上帝！”

罗利斯坦把手放在男孩肩头，他黝黑的面庞自豪得近乎狂热。

“从现在起，”父亲说，“你和我就是战友了。”

从那时起，直到他站在菲利伯特街七号破铁栏杆旁的这一天，马可一刻也没忘记过。

第2章　年轻的世界公民

他以前不止一次来过伦敦，但不是住在菲利伯特街七号。每当第二次或第三次被带到某个城镇时，他知道入住的房子总是在一个陌生的地区，再不能看到以前见过的人。他与其他那些像他一样贫穷的孩子形成的微弱联系很容易就打断了。但父亲从未禁止他交朋友，实际上父亲还说过不希望他对其他孩子不理不睬。唯一的障碍只是必须对他周游各国的经历守口如瓶。像他这么穷的其他孩子不经常旅游，因此他闭口不谈这些，他们也不会觉得奇怪。在俄罗斯时，他只能提到俄罗斯的地名、人名和风俗。在法国、德国、奥地利或英国也是如此。他不知道自己是何时学会英语、法语、德语、意大利语和俄语的。他似乎是在经常转换的各国语言中长大，所有这些语言他似乎都很熟悉，在多种语言环境中长大的孩子，到后来对每种语言都同样熟悉。但他记得，每到一个国家，父亲总是毫不懈怠地纠正他的发音和说话方式。

"你在任何国家都不能显得像个外国人。"父亲说，"这一点必须做到。在英国时，你就不能懂法语、德语或除了英语之外的任何语言。"

他七八岁时，曾经有个小男孩问过他爸爸是干什么的。

"他的爸爸是个木匠，问我的爸爸是不是。"马可向父亲汇报，"我说你不是。后来他又问你是不是鞋匠，还有一个小孩说你可能是砖瓦匠或裁缝——我不知道怎么回答。"他是到伦敦街上玩耍之后回来，把一只黑乎乎的小手按到爸爸胳膊上，紧紧地抓着，几乎是猛烈地摇晃着它。"我想说你不像他们的爸爸，一点都不像。我知道你不一样，虽然你几乎跟他们差不多穷。你不是

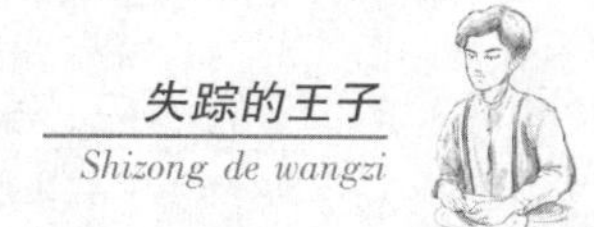

砖瓦匠和鞋匠，而是爱国者——你不可能只是个砖瓦匠——你！”他说得如此慷慨激昂，甚至义愤填膺，黑色的头颅高高扬起，眼中含着愤怒。

罗利斯坦捂住了他的嘴巴。

“嘘！嘘！”他说，“说一个人能当木匠或能做好看的衣服难道是一种侮辱吗？如果我能做衣服，我们就可以穿得好一些。如果我是鞋匠，你的脚趾头也不会像现在这样露在外面。”他面带微笑，但马可看到他也高昂着头。他眼睛炯炯放光，轻轻拍了拍儿子的肩膀。“我知道你没对他们说我是爱国者。你是怎么回答他们的？”

“我想起你总是写东西，画地图。我就说你是作家，但我不知道你写的是什么——还有你说过这是个穷行当。我听到你对拉萨勒斯说的。这样回答他们行吗？”

“嗯。如果有人问起，你都可以这么说。有许多穷人写各种各样的东西来挣一点微薄的收入。我靠写作谋生没有什么奇怪的。”

罗利斯坦这样答道。从此，只要有人问起马可他父亲的谋生方式，他就说父亲靠写东西换取面包，这回答既简单又实际。

新到一个地方的头几天，马可经常会出去逛很久。他精力充沛，不知疲倦，在陌生的街道中漫步，看看商店、房屋和人们，他觉得很有意思。他不仅在大路上走，还喜欢钻入小道和偏僻的街区，甚至院子或小巷。他经常停下来看工人干活，如果他们态度友好的话，还跟他们聊天。这使他在闲逛中结识了不少人，学到了许多东西。他喜欢流浪歌手，从一个年轻时唱过歌剧的意大利人那里学了好些歌曲，用他那嘹亮动听的少年音色歌唱。他会唱好几个国家的好多民歌。

第一天很乏味，他希望有点事做，有人说说话。什么也不干总是很沉闷的，对于一个高大健壮的十二岁男孩来说，也许尤其如此。他在玛丽勒本路上看到的伦敦似乎是一个丑陋的地方，阴暗破旧，到处是神情忧郁的人。他不是第一次看到这些，这总让他感到渴望有点事做。

他突然转身离开门口，进屋去找拉萨勒斯，在后面五层黑乎乎的、鸽笼般的小房间里找到了他。

“我出去走走。”他说，“如果我爸爸找我，请跟他说一下。他很忙，我不该去打扰他。”

拉萨勒斯在补一件旧衣服，他经常缝缝补补——有时还补鞋子。马可一说话，他立刻站起来答应。他非常固执，非常讲究某些礼仪。当罗利斯坦或马可在旁边时，他无论如何也不肯坐下。马可认为这是因为他曾作为军人受过严格训练。他们对他说话，拉萨勒斯总是要敬礼，马可知道父亲为了让他改掉这个习惯费了很多脑筋。

“也许，”有一次他听到罗利斯坦几乎是严厉地说，因为拉萨勒斯又忘记了，当主人走过破旧的出租房前面那同样破旧的铁门时，他居然立正敬礼——“也许你可以迫使自己记住，我告诉过你这不安全——这不安全！你让我们处于危险之中！”

这显然让那位好人克制了一些。马可记得当时他脸都白了，拍着额头叽里咕噜地说了一大串萨马维亚语，充满忏悔和恐惧。他虽然不在外面敬礼了，却仍不放过任何其他表达尊敬和礼仪的方式。男孩已经习惯于那些特殊待遇，仿佛他不是一个穷孩子，连身上的衣服还是这位向他“立正”的老战士给补的。

“是，先生。”拉萨勒斯答道，“您想去哪儿？”

“从上次来这儿之后，我到过那么多地方，见过那么多东西，许多街道和建筑都不大记得了，得重新认一认。”

“是，先生，”拉萨勒斯说，“的确很多。我也忘记了。上次来的时候您才八岁。”

“我想我要去找找王宫，然后随便走走，认认街道。”马可说。

“是，先生。”拉萨勒斯答道，这次敬了个军礼。

马可举起右手致意，俨然是一位小军官。大多数男孩做这个动作时会显得生硬或夸张，而他却轻松自然，因为他从婴儿时期就熟悉这种形式了。他见过军官在街上回应士兵的敬礼，见过王子经过哨兵身边走向马车或尊贵人士乘车穿过欢呼的人群时，将一只手轻轻举向帽边示意。他见过许多王室成员和皇家仪仗，但都是作为一个衣衫破旧的小男孩站在围观平民的前面。一个精力旺盛的孩子无论多穷，如果成天在邦国之间旅行，单凭每日偶遇也难免会熟悉皇家生活的外表。马可曾站在通衢大道上，看着来访的帝王车驾驶过，前后是华丽的仪仗，人们欢呼致敬。他知道在许多大都市里何处可见到警卫侍立在国王或王侯的宫殿前。有些王室成员的面孔他已经熟识，即使是

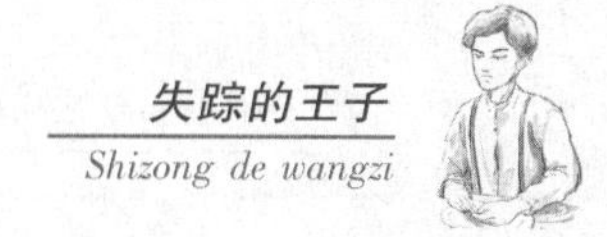

他们乘坐没有前呼后拥的马车经过时，他也会马上敬礼。

“应该认识他们，应该观察一切，训练自己记住面孔和场合。”父亲说。

“如果你是一位年轻的王子，或准备从事外交工作，就要学习注意并牢记人和事，像要学习优雅地使用母语一样。这种观察将成为你最实用的本事和最重要的能力。它对人人都同样有用——无论是穿补丁衣服的穷人，还是王公贵族。因为你无法通过常规方式接受教育，所以就必须从游历中学习。你不应放过任何一点——忘记任何一点。”

是父亲教给他一切，他学会了很多东西。罗利斯坦有本事把一切变得引人入胜。马可觉得父亲知道世界上所有的事。他们买不起很多书，但罗利斯坦知道所有大城市的宝藏，也知道最小城镇的资源。他和儿子在无数陈列着世间奇迹的画廊中徜徉，千百年间，有多少双近乎崇拜的眼睛在那些画作前经过，得到陶冶。父亲让他觉得那些画是激情燃烧的作品，画家仍然活着，历千年而不朽。父亲会讲述他们的生平和奋斗成功的经过，讲他们的感受、苦难和性格。男孩对这些古老的大师——意大利、德国、法国、荷兰、英国、西班牙，就像对他们居住的国家一样耳熟能详。在他心目中，他们不仅是古老的大师，而且是伟人，他觉得他们好像舞动着美丽的宝剑，高举着璀璨的明灯。父亲不能经常跟他一起去，但总是会首先把他带到画廊、博物馆、图书馆和名胜古迹这些最富有艺术、美感故事价值的地方。浏览过一遍之后，马可会独自多次重游，逐渐熟悉这些世间的奇珍。他知道自己是在满足父亲的心愿，练习观察一切，不忘记一丝一毫。这一座座精彩纷呈的宫殿就是他的课堂。这种奇特但丰富的教育是他生活中最有趣的一部分。渐渐地，他摸清了伦勃朗、范戴克、鲁本斯、拉斐尔、丁托列托或弗朗斯·哈尔斯的伟大作品陈列在哪里，了解这幅或那幅杰作保存在维也纳、巴黎、威尼斯、慕尼黑还是罗马。他知道许多奇闻轶事，关于王冠上的珠宝、古老的盔甲、远古的工艺品，还有从德国古城地基下挖出的罗马文物等等。任何一个在“免费日”到博物馆和殿堂中流连的男孩都能真正看到一些东西，而生活更富足、不那么孤独的男孩就不大可能看得那么全神贯注，也不大可能储存所见所闻，并能随时想起它们存放在记忆中哪个架子上。没有玩伴和玩具，他很小时就开始把参观画廊和那些无论是否叫博物馆的历史宝库和古迹作为一种游戏。总有一些幸福的“免费日”，他可以登上任何大理石台阶、走进任何大门而不用买门票。

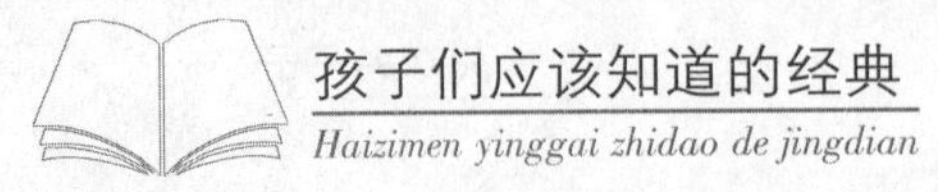

进去之后，可以看到许多穿着普通或破旧的人，但像他这么小而没有大人带领的孩子并不常见。他虽然安静守序，却经常发现被人盯着看。他发明的游戏简单而有趣，就是看自己能记住多少，并且能在晚上坐到一起闲聊时对父亲描述清楚。这些晚间谈话是他最快乐的时光，这时候他从来不觉得寂寞。当父亲坐在那里望着他，沉思的黑眼睛里带着一种好奇而专注的表情，男孩总是感到极大的安慰与满足。有时他带回一些他想问的东西的草图，罗利斯坦总能讲出那些东西的来龙去脉和丰富细节，讲得如此精彩，绘声绘色，令马可无法忘记。

父亲不能经常跟他一起去，但总是会首先把他带到画廊、博物馆、图书馆和名胜古迹这些最富有艺术、美感故事价值的地方。

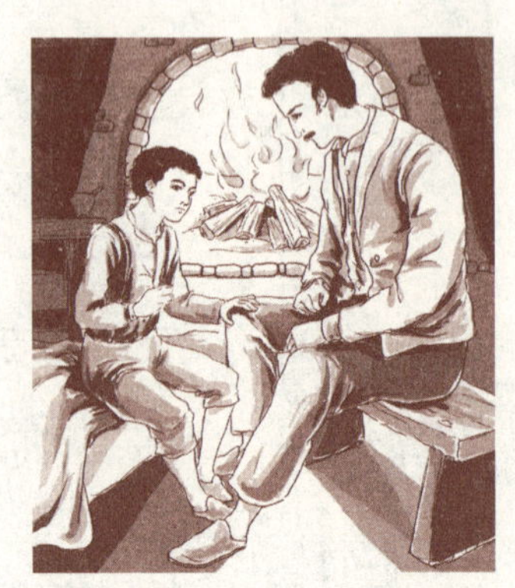

第3章　失踪王子的神话

马可走在街上，他正在想着其中一个故事。那是他很小的时候听过的，这故事令他如此着迷，他经常要求再听。它实际上是萨马维亚久远历史的一部分，他喜欢它的原因也正在于此。拉萨勒斯也经常讲给他听，有时加上许多细节，但他总是最喜欢听父亲讲的，如此激动人心，栩栩如生。离开俄国的旅途中，当他们被迫在冷飕飕的路边小站上等待，觉得时间漫长时，罗利斯坦就跟儿子讨论这个故事，他总能找到种种办法来使艰苦的时光好过一些。

“这孩子漂亮、个子高——对于外国人来说，”这天早晨马可听到一个擦肩而过的男子对同伴说，“像波兰人或俄罗斯人。”

就是这个把他的思绪拉回到失踪的王子那个故事。他知道大多数称他为“外国人”的人甚至都没有听说过萨马维亚。偶尔有人记得她存在过，也只知道那是个凶悍的小国，她在地图上的位置使得周边大国都觉得必须控制她，帮她维持治安，于是纷纷入侵，与当地人和其他国家争夺这块领土。但并非从来如此。萨马维亚是一个历史悠久的国家，许多世纪以前，她的和平、幸福与富裕曾经与她的美丽一样著名。人们常说她是世上最美的地方之一。有一个流行的萨马维亚传说把她说成伊甸园所在地。在过去的世纪中，她的人民那般高大、健美和强壮，就像是高贵的巨人民族。他们是一个农牧民族，地肥牛羊壮，令别国羡慕。一些牧民同时也是诗人，在青青的山坡上和开满鲜花的山谷里，一边放牧一边吹笛，唱着自编的歌曲，歌中赞美爱国与勇敢，赞美对祖国和部族首领的忠诚。最贫穷的农人的朴素礼节也和贵族一样庄严。但，罗利斯坦带着一丝苦笑说，那是在他们失去并忘记了乐园之前。五百年前，有一位新国王登基，这是一个邪恶的昏君。由于父王活到九十高龄，他不耐烦在萨马维亚等候继位，就出去周游世界，访问其他国家和宫廷。回国加冕之后，他的作风与萨马维亚以前所有君王截然不同，挥霍无度，专横暴戾，并且嫉贤妒能。他眼红旅游时看到的那些大宫殿和大国家，便企图模仿人家的风尚和抱负，结果却引进了人家最糟糕的恶习和弊端。由此，产生了政治纷争和野蛮的新派系。财富被挥霍一空，这个国家首次面临着贫困的威胁。在最初的麻木之后，高大的萨马维亚人民怒火爆发了，到处发生集会和暴乱，进而是流血的混战。因为是国王把事情搞糟的，他们不想再要这个国王，要废除他，让王子即位。故事讲到这里，就到了马可每次最感兴趣的地方。年轻的王子与其父完全不同，他是一位真正高贵的萨马维亚人，虽是少年，却比全国任何人都高大健壮，像年轻的北欧天神一样英俊。不仅如此，王子还有一颗勇敢的心。他还不到十六岁时，牧民们就已经开始歌唱他的少年英武、王者气度和慷慨仁慈。这些歌不仅在牧民中传唱，而且流传在街头巷尾。国王，即他的父亲，一直很嫉妒这位王子，甚至从他小时候起就嫉妒了，因为小王子生得俊美端庄，骑马上街时人们总会欢呼赞美。当国王旅行归来，发现王子长成了一个出类拔萃的少年，他更加嫉恨。当民众开始吵嚷要求国王退位时，他气得发了疯，动用残酷手段镇压，以至于民众也要被逼疯了。有一天他们终于冲入了王宫，杀退警卫队，冲进王室居住的区域，活捉了脸色发绿、又怒又怕、躲在内室发抖的国王。起义军把他团团围住，高举刀枪在他面前挥舞，宣告说，他不再是国王了，必须滚出这个国家。王子在哪里？他们要见他，向他陈情，要拥立他当国王。他们信任他，愿意遵从他的旨意。民众开始大声呼唤他的名字，像是在齐声吟唱："艾弗王子——艾弗王子——艾弗王子！"但没有回音。王宫里的人都躲起来了，那里一片沉寂。国王虽然心惊胆战，却忍不住冷笑。

"再叫呀，"他说，"他不敢从洞里出来。"

山寨里来的一个烈性汉子抽了他一个嘴巴。

"他不敢！"那汉子叫道，"如果他不来，就是被你杀死了——你死定了！"

于是更加群情激愤，他们冲了出去，只留下三名看守，其余人都在宫殿的空房子里跑来跑去，喊着王子的名字。还是没有回音。他们疯狂地寻找他，撞开一扇扇门，扔掉一切碍事的东西。一个躲在壁橱里的侍童被找到后坦白说，他清早看见王子殿下从一条走廊里走过，还轻轻哼唱着一支牧人的歌曲。

就这样，在距马可的时代五百年前，年轻的王子以这种奇特的方式走出了萨马维亚的历史——轻轻哼唱着描述萨马维亚的美丽与幸福的古老歌谣。他后来再也没有露面。

人们找遍了上上下下每个角落，相信国王把他藏在什么秘密的地方，或是已经把他暗杀。愤慨转为狂怒，又有新的起义，每过几天便有人重新攻入王宫搜查，但始终不见王子的踪影。他像一颗流星，从空中落下后便永远消失了。在王宫的一次动乱中，人们又作了最后一次徒劳的搜查，国王被杀死。领导起义的一位有权势的贵族自封为王。从那以后，这个曾经美丽富饶的小王国就变成了一块被饿狗争夺的肉骨头。田园牧歌的宁静被遗忘，她被列强摧残蹂躏，也被内战蹂躏摧残。一次次刺杀国王，另立新君，人们在青年时都不知道自己壮年时将生活在谁的统治之下，也不知道自己的子女是将死于无谓的战争，贫穷的压力，还是残酷无益的法律。不再有牧民诗人，但在山坡上和山谷里，一些古老的歌谣时而还有人唱起。人们最喜欢唱的就是那位失踪的王子，他的名字叫艾弗。歌中说如果当初他当了国王，就可以拯救萨马维亚，又说所有勇敢的心灵都相信他还会回来。在现代的城市中还保留着一句谚语，一句挖苦的玩笑话："是啊，等艾弗王子回来，这事儿就能成了。"

在幼年的时候，马可对这个未解之谜困惑不已。他上哪儿去了呢——那个失踪的王子？他被杀死了吗？还是被关在地牢里？可是他那么高大，那么勇敢，一定能从任何地牢里逃出来呀。男孩自己给那个故事编出了十来个结局。

"没有人发现他的宝剑或帽子吗——没有人听到过或者猜到过什么情况吗——没有吗？"他一遍一遍不甘心地询问。

一个冬夜，他们在奥地利一个寒冷的城市中一所寒冷的房子里，坐在一个小火炉前，男孩如此热切地问了那么多刨根问底的问题，最后父亲给了他一个以前从没说过的回答，可以看成故事的结局，尽管不是令人满意的结局：

"每个人都像你那样猜想。山里有几位很老的牧民讲述了一个许多人都当作传奇的故事。那就是，王子失踪大约一百年后，一个老牧民说出了一件事情，是他去世多年的父亲临死之前秘密告诉他的。他父亲说，一天清晨，他上山去，发现森林里倒着一个人。他起先判断那是一个俊美的少年猎人的尸体，显然有敌人从背后袭击了他，以为把他杀死了。然而他没有完全死去，牧人把他拖进自己平时带着牲口躲雨的一个山洞。由于城里兵荒马乱，牧人不敢说出自己的奇遇，等他发现收留的是王子时，国王已经被杀，一个更坏的人夺取了王位，用血腥的铁腕统治萨马维亚。在那个惊恐而单纯的乡下人看来，最安全的办法是让受伤的少年逃出国去，不然他肯定会被发现，随即被杀害。王子藏身的山洞离边境不远，他虽然仍虚弱得几乎搞不清发生了什么，却被藏在一辆装满羊皮的大车上偷送出境，留在一些好心的修道士那里，他们不知道他的身份与姓名。牧人回到山里继续放牧，直到老死，始终为统治者的交替和他们之间的残酷战争而担惊受怕。岁月流转，山里人议论说，失踪的王子一定是早就去世了，不然他一定会回国来努力使她恢复昔日的美好。"

"是啊，他会回来的。"马可说。

"如果他看到自己能够对人民有所帮助，他是会回来的。"罗利斯坦答道，仿佛不是在谈一个也许只是传奇的故事。"但他当时很年轻，萨马维亚在新王朝掌控之下，到处都是他的敌人。没有一支军队的话，他是不可能越过边境的。不过，我仍然觉得他很早就死了。"

马可走在街上时，想的就是这个故事。也许脑子里的思想在他脸上有所流露，引起了别人的注意。当他走近白金汉宫时，一个衣冠楚楚、仪表不凡的男子迎面走来，看到了他，放慢脚步，用锐利的目光打量了他一会儿。旁观者也许会认为那男子看到了什么令人困惑或惊讶的事情。马可根本没有看他，继续往前走，想着牧人和王子。那个衣冠楚楚的男子脚步放得更慢。离马可很近时，他站住了，开口说话——说的是萨马维亚语。"你叫什么名字？"他问。

马可自幼接受的训练是不同寻常的，只是对父亲的爱使他觉得它简单而自然，从未问过为什么要这么做。他要学习保持沉默，而且要学习控制自己的面部表情和语音语调，首先是决不能让自己显出惊慌。如果没有这种训练，突然听到音调特殊的萨马维亚语言从伦敦街头一位英国绅士口中说出来，他一定会大吃一惊，甚至可能用萨马维亚语回答问话。然而他没有。他礼貌地举起帽子，用英语答道：

“是啊，他会回来的。”马可说。

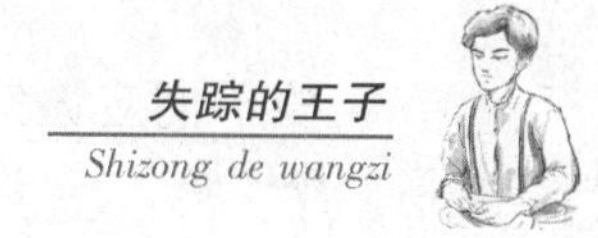

“对不起，您说什么？”

那位绅士用锐利的眼光审视着他，然后也说起了英语。

“也许你听不懂？我问你叫什么名字，因为你长得很像我认识的一个萨马维亚人。”

“我叫马可·罗利斯坦。”男孩回答。

那男子直视着他的眼睛，微笑起来。“不是那个名字，请原谅，孩子。”

他准备走开，已经迈出了两步，又停下来转向男孩。

“你可以转告你父亲说，你是一个训练有素的孩子。我刚才是想亲自了解一下。”他往前走去。

马可觉得心跳加快了一点。这是过去三年来发生的几件事之一，让他觉得自己生活在神秘事件之中，而这神秘本身预示着危险。但他本人似乎从未参与其中。为什么他举止得当有那么重要呢？这时他想起来了，那男子没有说“举止得当”，他说的是“训练有素”。在哪方面训练有素？想到那微笑的、直盯着自己的锐利目光，他觉得额头有点刺痛。那人跟他说萨马维亚语，是不是一个考验，看他会不会惊得忘记了自己应该假装只懂暂时居住的国家的语言？但他没有忘记，而是记得很牢，他庆幸自己没有泄露什么。“即使是流亡者也可以做萨马维亚的战士——我就是一个，你也必须是。”很久以前，在他发誓的那一天，父亲这么说过。也许记住训练内容就是战士的表现。萨马维亚从未像今天这样需要帮助。两年前，一位夺权者刺杀了当时的国王及其儿子们，此后血腥战争和骚乱不断。新国王是个强硬人物，有一大群最卑劣最自私的党羽。邻国出于自身利益考虑加以干涉，报纸上充满险恶斗争与暴行，以及贫民食不果腹的消息。

一天晚上，马可走进寓所，发现罗利斯坦像笼中的狮子一样走来走去，眼睛冒火，手里攥着一张撕碎的报纸。他读到了对无辜贫民和妇女儿童的残酷虐待。拉萨勒斯站在那里望着他，大颗的泪珠顺着面颊往下流。马可打开门时，老战士大步走过来，推他转过身，离开那个房间。

“请原谅，先生，请原谅！”他哽咽道，“谁也不能见他，连你也不能，他太难过了。”

马可被半推着带到自己的小卧室，老战士立在一把椅子旁边，垂下花白的头颅，像一个挨打的孩子那样哭起来。

“受苦大众的上帝啊,现在肯定该把失踪的王子还给我们了!”他说。马可知道这是一句祈祷,但语气的狂热与强烈令他惊奇,因为祈祷一个五百年前已经死去的少年回来,似乎太不可思议。

到白金汉宫时,他仍在想着跟他说话的那个男子。甚至当他凝望那宏伟的灰石建筑,默数它的楼层和窗户时,也仍在想着那个人。他绕着宫殿走了一圈,好记住它的规模、样式及各个入口,这是他的游戏的一部分,也是他那特殊训练的一部分。回到正面,他看到在那高高的铁栏杆后的门庭里,一辆优雅而素净的马车停在门前,车窗紧闭。马可站在那儿好奇地想看看什么人会出来坐车。他知道帝王不带仪仗时看上去就像衣着考究的绅士,而且还经常会像普通人一样朴素地出行。因此他想,等一下也许能看见某张熟悉的面孔,它代表着君主制国家的最高等级与权力,在过去还代表着控制众人生死与自由的权力。

“我想告诉爸爸我见过国王并认得他的长相,就像认得沙皇和两个皇帝的长相一样。”

那些身着猩红色皇家制服的高大男仆有些骚动,一位长者走下台阶,身后跟着一个男子。长者坐进马车,那男子也钻了进去。车门关上,马车驶出宫门,哨兵敬礼。

马可离得很近,看得相当清楚。那两人在颇有兴致地交谈,离他较远的那张脸就是他在橱窗里和报上经常看到的面孔。男孩立即迅速而正规地敬了个礼。

国王微笑接受致敬,一面对随行者说话。

“那个漂亮的男孩敬起礼来像是军队里的。”他这么说,但马可听不见。

随行者欠身往车窗外望去,看到了马可,脸上掠过一丝异样的表情。

“他是军队里的,先生。”他答道,“尽管他本人还不知道,他的名字叫马可·罗利斯坦。”

这时马可第一次看清了这个人,原来就是用萨马维亚语对他说话的那位目光锐利的男子。

第4章 耗 子

马可如果听到了这些话，也许会大为惊奇，但他没有听见。他转身走回家去，脑子里想着别的事情。能跟国王那么亲密的一定是位很重要的人物。他无疑知道许多事情，不仅了解自己君主的国家，而且了解其他的王国。可是有几人真正了解萨马维亚这个可怜的小国，只有报纸开始披露那里战争的恐怖——除了萨马维亚人，又有谁会说他们的语言？他有一件有趣的事情要告诉父亲——一个认识国王的人用萨马维亚语对他说话，并且留下了那个奇怪的口信。

后来他发现自己走过一条小巷，便朝里面看。这巷子如此狭窄，两边的房屋古旧高耸，墙壁倾斜，引起了他的注意。仿佛古伦敦的一部分被保留在这里，而新的街区发展起来将它挡住了。这是他出于好奇心而喜欢逛的那种街道，他在许多城市的老街区发现了许多这样的小巷，也曾经在有些巷子里住过。他能从巷子另一头找到回家的路。吸引他的不仅是这个地方的奇特，他还听到一些男孩的喧闹声，想去看看他们在干什么。有时，置身于一个新的地方，感到孤独的时候，他会追寻男孩玩耍或吵嚷的声音，也曾短暂结交过一两个朋友。

巷子中间有一段砖砌的拱道，声音就是从那儿传来的——有一个声音比其他的都高，尖细刺耳。马可走到拱道口往里面看。它通到一块灰石板铺的空地，外面的栅栏围着教堂后面一片黑乎乎的、古老荒芜的墓地，而那座庄严的教堂正门开在另一条街上。那些男孩不是在玩耍，而是在听一个同伴念报纸。

马可也走过去听了起来，他站在昏暗的拱道出口处，打量着读报的男孩。他是一个奇怪的小家伙，大脑门，眼睛深邃，目光锐利得出奇。不仅如此，他还是一个驼背，双腿显得细小而弯曲。他盘腿坐在一个粗糙的木台上，底下有两个矮轮子，他显然是用这玩意儿来推着自己行走的。他旁边有一些棍子，像步枪一样码起来。马可最先注意到的还有：他那张小脸凶巴巴的刻满纹路，好像生了一辈子气似的。

“闭嘴，你们这些傻瓜！”他朝几个打断了他的男孩尖叫，“你们什么都不想知道吗？无知的蠢猪！”

他像其他孩子一样衣着破旧，但说的不是伦敦腔。或许他也是街头流浪儿吧，但却显得有些与众不同。

这时他恰好瞥见了马可站在小巷拱道口。

“你在那儿听什么？”他叫起来，马上弯腰捡起一块石头扔过来。石头打中了马可的肩膀，但不是很疼。他怕的是其他孩子也会朝他扔东西，甚至不等交换男孩间的信号。令他觉得不妙的是，有两个男孩已经迅速反应，在弯腰捡石头了。

他径直走到那帮孩子中间，停在驼背旁边。

“你为什么那样做？”马可用他那相当低沉的少年嗓音问。

他高大健壮，足以令人觉得不是个好欺负的男孩，但不仅是这一点让那帮孩子呆呆地看了他一会儿，而是由于他内在的某种东西——一半是那种心平气和的态度，没有被扔石头激恼，倒似乎毫不在意。他没有觉得愤怒或受了侮辱，而只是有些好奇。他干干净净，头发和旧衣服都是刷过的，站在拱门里，给人的第一印象是一个“阔少”在探头探脑。可是当他走近后，他们发现那身衣服是破旧的，鞋上还有补丁。

“你为什么那样做？”他问，那语气好像只想知道原因。

“我不要你们这些上等人闯进我的俱乐部，好像是你家似的。”驼背说。

“我不是上等人，我也不知道这是个俱乐部。”马可答道，“我听到男孩的声音，就过来看看。听到你们读萨马维亚，我想听听。”

他用沉默的目光望着读报的孩子。

“你不用扔石头。”他加了一句，“男子汉的俱乐部可不这么干。我走了。”

他转身想要离去，但还没走出三步，驼背就无礼地叫起来。

“嗨！”他叫道，“嗨，你！”

“什么事？”马可说。

“我打赌你不知道萨马维亚在哪儿，也不知道他们为什么打仗。”驼背朝他掷过来这句话。

“我知道，她在贝尔特拉佐北面，加代西亚东面。打仗是因为一派刺杀了马兰国王，另一派不同意他们拥立尼古拉·亚洛维奇，为什么要同意呢？他是个土匪，没有一滴贵族血统。”

“哦！”驼背不情愿地说，“你是知道不少，是不是？过来吧。”

马可回过身。男孩们仍然呆呆地看着，就像两位领导人或将军初次会面，底下人在观看，不知道这次相遇会带来什么结果。

“亚洛维奇那一派的萨马维亚人是帮坏家伙，只想干坏事。”马可先开口，“他们根本不关心萨马维亚，只想捞钱捞权，制定为他们的私利而压榨所有人的法律。他们知道亚洛维奇是个废物，如果能让他当国王，他们就能操纵他做任何事。”

他先开口，虽然是用平稳的男孩声调说话，不带吹嘘的口气，但却似乎理所当然地认为他们会听。这立刻使他赢得了地位。男孩子是容易受影响的动物，一下就能看出谁是领袖。驼背眼睛亮晶晶地盯着他，其他孩子开始窃窃私语。

“耗子！耗子！”几个声音同时用浓重的伦敦腔叫道，“再问问他，耗子！”

“他们管你叫这个？”马可问驼背。

“我管自己叫这个，”他恼火地答道，“‘耗子’。看着我！像这样在地上爬！看着我！”

他做了个手势，叫小伙伴让开，然后开始快速推动自己，在圈子里古怪地四处乱蹿，弯下脑袋和身子，扭曲面部，做出种种动物般的怪动作，甚至一边蹿还一边发出急促的尖叫——就像耗子被追赶时那样。他这样做好像是在展示某种技艺，小伙伴的笑声便是喝彩。

“我不像一只耗子么？”他突然停下来，问道。

“你是故意让自己像，”马可回答，“为了寻开心。”

“不大开心，”耗子说，“我觉得像啊。所有人都是我的敌人，我是害虫。

我不能反抗，不能保护自己，除非我咬人。我会咬人。”他露出两排凶恶的、坚固的白牙，比一般人的牙齿尖利。“我爸爸喝醉了打我，我就咬他。我一直咬到他长记性为止。”他尖声吱吱地笑了起来，“他三个月没那么干了——即使是喝醉的时候——他总是喝醉。”然后他笑得更加刺耳了。“他是一位绅士。”他说，“我是绅士的儿子。他是一所挺大的学校的校长，后来被踢出来了——那是在我四岁的时候，我妈妈死了。我今年十三岁。你多大？”

“我十二岁。”马可答道。

耗子羡慕地做了个鬼脸。

“真希望我有你这个头！你是绅士的儿子吗？看着像。”

“我是个穷人的儿子。”马可回答，“我爸爸是作家。”

“那么，十有八九，他算是个绅士。”耗子说，冷不丁又抛出一个问题，“萨马维亚的另一派叫什么来着？”

“马兰诺维奇。马兰诺维奇派和伊亚诺维奇派斗了五百年了。先是一个王朝统治，然后另一个夺权，刺杀了什么人，就像杀死国王马兰一样。”马可毫不迟疑地回答。

“他们开始打仗之前的那个王朝叫什么？就是被第一个马兰诺维奇刺杀掉末代皇帝的王朝。”耗子问。

“费多洛维奇，”马可说，“末代皇帝是个暴君。”

“他的儿子一直没有找到，”耗子说，“就是传说中那位失踪的王子。”

如果不是长期训练过控制自己的表情，马可会惊得浑身一震。在这贫民区的小巷子里听到他梦中英雄的名字，而且就在自己刚刚想过他之后，真是太奇异了。

“你知道他的什么情况？”他问，同时看到那帮流浪儿靠近了。

“不多。我只是在从街上捡到的一本破杂志上读到过一点儿。”耗子答道，“作者说那些只是传说，他嘲笑相信王子存在的人，说如果王子真想出现，时候早该到了。我编了一些关于王子的事，因为这些兄弟喜欢听我讲，只是一些故事。”

“我们喜欢他，”一个声音叫起来，“因为他是好样的。如果他在萨马维亚，一定会反抗的，一定会的。”

马可迅速考虑着自己可以说多少。他决定对他们全体说话。

“那不是传说，而是萨马维亚历史的一部分。”他说，“我也知道他的一些事情。”

“你是怎么知道的？”耗子问。

“我爸爸是作家，当然要有书和报纸，他知道很多事。我喜欢读书，也常去免费的图书馆，在那儿总能找到书和报纸。然后我还问爸爸问题。现在所有的报纸上都在说萨马维亚的事情。”马可觉得这个解释没有泄露什么。的确，这段时期打开报纸就不会没有萨马维亚的新闻和报道。耗子看到了新的消息渠道在眼前打开。

“坐下来，”他说，“给我们讲讲你所知道的王子的事情。大家都坐下来。”

没有坐的地方，只有破裂的石板路。但这是个小问题。马可自己在石板地或硬土地上就坐过不少次，其他孩子也是一样。于是他坐在耗子旁边，其他孩子在他们面前围成一个半圆。可以说，两位领导人联手了，底下人列队“听命”。

新来的开始讲话。那是一个精彩的故事，关于失踪的王子。马可讲得真实可信，他怎么能不这样呢？他们无法知道，但他知道它是真实的。他从七岁起就看萨马维亚小国的各种地图，跟父亲一起研究它们，熟悉到无论被扔到图上哪座森林或大山里，他都能有办法走到国内任何地方。他知道每一条大路和小道，在首都梅尔萨几乎可以蒙着眼睛行走。他知道那些宫殿和堡垒，还有教堂，穷人的街道和富人的街道。父亲有一次给他看过一张王宫平面图，和他一起研究，直到男孩把每间宫室和每条过道都熟记心中。但他没讲这些。他知道这是应该闭口不谈的事情之一。但他可以讲巍峨的群山，碧绿的天鹅绒般的草甸爬上山坡，绿色尽处是巨石危岩，奇峰突起。他可以描绘那千里沃野，成群的野马在那里吃草、奔跑或嗅着风中的气息。他可以描述美丽的山谷，那里流淌着清清的小河，羊群在深深的芳草中觅食。他可以讲这些，因为他能用一个较好的理由解释自己为什么会知道，那不是他唯一的理由，但已经够用了。

“你找到的那本杂志里讲萨马维亚的文章不止一篇，”他对耗子说，“同一个人写了四篇。我在免费图书馆里都读过。他去过萨马维亚，知道那儿的很多事情。他说那是他到过的最美丽的国家之一——也是最富饶的。他们都这么说。”

于是他坐在耗子旁边，其他孩子在他们面前围成一个半圆。

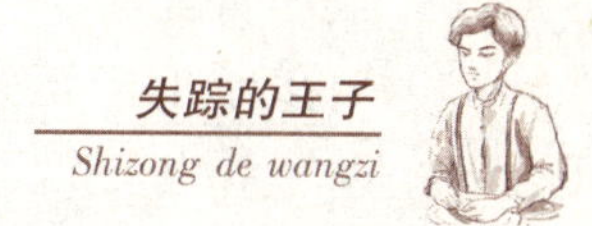

面前的这帮孩子对富饶与旷野一无所知，他们只知道伦敦的小巷与短街。多数孩子连公园都没去过，甚至都不相信它们的存在。他们是一群苦孩子，就像第一次看到马可时那样，在他说话时他们继续瞪着他。当他讲到许多世纪以前高大的萨马维亚人好像巨人一般，讲他们捕猎野马，用强大而温柔的魔法驯服它们时，那些孩子张大了嘴巴。这些正是能够吸引男孩想象力的东西。

“哇，我真想能逮住那么一匹马啊。”一个听众插嘴说，他的感叹引出十来声类似的评论。谁不想“逮住一匹”？

听到那一望无际的大森林，还有牧人用笛子歌唱英雄事迹和侠骨豪情时，他们开心地笑了，自己都没有意识到。在这片被遗弃的、铺着破石板的狭小空地上，一面是烟火熏黑的穷人住宅，另一面是荒芜低陷的墓地，他们听到绿色森林的树枝沙沙作响，小鸟在那里做窝，听到夏天的风在河畔芦苇间低鸣，河水叮叮咚咚，欢笑着奔向前方。

他们从失踪的王子的故事中或多或少地听到了这一切，因为艾弗王子热爱森林山野，热爱一切露天生活。当马可描述他高大健壮，年轻英俊，微笑着骑马走在人群中，赢得所有人的爱戴时，男孩子们又不知不觉开心地笑了。

“真希望他没有失踪！”一个孩子叫起来。听到萨马维亚人的骚乱与不满，他们也激动起来。当马可讲到民众冲进王宫，向国王索要王子时，他们喊出短促而难听的土话。“那个坏老头把他藏在地牢里了，或者已经把他杀了——就是那样！”他们叫嚣着，“真希望咱们在那儿——真希望。咱们会狠狠教训他一顿！”

“他大清早那样唱着歌走出王宫！他派人跟踪他，把他干掉了！”他们七嘴八舌地愤怒叫喊着推断。不知为什么，那位英俊的王子唱着歌步入晨光中的情景让他们更加愤怒。在这里他们的土腔格外难听，但更难听的是当老牧人在森林里发现了少年猎人的尸体时。“从背后干掉的！他连个机会都没有，呸——呸——呸！”他们齐声抗议，“真希望咱们在那儿！”“咱们也会干掉一些人。”这个故事对他们有一种奇异的效果，让他们产生幻觉，让他们血液沸腾，渴望去为他们根本还不了解的理想而战斗——比如冒险活动，还有高贵的、能够做出英雄壮举的青年王子。坐在荒芜墓地后面这一小块破石板地上，他们突然被拉进了一个浪漫传奇的世界，高贵的青年王子和英雄壮举变得像低陷的墓碑一样真实，而又精彩得多。

然后是把昏迷的王子藏在运羊皮的大车上偷越边境！他们屏住了呼吸。但愿老牧人能把他带过边界线！马可自己也沉浸在故事中，讲得好像他当时在场一样。他真这么觉得。这是他第一次对激动的听众讲这个故事。他被想象紧紧抓住，心在胸口狂跳，他想当卫兵拦住大车询问运的是什么东西时，老牧人的心一定也是这样狂跳。他知道他一定是竭尽全力才使自己声音不发抖。

然后是好心的修道士！他不得不停下来解释修道士是什么。当他描述古老修道院的清幽孤寂，墙内花园里的花木药草，还有睿智的修道士在寂静的阳光中走动时，男孩们的目光有点茫然，但还是似乎模糊地感到愉快。

接下来没什么可讲了——没有了。故事到此中断，听众的半圆中发出一阵失望的低号。

“啊！”他们抗议道，“不应该就完了啊！没有了吗？就这么多？”

“已经知道的就只有这么多。而且最后一段可能只是某个人编出来的，但我是相信的。”

耗子目光灼灼地听完了故事。他坐在那里咬着指甲，那是他兴奋或愤怒时的习惯动作。

“告诉你们吧！”他突然叫起来，“是这样的。是马兰诺维奇那一伙的人去暗杀他的。他们想杀死他爸爸，让他们的人当国王，但是知道只要艾弗王子活着，人民就不会容忍篡权。所以他们就从背后下刀捅他，那帮恶魔！我敢说他们听到老牧人来了，慌忙丢下他逃走，以为他死了。”

“对啊，哦！就是那样！”男孩们附和，“你说得对，耗子！”

“他好了之后，”耗子继续狂热地说，仍然在咬指甲，“没有办法回去，他还是个孩子。那个人已经当了国王，手下人耀武扬威，因为他们刚刚征服了整个国家。王子没有军队什么也干不了，可他又太年轻不能召集军队。我敢说他到了别的地方，只好干活谋生，好像从来没当过王子一样。后来，可能他结婚生了儿子，悄悄对儿子说了自己的身份和萨马维亚的一切。”耗子恨恨地说，“如果我是他，就会告诉儿子不要忘记马兰诺维奇对我下的毒手。我会告诉他，如果我不能夺回王位，他长大了一定要尽力去做。我还会让他发誓，一旦夺回王位，一定要用酷刑和屠杀来报复他们，或是他们的孩子，或是他们孩子的孩子。我会让他发誓不留下一个马兰诺维奇的人。我会告诉他，如果他这辈子完不成，就传给他的儿子，他儿子的儿子。只要有一个费多洛维奇活在世上就要传下去。你不会这样吗？"他激烈地问马可。

马可也热血沸腾，但却是另一种热血。他讲得太多，不能非常清醒理智。

"不，"他缓缓地说，"那样有什么用呢？酷刑和屠杀对萨马维亚不会有任何好处，对他自己也不会有任何好处。还不如让他们活着为国家做些事。如果你是爱国者，就会为国家着想。"他还想加一句"这是我爸爸的话"，但没有说。

"先对他们用酷刑，然后再考虑国家。"耗子反驳道，"如果你是艾弗，你会对你儿子说什么？"

"我会教他学习有关萨马维亚的一切——还有国王必须知道的一切——还有法律和其他国家的情况——还有保持沉默——还有要像在战场上指挥士兵的将军一样控制自己——这样他就不会做自己不想做或以后会感到羞愧的事情。我还会教他告诉他的子子孙孙都学习这些东西。这样，无论过多少时间，总是有一个国王在为萨马维亚作准备——当萨马维亚真正需要的时候。他将是一位真正的国王。"

他突然停下来，看看盯着他的那半圈人。

"这不是我编出来的，"他说，"我是听一个读书明事的人说的。我相信失踪的王子也会这样想。如果他真是这样对儿子说的，那么五百年来就有一长串国王为萨马维亚接受训练，也许有一位正走在维也纳、布达佩斯、巴黎、或是伦敦的街上，如果人民发现了并且召唤他时，他就会回去。"

"希望他们会发现！"有人喊道。

"想来是个挺奇怪的秘密，别人都不知道，"耗子像是自言自语，"而你一直知道你是个国王，应该头戴王冠坐在宝座上。不知道这会不会让一个人看起来有点与众不同？"

他又尖声吱吱地笑了起来，然后用他那种突然的方式转向马可：

"但他如果放弃报仇就是傻瓜。你叫什么？"

"马可·罗利斯坦。你呢，不会真叫耗子吧？"

"杰姆·浩兹利夫。差不多。你住哪儿？"

"菲利伯特街七号。"

“这是一个军人俱乐部，”耗子说，“叫敢死队。我是队长。大家注意！练给他看看。”

那半圈人跳了起来，约莫有十二个男孩。他们站直之后，马可立刻发现他们居然习惯于用军人般准确的动作服从口令。

“列队！”耗子命令。

他们立即服从，昂首挺胸身体笔直，军姿好得惊人。每人都抓了一根像步枪一样码着的木棍。

耗子自己也在木台上坐直了。实际上，他那瘦削的身躯中有种军人的气质。他的声音不再吱吱发尖，急促的频率变成了指挥语气。

他像干练的年轻军官一样指挥那十来个男孩操练。操练本身干净利落，用军营中受过训练的士兵的标准看都不赖。马可不自觉地也挺直了身躯，惊讶而颇感兴趣地观看着。

“好！”操练结束时他叫道，“你们怎么学会的？”

耗子做了一个粗暴的手势。

“我要是有腿能站起来，就会去当兵！”他说，“随便哪个军团要我就去。别的我都不在乎。”

他突然变了脸色，对部下们喊出了一句命令。

“向后转！”

男孩们都转过身望着古老教堂墓地的栏杆。马可看出这个命令对他们来说并不陌生。耗子举起胳膊挡住了眼睛，这样待了几分钟，好像不想被人看见。马可也和其他人一样背过身去，他突然明白了，耗子虽然没有哭，却是在经受着换个别的男孩也许会禁不住的东西。

“好了！”他很快就说，放下破衣袖中的手臂，又坐直了。

“我想去参战！”他沙哑地说，“我想打仗！我想带着一帮人上战场！我没有腿。有时这让我丧气。”

“你还没有长大呢！”马可说，“你可能会强壮起来的。谁也不知道以后会怎么样。你是怎么学会操练这个俱乐部的？”

“我在军营旁边转悠，多看多听，还跟踪士兵。如果能找到书，我就会读关于战争的东西。我不能像你一样进图书馆。我只能像个耗子似的到处瞎钻。”

“我可以带你去一些图书馆。”马可说，“有些地方小孩能进去。我还可以从我爸爸那儿拿一些报纸。”

“是吗？”耗子说，“你想加入俱乐部吗？”

“想啊！”马可答道，“我会跟爸爸说的。”

这样回答是因为他心中对朋友的渴望在耗子那奇异的饥渴眼神里找到了某种共鸣。他想再见到他。这男孩虽然古怪，却有吸引力，坐在装着矮轮子的木台上东钻西钻，竟然能把这帮野孩子召集到身边，并成为他们的头头。他们顺从他，听他那些关于当兵打仗的故事和高谈阔论，还接受他的操练和命令。马可知道爸爸听了这些后会感兴趣的，他想知道爸爸会说什么。

“我现在要回家去，”他说，“如果你们明天还在这儿，我会想办法过来。”

“我们会在这儿。”耗子回答，“这是我们的营地。”

马可挺直身体，好像对长官那样敬了个漂亮的军礼，然后转过身走入砖砌拱道，他那少年的步伐匀整而坚定，像和着军团的行进节奏一般。

“他也受过训练。”耗子说，“他知道的跟我一样多。”

他端坐在那里，带着新的兴趣朝拱道中眺望。

第 5 章 沉默仍是命令

他们现在比以往更加贫穷。马可和父亲坐下来吃的晚饭相当少。拉萨勒斯站在主人的椅子后面,十分庄严地为他服务。他们简陋的小屋总是保持着军人的干净整洁。能擦洗的东西都必须锃亮,不可以留有一颗灰尘。这种完美不是通过奴役劳动达到的。拉萨勒斯把打扫主人房间的工作从负担过重的勤杂女佣手中全部揽了过来,因此他的人缘好极了。他年轻时在军营里学会了做很多事。他缝缝补补,随身带着粗糙的桌布和毛巾,当作上等的亚麻一样清洗,在穷人要面对的最艰难的斗争——与灰尘与脏污的斗争中,他总是不屈不挠。今晚他们的饭桌上只有干面包和咖啡,但咖啡是拉萨勒斯亲自煮的,面包也很好吃。

马可一边吃,一边对父亲讲了耗子及其伙伴们。正如男孩所料,罗利斯坦听的时候,黑眼睛里带着那种遥远的、深思的微笑。那是一种经常令马可着迷的表情,表明父亲在思考许多东西。也许他会说出几件,也许什么也不说。他对男孩的魔力好比一本只瞥到一两眼的精彩书籍,令人忍不住不断地猜测遐想。是的,马可就是觉得父亲对他的吸引力是一种魔力,而且觉得其他人也有同感。父亲站着和普通人说话时,高大的身躯显示出一种沉静的风度,好像含有威严。他从不会紧张或是心神不定地动来动去。他能够把手举得非常稳(他有一双优美的手,修长而有力);他那优美的弓脚板能站很久都不用换脚;他也不会坐姿不雅或是坐不住。他的大脑知道身体应该做什么,无声地发出指令,优美的四肢与肌肉神经立即执行。所以他可以自如地端立

马可一边吃，一边对父亲讲了耗子及其伙伴们。

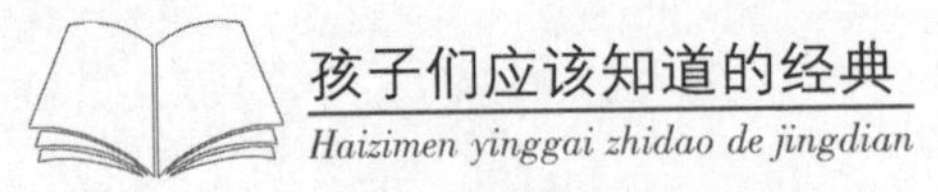

在那里，看着跟他说话的人，他们总是望着他，聆听他的讲话。虽然他的态度总是谦和有礼，没有架子，马可却总是觉得他好像国王在“接见”他们。

他经常看见人们离开时向他父亲深深鞠躬。不止一次有谦恭的人后退着走开，就像从君主面前退下那样。然而父亲的神态却是世界上最宁静、最谦逊的。

“他们在谈萨马维亚？他知道失踪的王子的故事？”他沉思着说，“在那样的地方！”

“他想听战争故事——他想谈论那些。”马可答道，“如果他能走路，又够年龄的话，他会亲自去为萨马维亚战斗的。”

“现在那里已经是一个血腥的、悲惨的地方！”罗利斯坦说，“人们不是悲伤恐惧，就是已经疯狂。”

马可突然用少年的手掌一拍桌子，自己都没有意识到想干什么。

“为什么要亚罗维奇派或马兰诺维奇派的人当国王呢！”他吼道，“他们几百年前开始争夺王位时，都只是野蛮的农民。最野蛮的一个夺到了，然后他们就一直斗来斗去。只有费多洛维奇的子嗣是天生的国王。世界上只有一个人有权坐上王位——我不知道他还在不在人世，但我相信他在！我相信！”

罗利斯坦好奇地望着他激动的十二岁的面孔，若有所思。他看到儿子胸中腾起的火焰是毫无征兆的——就像一阵猛烈的心跳。

“你是说——？”他轻声引导。

“艾弗·费多洛维奇。他应该是国王艾弗。人民会拥戴他，好时光会回来。”

“艾弗·费多洛维奇离开好心的修道士已经有五百年了。”罗利斯坦声音仍然很轻。

“可是，爸爸，”马可争辩道，“连耗子都像你那么说——说王子太年轻，在马兰诺维奇当权时没法回来。他必须干活养家，也许他跟我们一样穷。但他一旦有了儿子，就会给他起名叫艾弗，跟他讲——儿子又会给他的儿子起名叫艾弗，跟他讲——这样代代相传。他们的长子只能起名叫艾弗。你说的训练是对的，总有一个国王为萨马维亚接受训练，准备听从召唤。”他情绪热烈，从椅子上跳起来，站直身体。“哎！也许现在就有一个萨马维亚国王在某个城市里，他知道自己是国王，当他读到他的人民在打内战，他血液沸腾。那是他的人民——他自己的！他应该回去——他应该去公开自己的身份！你不觉得吗，爸爸？"

"没有小孩子想来那么容易。"罗利斯坦答道，"有许多国家都会说话——俄罗斯会有话说，还有奥地利和德国，英国从来也不会保持沉默。不过，如果他是个坚强的人，知道怎样默默结交强大的朋友，也许有一天他可以公开身份。"

"但如果他在某个地方，应该有个人——萨马维亚人——去找他。应该是一个非常聪明的萨马维亚人，一个爱国者——"他停住了，突然意识到什么。"爸爸！"他叫道，"爸爸！你——如果世界上有人能找到他的话，那就是你。但也许——"他又停了一下，因为新的想法涌入脑海。"你找过他吗？"他迟疑地问。

也许他问了一个傻问题——也许父亲一直在找。也许这就是他的秘密和他的工作。

但罗利斯坦似乎并不觉得这问题很傻。相反，他仍然带着那种好奇的神态，用英俊的眼睛盯着少年，仿佛在研究他——仿佛他远远不止十二岁。父亲在决定要告诉他什么。

"战友，"他说，带着那总是令马可心情欢畅的笑容，"你像个男子汉一样信守了誓言。你宣誓的时候还不到七岁。你在长大，沉默仍是命令，但你已经长大到可以多知道一些了。"他低首沉吟了一下，然后抬起头，语调低沉。"我没有寻找他，因为——我相信我知道他在哪里。"

马可屏住了呼吸。

"爸爸！"他只叫了这么一声，不能再说了。他知道不该问问题。"沉默仍是命令"。然而当他们在这间黑乎乎的小屋里对视——拉萨勒斯肃立在马可父亲的椅子后面，眼睛盯着空咖啡杯和干面包盘，在喧闹的大街旁这所破房子后边，一切看上去还是那么贫穷，但是有一位萨马维亚的国王——一位艾弗·费多洛维奇，血管中流着失踪的王子的血，此刻就活在某个城镇中！而马可的父亲知道他在哪儿！

他望望拉萨勒斯。尽管老战士的脸像木刻般不动声色，马可却觉得他知道并且一直知道。这个人当了一辈子战友，他继续盯着面包盘。

罗利斯坦又说话了，声音更低。"大约八十年前，萨马维亚人中的爱国者和思想者成立了一个秘密政党。那时候看不到希望，但他们成立了这个党，因为有个人发现有一位艾弗·费多洛维奇还活着，是奥地利阿尔卑斯山中一块大地产的林务主管。雇佣他的那位贵族一直觉得他是个谜，因为他的言谈举止不像是仆人出身。他看护森林和野兽的方式又像是受过教育并作过研究的。但他从不放肆或傲慢，从不自命高人一等。他是一个高贵的人，非常勇敢，非常安静。雇佣他的那位贵族跟他一起打猎，结下了交情。有一次那位贵族带着他到萨马维亚去打野马，奇怪地发现他对这个国家很了解，而且熟悉萨马维亚的狩猎方式与习俗。在回奥地利之前，此人获准独自进山。他来到牧人中间，跟他们交朋友，问了许多问题。

“一天夜里，在林中篝火旁，他听到了关于失踪王子的歌谣，将近五百年过去了，这歌谣还没有被遗忘。牧人们谈起艾弗王子，复述那古老的故事，并提到那个预言，说王子会回来使萨马维亚复兴。也许只是以某一位后裔的形体回来，但精神是他的，因为他的精神永远不会停止热爱萨马维亚。一位苍老的牧人摇摇晃晃地站起来，面朝森林上空蓝色夜幕中钻石般的群星，哭着大声祈祷伟大的上帝把国王还给他们。陌生的猎人也伫立仰望星空，虽然他没有说话，但旁边的牧人看到他面颊上挂着泪珠——大颗沉重的泪珠。第二天，陌生人拜访了收留失踪王子的那些修道士住过的修道院。他离开萨马维亚之后，那个秘密社团就成立了。社团成员知道艾弗·费多洛维奇以仆人的身份来过他的祖国。秘密社团当时很小，尽管她一直在成长，并且暗中做了不少好事，但直到那位猎人年老去世，社团还没有力量向萨马维亚公开她了解的情况。”

“他有儿子吗？”马可叫道，“他有儿子吗？”

“有。他有一个儿子，名叫艾弗，像我对你讲的那样受过训练。这一点我知道是真的，但即使不知道，我也相信会是这样。总有一位国王在为萨马维亚做准备——即使他曾做工服侍他人。而每一位都曾宣誓忠于祖国。”

“像我那样宣誓？”马可问，兴奋得透不过气来。十二岁时离一位失踪的王子——一位可能结束战争的王子如此之近，可真是件刺激的事。

“一样。”罗利斯坦答道。

马可举手敬礼。“一个男子汉在为萨马维亚成长！感谢上帝！”他念道。“他在某个地方？你知道？”罗利斯坦点头默认。

“这些年以来做了许多秘密工作。费多洛维奇党已经壮大到其他党派做梦也想不到的程度。那些大国也厌倦了萨马维亚连年的战争与混乱。他们的利益受到影响,认识到必须有可靠的和平和法律。因此有一些萨马维亚爱国志士毕生在各大首都结交朋友,秘密为祖国的未来做工作。萨马维亚那么弱小,这些工作花了很长时间,但当国王马兰及其家族被刺杀,战争爆发之后,有些大国开始说如果有血统高贵、品格可靠的君主即位,他将得到支持。"

"他的血统,"——马可激动得声音近乎耳语——"他的血统已经提炼了五百年,爸爸!如果能够实现——"他虽然笑了一下,却不得不眨眨眼睛,因为他突然感到泪水涌了上来,这是男孩子都不喜欢的——"牧人们要作一首新歌——一首欢呼的歌,唱王子失踪与国王归来!"

"他们是虔诚的民族,遵守许多古老的仪式。他们会在山坡上唱祷文,点圣火。"罗利斯坦说,"但最后时刻还没有到——还没有到。有时看上去可能快到了——但上帝才知道!"

这时马可突然想起他本来要讲但没有顾上的事——那个跟国王坐一辆马车、说萨马维亚语的男子。马可现在知道,这里面可能含有自己以前想不到的重要事情。

"我有件事要告诉你。"他说。

他已学会用简单明了的几句话向父亲描述一些事件。这是他的训练内容之一。父亲说也许有一天他需要在几分钟里讲清楚一件事——而那件事也许对某人生死攸关。马可此时讲得又快又好,让父亲看到那个衣冠楚楚的人及其从容的态度、锐利的眼睛,并且听到那人的声调:"转告你父亲说,你是一个训练有素的孩子。"

"我很高兴他这么说。他是个对训练很在行的人。"罗利斯坦说,"他知道整个欧洲在做什么,而且差不多知道她将要做的一切。他是一个强盛大国的大使。如果他认为你是一个训练有素的好孩子,那么可能——可能和萨马维亚都有好处。"

"我训练有素也有那么重要?能和萨马维亚有关系?"马可叫道。

罗利斯坦停了一会儿,严肃地望着他——打量他:高大健壮的少年体格、破旧的衣服、热切的眼睛。

父亲脸上浮现出他那种慢慢绽开的神奇笑容。

"是的。可能和萨马维亚都有关系!"他答道。

第6章　操练和秘密政党

罗利斯坦没有禁止马可与耗子和他那帮男孩继续交往。

“你自己会发现他们是不是你的朋友。”他说，“几天就能看出来，到时候你可以自己决定。你见识过许多国家的小孩，判断力应该不错，我想。你很快就会看出他们会成为男子汉还是小混混。那个耗子——你对他印象如何？”

英俊的眼睛带着锐利的探询目光。

“他如果能站起来，会成为一名勇敢的战士。”马可思忖着说，“但也可能比较残酷。”

“能成为勇士的男孩不可小看，但残忍的人是傻瓜。把我这话告诉他。”罗利斯坦说，“他会浪费力量——他自己的和被他虐待者的力量。只有傻瓜才会浪费力量。”

“我有时可以说到你吗？”马可问。

“可以。你会知道怎么说。你会记得哪些事情必须保持沉默。”

“我从未忘记。”马可说，“我一直练习不要忘记，练了这么久。”

“你很成功，同志！”罗利斯坦在书桌边说，他已经走到那里翻看一些文件。

一阵强烈的冲动袭上男孩心头。他走到书桌旁，挺直身躯，敬了一个少年的军礼，全身洋溢着热情。

“父亲！”他说，“你不知道我多么爱你！真希望你是一位将军，我可以为

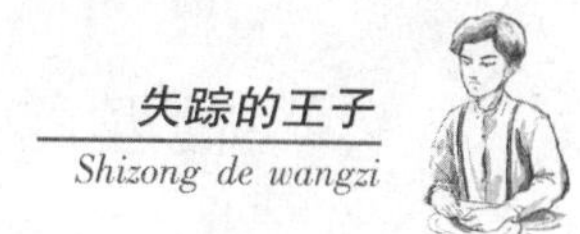

你战死疆场。望着你的时候，我特别特别渴望做些小孩子不能做的事情。我宁愿受千刀万剐而死，也不愿辜负你——或者萨马维亚！”

他抓住罗利斯坦的手，单腿跪地亲吻那只手。英国或美国的男孩不会有如此不加掩饰的天然冲动之下的行为。但他是热情的萨马维亚血统。

“我宣誓过效忠于萨马维亚，父亲，也就是宣誓效忠于你。好像你就是萨马维亚。”他说，又亲吻父亲的手。

罗利斯坦用那种高贵优雅的姿势转过身来。马可抬头望着他，感到他身上总是有一种淡淡的庄严，所以有人跪倒亲吻他的手也似乎很自然。

父亲拉起儿子，把手按在他的肩上，脸上突然流露出无限的温柔。

“同志，”他说，“你不知道我有多爱你——我们有怎样的理由应该相爱！你不知道我是怎样观察你，每年都感谢上帝：这里有一个真正的人在为萨马维亚成长。我知道你是——一个真正的人，虽然你才活了十二年。十二年可以成长出一个真正的人——或证明一个人永远不会成长，尽管他还以人的皮囊活九十年。今年我们将遇到许多奇异的事情。我们无法知道我可能会要你为我——为萨马维亚做什么，可能会是任何一个十二岁男孩都没有做过的。”

“每天夜里和每天早晨，”马可说，“我都会祈祷自己会接受这种任务，并且把它做好。”

“你会做好的，同志，如果有任务的话。这一点我可以打赌。”罗利斯坦答道。

马可走出拱道时，那一队人正聚在教堂后面的空地上。男孩们带着木枪整队站立，但脸上都带着顽固而阴沉的表情。马可心中闪过的解释是，耗子心情很糟。只见他蜷在他的木台上，狠狠地咬着指甲，胳膊肘支在屈起的膝盖上，面孔扭曲成一副丑陋的怒容。他盯着地上开裂的石板，没有转过头来，甚至眼睛都没有抬。

马可迈着军人的步伐走上前，停在他对面，迅速敬了个礼。

“对不起，我来晚了，先生！”他说，像一名下士向上校报告一样。

“是他，耗子！他来了，耗子！”那队人叫道，“看他啊！”

但耗子没有看，连动都没动。

“怎么啦？”马可问，礼貌比下士少了一点。

"如果你不欢迎我,那我来也没什么意义了。"

"他不高兴,因为你来晚了!"队伍里有人喊起来,"他不高兴的时候啥也别干。"

"我不会干什么的,"马可说,少年的面庞凝成优美而坚定的线条,"那不是我来的目的。我是来操练的。我跟我爸爸在一起。先要经过他。如果不先经过他,我就不能参加敢死队。我们不是在服现役,也不是在营房里。"

耗子猛地一动,转身看着他。

"我以为你不会来了!"他厉声说,马上吼了起来。"我爸爸说你不会。他说你是个体面人,虽然衣服上打着补丁。他还说你爸爸虽然只是一分钱一行字的小报作家,却自以为是体面人,不会让你跟一个流浪儿和讨厌鬼来往。没人求你参加。你爸爸可以下火海去!"

"不要那样说我爸爸。"马可相当平静地说,"因为我不能打倒你。"

"我起来让你打!"耗子马上面色发白,被激怒了。"我可以拄两根棍子站起来。我起来让你打!"

"不要这样。"马可说,"如果你想知道我爸爸说了什么,我可以告诉你。他说我可以随便过来——直到我决定我们应不应该做朋友。他说我应该自己决定。"

耗子做出一个奇怪的行为。要知道,他那倒霉的父亲虽然在下层社会越陷越深,以前却也是做过绅士,是个懂礼貌、受过良好教养的人。有时,他父亲在喝醉酒或半醉半醒的时候,会对耗子说起许多他本来永远不会听到的事情。因此他才与其他流浪儿不一样。也正是因此,耗子才会做出这样出人意料的奇怪行为,使整个局面突然一变。他完全改变了表情和声调,锐利的双眼紧盯着马可的眼睛,仿佛要给他出一个难题。他知道对多数像他外表那种阶层的男孩来说,这都会是一个难题。他要么知道答案,要么不知道。

"请原谅。"耗子说。

这就是难题了。这是一位绅士和军官在感到自己搞错了或失于粗暴时会说的话。耗子是听他醉醺醺的父亲说的。

"请你原谅——我来晚了。"马可说,这是正确的回答,是另一位军官和绅士的回答。它立即解决了问题,而且解决的不只是眼前看到的这些。它决定了马可属于那种人,他知道耗子的父亲曾经知道的东西——绅士们的言行和

思想。没有再说一个字,行了。马可插进敢死队的行列中。耗子用军人的姿态端坐着开始操练:

“敢死队!

“立正!

“托枪!

“四个一排!

“向右转!

“立定!

“向左转!

“立正持枪!

“稍息!”

他们操练得那么好,让人觉得真是一个奇迹,因为他们的空间那么有限。这些男孩显然经常这样练习,耗子不仅是一个干练的指挥官,而且是一个严厉的指挥官。他们一早上把这套动作练了许多遍,甚至还加上了复习操,似乎也练得一样纯熟。

“你是从哪儿学到的?”当武器重新码好,马可像昨天那样坐在他身边时,耗子问。

“从一位老战士那儿。我也喜欢看,像你一样。”

“就算你是皇家卫队的少官,也不会比刚才做得更漂亮。”耗子说,“那腰板,那站姿!你有天分!真希望我是你!那么自然。”

“我一直喜欢看,也自己练习。很小的时候就这么做了。”马可答道。

“我想把这帮伙计调教出来,都训了一年多了。”耗子说,“真是个好工作!我一开始差点都要吐了。”

他面前的那半圈人只是吃吃笑,或干脆笑出声来,似乎对他的傲慢态度毫不在意。他显然能给他们某些吸引人的东西,足以补偿他的专制与冷漠。他把手插进破上衣的一个口袋里,抽出了一张报纸。

“我爸爸带回来的,包在一块面包上。”他说,“看看上面说什么!”

他把报纸递给马可,指着一栏上面的几个大字。马可看了一眼,坐在那儿不动。那几个字是:失踪的王子。

“沉默仍是命令”。是他脑海中闪过的第一个念头。“沉默仍是命令”。

“什么意思呀?”他大声说。

“没说多少。我真希望能多一点。”耗子烦躁地说,“看了就知道。当然他们说这不一定是真的——但我相信。他们说有人知道他在哪儿——至少是他的一个后代在哪儿。反正是一回事。他将是真正的国王。只要他能露面,也许就可以结束战争。看报吧。”

马可读了起来,全身血液加速,皮肤有麻刺的感觉。开头简单介绍了失踪的王子的故事。文章说,多数人认为那是神话,但又有一种确切的传闻说那不是神话,而是萨马维亚漫长历史的一部分。据说数百年来,一直有个团体秘密效忠于那位受崇拜的、失踪了的费多洛维奇。甚至据说这种誓言由父亲传给儿子,代代相传,要忠于王子和他的子孙。人们把他奉为神明。现在有种说法,虽然好像是浪漫故事,但已开始成为公开的秘密:有人相信已经发现了王子的一位后代——一位配得上年轻祖先的费多洛维奇,而且还有个秘密政党认为,如果他回去当上萨马维亚的国王,无穷的战火和流血就会终止。

耗子开始快速咬他的指甲。

“你相信他被找到了吗?”他兴奋地问,“你不相信吗?我相信!”

“我想知道他在哪儿,如果这是真的。我想知道!在哪儿?”马可叫道。他可以这么说,也可以显得像他心中一样地急切。

敢死队马上开始叽叽咕咕。“是啊,他在哪儿?没法知道。可能在国外的什么地方。英国离萨马维亚太远了。萨马维亚有多远?在俄国吗?还是在法国人那边,德国人那边?不管在哪儿,他一定是好样的,一定是走在街上人家都要回头看的那种。”

耗子继续咬着指甲。

“他可能在任何地方。”他说,野蛮的小脸上放着光。

“这是我喜欢想的事。他可能就走在外面的街上,可能就在那儿的哪一间房子里。”他把头朝周围那些房子的背面一摆,“他可能知道自己是国王,也可能不知道。如果你昨天说的事是真的——永远有一位国王在为萨马维亚做准备,那他就会知道。”

“对,他会知道。”马可接口道。

“嗯,他知道更好。”耗子继续说,“不管多穷,他一直都知道这个秘密。如

果有人嘲笑他，他就会嘲笑他们，暗暗好笑。我敢说他走路时腰板一定特别直，头昂得高高的。我要是他，就愿意让人有点怀疑我不像普通人。”他伸手兴奋地推了推马可。

“我们来帮他谋划谋划！”他说，“那一定是个很棒的游戏！假装我们是那个秘密政党！”

他极其兴奋，从破衣兜里摸出一截粉笔，身体前倾，开始在离他那木台最近的石板上飞快地画着什么。队员们也俯身向前，马可也是。粉笔在勾勒出一幅粗略的地图，没等耗子开口，马可就看出了那是什么地图。

“萨马维亚的地图。”耗子说，“是在我跟你们说过的那本杂志上看到的——就是我读到艾弗王子的那本。我研究了好多遍，把纸都揉碎了。但那时候我已经能画出来了，所以不要紧。我闭着眼睛都能画。这是首都，”他指着一个点，“叫梅尔萨，里面就是王宫。就是在那里第一个马兰诺维奇杀死了最后一个费多洛维奇——那个坏家伙，艾弗的爸爸。这就是艾弗那天一大早唱着牧人的歌走出去的那个王宫。王位就在那里，他的后代就将坐在那上面戴王冠——他会坐上去。我相信他会！让我们发誓他会的！”他扔掉粉笔，坐正身体。“给我两根棍子，扶我站起来。”

两名队员马上一跃而起，向他走去，每人从那摞木枪中抓了一根，显然知道要做什么。马可也站起身，带着突如其来的强烈兴趣观看。他原以为耗子站不起来，但看来这男孩能以他的方式站立，而且正准备这样做。两个队员搀着他的胳膊把他架起来，放到墓地铁栏杆的石顶上，把木棍递到他手中，一边一根。他们站在他的两侧，但他自己撑着。“他要是有钱买拐杖，就能到处走了！”一个叫卡德的说，语气很自豪，马可注意到了。他奇怪的是这帮野孩子都为耗子而自豪，把他看成领袖和主心骨。“他能走得和站得像任何人一样好。”另一个说，用的是夸耀的语气，他叫本。

“现在我要站着，你们也是，”耗子说，“敢死队！立正！你是排头。”这是对马可说的。他们立刻站成了一排——站得笔直，挺胸抬头。马可排在第一。

“我们要宣誓，”耗子说，“是效忠宣誓。效忠就是忠于什么——忠于一位国王或一个国家。我们是效忠于萨马维亚国王。我们不知道他在哪儿，但宣誓要忠于他，为他战斗、为他谋划、为他死，要帮他夺回王位！”说到“死”字时他猛一扬头的样子真是很潇洒。“我们是秘密政党，我们要暗中活动，秘密调查——组成一支没有人知道的军队，等它足够强大时，来一个秘密的信号就可以起义，把马兰诺维奇和伊亚诺维奇打个落花流水，占领他们的城堡和老巢。甚至没有人知道我们存在，我们是一支静悄悄的、秘密的军队，从不大声张扬！”

虽说是静悄悄的，他们此刻却在大声嚷嚷。这个游戏的主意如此精彩，而且可能充满快乐的冒险，敢死队发出一阵热烈的欢呼。

“万岁！”他们高叫，“效忠宣誓万岁！万岁！万岁！万岁！”

“闭嘴，蠢猪！”耗子嚷道，“你们就是这样保守秘密的吗？你们会把警察喊来的，傻瓜！看看他！”他指指马可，“他还有些头脑。”马可确实一声没吭。

“过来，卡德和本，把我放回轮椅上去。”敢死队的司令气冲冲地说，“我不会做这个游戏。跟你们这样一帮榆木脑袋的生手搞不出什么名堂。”

那排人立刻散开，围到他身边，央求着、劝说着。

“哎呀，耗子！我们忘了嘛。这是你想出的最棒的游戏了！耗子！别赌气呀！我们会一声不响的，耗子！秘密行动最刺激了。哎呀，耗子！接着干吧！”

“你们自己接着干吧！”耗子吼道。

“除了你，我们中间没人干得了！没人！没人能想得出这个。只有你能想出点子。你想出了敢死队！所以你是队长呀！”

的确，他是能为他们想出玩法的人。这些一无所有的街头流浪儿。他能凭空创造出让他们兴奋的东西，填补那些空虚无聊，经常是阴冷潮湿或灰雾蒙蒙的时光。这使他成为他们的队长和骄傲。

耗子开始让步，尽管是不情愿的。他又指指刚才一直立正保持不动的马可。

“看看他！他知道让他站哪儿就站哪儿，没有命令不乱跑。他是个军人。他不是——一个不会走正步的生手。他以前在军营里待过。”

但在这通发作之后，他还是屈尊继续了。“誓言是这样。”他说，“我们宣誓宁愿忍受严刑拷打，万死不辞，决不出卖我们的秘密和国王。我们要默默服从，保持隐蔽，一旦接到命令，可以蹚血河，闯火海，什么也挡不住。我们说的、做的、想的一切都是为了国家和国王。如果你们谁有话要说，就在宣誓前说出来吧。”

那排人立刻散开，围到他身边，央求着、劝说着。

他看到马可动了一下，便对他做了个手势。

“你，”他问，“你有什么要说吗？”

马可转向他，敬了个礼。

“这里站着十个献身给萨马维亚的人，感谢上帝！”他只敢说这么多，并且觉得父亲也会说这是恰当的回答。

耗子认为是的，他似乎认为这话说到了点子上。他一下激动得脸都红了。

“敢死队！”他说，“我让你们为这话欢呼三声，这是最后一次，然后我们就要静悄悄的了。”

他带头欢呼，并且让他们尽情喧闹，队员们非常开心。他们喜欢大呼小叫，等到结束时，他们已经发泄痛快，准备干正事了。

耗子立刻入戏了。想必从未有过哪个密谋者的声音像他这样低沉。

“秘密党员们，”他说，“现在是深夜。我们在黑暗中集合，我们不敢在白天聚会。白天碰到时，我们要假装不认识。我们现在是在萨马维亚的一座城市里开会，那儿有一座要塞。接到秘密信号，我们就要发动起义，夺取这个要塞。现在要做好一切准备，等找到国王，秘密信号就会发出。”

“这个城市叫什么名字？”卡德小声问。

“叫拉林纳，是个重要的港口。我们一起义就必须夺取她。下次开会时我会带一盏黑灯笼，画幅地图给你们看。”

如果马可能够给他们画画他知道的地图，会对游戏大有帮助。那图上会画出每一个堡垒——每一个要塞和薄弱地点。身为男孩，他知道每颗心中会激动成什么样，他们会凑上前问一堆又一堆的问题，指着这个或那个地方。马可十岁之前就学会画这图了，画过一遍又一遍，因为有时父亲说地图有变化。哦，是的！他能画一幅会让他们高兴得发狂的地图。但他静静地坐在那儿听着，只有在问问题时才开口说话，好像他对萨马维亚的了解并不比耗子更多。他们是怎样一个秘密政党啊！紧紧围成一圈，神秘地压低声音说话。

“应该在拱道口设一个岗哨。”马可悄声说。

“本，拿上你的枪！”耗子命令。本轻轻站起来，扛起枪，蹑手蹑脚地走向拱道口，站起岗来。

“我爸爸说萨马维亚有一个秘密政党已经有一百年了。”耗子小声说。

“谁告诉他的?”马可问。

“一个到过萨马维亚的人。”耗子回答,“他说那是世界上最好的秘密政党,因为她奋斗了那么久,等了那么久,从不放弃,尽管希望渺茫。那个党是从一些牧人和烧炭工中间发起的,他们发誓要找到失踪的王子,帮他夺回王位。一开始人数太少,斗不过马兰诺维奇。第一批人上了年纪之后,就让儿子立下同样的誓言,代代相传,每一代队伍都有扩大。那个党现在有多大,没人知道,但据说几乎欧洲所有国家都有人秘密加入,他们都宣誓在需要时帮助她,现在只是在等待时机。有钱的出钱,没钱的可以偷越边境运送武器。人们甚至说这么多年他们一直在山洞里秘密制造武器,储藏在那里。有一些叫做铸剑士的人,他们祖祖辈辈都造剑,藏在没人知道的洞窟里,地下洞窟。”

马可大声说出他脑子里浮现的问题,一个令他害怕的想法。“如果街上人人都在这么说,它们就藏不了多久了。”

“不是普通人在说,我爸爸说的。只有很少的人在猜测,而且大多数人都认为那是失踪王子的传说的一部分。”耗子答道,“马兰诺维奇和伊亚诺维奇们把它当成笑话。那帮家伙一直都很蠢,太自高自大,不会想到有什么东西能妨碍他们。”

“你跟你爸爸说话多吗?”马可问他。耗子咧嘴一笑,露出尖尖的白牙。

“我知道你在想什么,”他说,“你想起了我说过他总是醉醺醺的。他是的,只不过有时候是半醉。而半醉的时候,他是伦敦最能说的人。他能记得从小学过、读过、听过的所有事情。我让他打开话匣子,然后就听。他想说,我也想听。我知道的一切就是这样听来的。他不知道他在教我,但他教了。他半醉的时候就变回绅士了。”

“如果——如果你关心萨马维亚,最好让他不要对别人讲秘密政党和铸剑士的事。”马可建议道。

耗子微微一惊。

“对啊!”他说,“你比我聪明。不能到处乱说,马兰诺维奇们听多了就会注意的。我会让他作保证。我爸爸有一点很奇怪,”他慢吞吞地说,好像在心里琢磨,“我想是残留的绅士习惯吧。他只要作过保证,是决不会违反的,不管是喝醉了还是清醒时。”

“请他作个保证。”马可说，随后他换了个话题，因为这样似乎比较适宜。“接着说说我们自己的秘密政党要做什么吧，我们都忘了。”他低声说。

耗子重新热心地开始他的游戏。这游戏对他有很大的吸引力，因为它让他发挥想象，让听众听入了迷。而且还能让他研究战争和谋略。

“我们在准备起义，”他说，“起义肯定快来了。我们已经等了那么久，洞窟里堆满了武器。马兰诺维奇和伊亚诺维奇们用上了全部兵力在打仗，现在就是我们的机会。”他停下来思考，胳膊肘支在膝上，又咬起了指甲。

“秘密信号必须发出。”他说，然后又停下来，队员们屏住呼吸，凑近了一些，发出一点移动的轻响。“要抽签选出两名秘密党员，派去执行任务。”他接着说。敢死队差点又要欢呼，给自己带来毁灭和羞辱，但及时止住了。“要抽签选出。”耗子重申，审视着一张张面孔。“每个人派出去时要把性命提在手里，也许要死一千回，但那也得去，必须乔装改扮，悄悄潜入一国又一国。只要哪里有秘密党员，无论是在茅屋还是在王位上，信使都必须暗中去给他发信号，意思是，‘时机已到，上帝拯救萨马维亚！’”

“上帝拯救萨马维亚！”队员们激动地轻声念道。然后，因为看到马可把手举到额头，每个人也都敬起礼来。

他们一起开始小声说话。

“现在就抽签吧，抽签吧，耗子。别等了。”

耗子开始担心不安地四下张望。他好像在看天。

“黑暗不那么浓了，”他小声说，“午夜已过，天快要亮了。如果谁有一张纸或者一根绳子，我们就在分手前把签抽了。”

卡德有根绳子，马可有把小刀可以将绳子切成小段，耗子亲自动手。然后，他闭上眼睛把绳段搅混，捧在手里让大家抽。

“抽到最长一根的秘密党员中签。抽到最短一根的秘密党员也中签。”他庄严地说。

抽签仪式像他的语气一样庄严。每个男孩都想抽到最短或最长的那根。每个人抽绳子时心都怦怦跳。

抽完之后，每个人都亮出自己的签。耗子抽到了最短的那根，马可抽到了最长的。

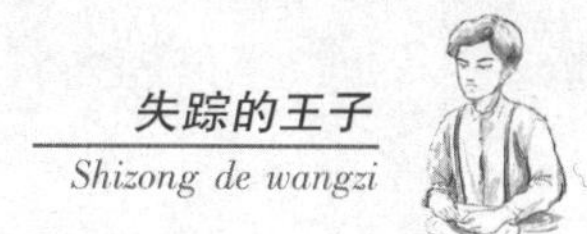

“同志!”耗子握住他的手说,“我们要共同面对死亡和危难!”

“上帝拯救萨马维亚!”马可答道。

当天的游戏到此结束。队员们都说,这是耗子为他们想出的最棒的游戏。“他真神,就是神!”

第7章　灯已点亮!

回家的路上,马可满脑子只想着要告诉父亲的事,那个到过萨马维亚的陌生人对耗子的爸爸讲的事情。他觉得那应该是真事,不会只是编出来的。铸剑士应该是真人,藏了许多世纪武器的地下洞窟也应该是真的。如果这些都是真的,父亲当然应该是知情者之一。马可的脑子转得飞快。耗子这个男孩设计的起义只是一个游戏,但想起来多么自然:有一天——也许不用多久,会有一场真正的起义!如果秘密政党已经如此壮大,如果有这么多武器和分布在各国的秘密友人等在那里,当然会发动起义。这么多年来,秘密准备工作一直在持续进行,尽管是为一个未知的日子做准备。坚持了这么久的一个政党——把一个誓言代代相传——一定有着铁的决心。

在那些洞窟和秘密会址里什么准备不能做啊!他真想马上到家把听到的一切告诉父亲。马可在心中回忆着耗子说的每一个字,甚至包括他在游戏中讲的内容,因为——因为那似乎也是如此真实,真实得可能会有用处。

可是到了菲利伯特街七号,他发现罗利斯坦和拉萨勒斯都在埋头工作。里间的门锁着,他敲开进去后,门立刻又锁上了。桌上堆着许多纸,显然是他们正在研究的。其中有几张是地图,有道路图,有城镇地图,也有防御工事图,但都是萨马维亚的地图。它们平时都放在一个硬盒子里,拿出来研究时,一般都要锁上房门。

在吃晚饭前,它们都被放回硬盒子中,推到一个角落里,盖上一堆报纸。

“他来时,”马可听到父亲对拉萨勒斯说,“我们可以把计划清楚地拿给他

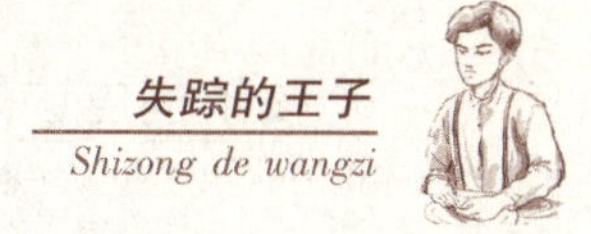

看,他可以亲眼看到。”

父亲吃饭时几乎没有说话。拉萨勒斯在这种场合虽然一贯是没人跟他说话就不爱开口,但马可觉得他今晚看上去比以前任何时候还要沉默。他们显然都在紧张思考着非常重要的事情。到过萨马维亚的陌生人的故事还不能讲,但它可以留着。

罗利斯坦一言不发,手托额头坐在那里,仿佛在沉思。当拉萨勒斯擦完桌子,把屋子尽可能收拾整齐后,他才向马可招了招手。

“来,同志。”马可走了过去。

“今天晚上可能有人来跟我谈些重要的事情。”他说,“我想他会来的,但不完全肯定。必须让他知道他来时我身边没有外人。他来的时间比较晚,拉萨勒斯会悄悄打开门,没人会听到。不能让人看到他。还必须派一个人在街对面溜达,等他一出现,就从人行道上走到他面前,低声说‘灯已点亮’。然后马上悄悄走开。”

听到这样神秘的计划,哪个男孩的心能不兴奋地直跳呢!即使是一个对萨马维亚一无所知的迟钝男孩也会感到刺激。马可激动得几乎嗓音都颤抖了。

“我怎么能认出他呢?”他马上说,问都没问就明白要去接头的那“一个人”就是他。

“你见过他。”罗利斯坦答道,“他就是跟国王乘一辆马车的那个人。”

“我应该能认出来。”马可说,“我什么时候去呢?”

“一点半以后。先上床睡觉,等拉萨勒斯叫你。”然后他又补充道,“说话前看清楚他的脸。他可能穿得不像你第一次看到时那样好。”

马可上了楼,回到自己的房间,听话地躺到床上,但很难睡着。街上的车马喧嚣一般不会让他睡不着,因为他在许多大都市的贫民区住过,不会对噪音不习惯。但今晚他躺在那里望着外面的灯光,觉得能听到每辆大车小车的声响。他不禁想到车里的人们,还有破铁栅栏外面人行道上匆匆的行人。马可想,他们天天在报上读到战争,要是知道与那些战争有关的活动就在一所他们看都不会看一眼的破房子里进行,会有何感想呢。肯定是与战争有关的活动,一位大外交家和陪同国王的人要来跟一位萨马维亚的爱国者密谈,也许秘密政党知道他要这样做。马可的心几乎在衬衫下面怦怦响。他躺在凹凸不平的床垫上思忖着。真的要看清楚了那陌生人再走过去，要确定他是要等的人。他长期用来自娱自乐的游戏是极好的训练——清楚详细地记住画面、人物和地点。要是他能画画，他知道自己能画出那张精明的、鹰一般的面孔，目光锐利，嘴巴轮廓分明，优雅地紧抿着，仿佛永远关着什么秘密——永远。要是他能画画——他发现自己又在说。他能画，虽然也许很粗糙。他经常把想问的东西画下来自娱，甚至还用他那未经训练的方式画过人物肖像。父亲说他有一点抓住特征的天赋。也许他可以画出那张脸，向父亲表明他知道并能认得出来。

他跳下床，走到窗边一张桌子前。桌上有纸和铅笔。正对面一盏街灯投入室内的灯光让他能够看见。他半跪在桌边画了起来，一直画了大约二十分钟，撕掉了两三张不满意的速写。画得拙倒不要紧，只要能捕捉到那种微妙的神态，那不是狡黠，而是一种更加庄严重要的东西。那引人注目的、贵族气质的面部轮廓倒不难勾画。从某种意义上讲，一个长相普通、五官不那么鲜明的人也许更难画一些。马可全神贯注地回忆着凭靠训练而拍摄在他脑海里的每个细节，渐渐看到肖像清楚起来，没过多久就很鲜明了。任何一个认识那位男子的人都能认出来。马可站起来，快慰地深吸了一口气。

他没有穿鞋，尽量无声地走过房间，无声地打开门。下楼时悄无声息。房东太太已经睡了，其他房客和勤杂女佣也已歇息。所有的灯都熄灭了，他只看到父亲房间的门缝里透出一丝亮光。很小的时候，他就学会了在门上发一个特殊的暗号，表示想跟父亲说话。此刻他伫立在里间门口，发出了暗号。那是一种缓慢的抓挠声——挠两下再轻敲一下。拉萨勒斯打开门，显得有些不安。

“还没到时候，先生。”他声音很低地说。

“我知道。”马可答道，“可我必须给我爸爸看样东西。”拉萨勒斯让他进去，罗利斯坦从写字台前询问地转过身来。

马可走过去把肖像放在他面前。

“看，我记得他，都能画出来。我一下子想到的——想到我可以画画。你觉得像他吗？”

罗利斯坦仔细端详着。“非常像他。”他答道，“你让我觉得非常放心。谢谢，同志。这是个好主意。”

他带着欣慰握住男孩的手。马可欢天喜地地离开,走到门口时,罗利斯坦又对他说:

“好好利用这个天赋。这是个天赋。你的头脑的确训练得不错。你画得越多越好,把能画的都画下来。”

回到床上,街灯、噪音和他自己的思绪都不能阻止马可睡着了。但在就枕之前,他给自己下了几个命令。他读到过,也听罗利斯坦说过,大脑能够控制身体,只要找到窍门。他自己也做过试验,发现了一些奇妙的现象。一个是如果他叫自己在某个时候记起某件事,通常真的能记起来。脑子里似乎有一个东西在提醒他。他经常试验叫自己在某个钟点醒来,结果醒来时一看钟几乎都是正好。

“我要睡到一点钟。”他闭上眼睛时说,“然后就醒过来,会觉得很精神,不会犯困的。”

他睡得像任何男孩那样香。一点钟准时醒来,发现街灯的光还投映在窗口。他知道是一点钟,因为桌上有个便宜的小圆钟,他能看到时间。精神很好,一点也不困。他的试验又成功了。

他起床穿衣,然后像先前那样轻手轻脚地下楼,把鞋提在手里,打算到了街上再穿。他在父亲的门上发了暗号,是罗利斯坦开的门。

“我可以走了吗?”马可问。

“好。慢慢走到街对面,四下看着点。我们不知道他会从哪边过来。对他说过暗号之后,你再回来睡觉。”

马可像战士接受命令时那样敬了个礼。

然后,没有耽搁一秒钟,他悄无声息地走出屋去。

罗利斯坦转身回来,默默站在房间中央,优美修长的身躯似乎格外挺拔庄严,他的眼睛闪闪发亮,好像被什么东西深深打动了。

“有一个男子汉在为萨马维亚成长。”他对望着他的拉萨勒斯说,“感谢上帝!”

拉萨勒斯的嗓音低沉沙哑,他崇敬地敬了个礼。

“殿——先生!”他说,“上帝保佑王子!”

“是啊,”罗利斯坦答道,犹豫了片刻又说——“等找到他的时候。”随后带着他那美男子的微笑回到桌前。

当午夜使所有喧嚣都平息之后，大城市空荡荡的街道上出奇的寂静，几乎令人难以置信。森林深处或高山之巅的寂静倒没有这么奇怪。几小时前喧嚣从这里涌过，几小时后又将重新涌来。

但现在街上是光光净净的，远处一名警察在人行道上的脚步声带着一种空洞的、几乎令人害怕的回音。马可过街时听到，感觉尤其强烈。以前也有这样空旷沉寂吗？每天都是这样吗？也许是的。当他在凹凸不平的床垫上睡得正香，街灯的光静静洒进屋里的时候。听着夜间巡警的脚步声，他不想被发现。旁边有处突出的墙，警察过来时他可以站在阴影中。因为看到一个小男孩凌晨一点半在街上游来荡去，巡警一定会停下来审视一番。马可准备等到他过去之后，再来到亮处朝街两头和岔道上张望。

几分钟后，听到脚步声走近，他安全地躲在了阴影里，没有被发现。警察过去之后，他溜出来慢慢沿街走去，扫视着两旁，时而回头看看。起先一个人也看不见，后来一辆双轮小马车叮叮当当地驶过，但车上的人是欢宴归来，只顾说笑，什么也注意不到。街上又归于沉寂，马可觉得过了好久好久，一直都看不到人。实际上并没有那么久，是他心急。一辆赶早的运菜车笨重地缓缓驶来，是从乡下到考文特花园市场去的，车夫坐在土豆和圆白菜堆上都快睡着了。然后又是寂静和虚空，直到警察巡逻回来，马可重新躲进墙壁的阴影里。

回到亮处，他开始希望父亲不会觉得时间太长。其实并不长，他对自己说，只是感觉。但父亲的焦虑会比他更加厉害。罗利斯坦知道这位大人物的来访关系到什么——这位跟国王并肩坐在马车里像老熟人一样攀谈的人物。

“也许是整个萨马维亚都在等待的消息——只是所有秘密党员都在等待的。”马可想。“秘密政党就是萨马维亚。”——他突然一惊，听到了脚步声。“有人来了！是个男的。”

一个男子从与马可同一侧的人行道上走来。马可脚步很轻但很快地迎上前去。他觉得最好装作是深夜被派出来跑腿的小孩——比如去找医生。这样如果对方是个陌生人，也不会起疑心。这个人和国王车里那个人一样高吗？是，高度差不多。但距离太远，其他都看不出。走近了些，马可发现那人似乎也稍稍加快了脚步。马可继续走，再近一点就能弄清楚了。现在够近了，不错，这个人身高一样，体型也差不多，但年轻许多。这不是跟国王陛下

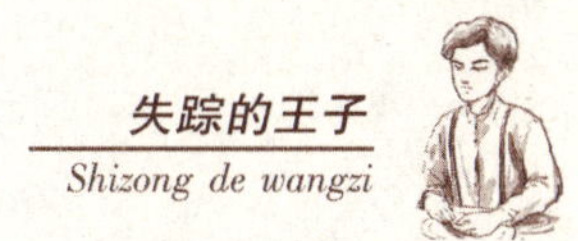

同车的那个人,他不会超过三十岁,甩着手杖,口里轻轻吹着一支音乐厅的歌曲,马可从他身边走过时没有改变脚步。

等到警察巡逻过来,第三次消失之后,马可才听到一条岔路上远远响起脚步声。他听了一会儿,确定脚步声在走近而不是消失在别处,然后站到一个能把整条街一览无余的位置。是的,有人来了,又是一个男人的身影。他使自己站在背光处,来人不会发觉被监视。两分钟后,那位孤独的行人走近到能看出模样了。他戴着一顶普普通通的帽子,把他的脸完全罩在阴影之下。但没等他过街来到马可这边,男孩就认出了他,就是跟国王同车的那个男子!

也是运气,那男子过街的地方挺合适,马可正好可以悄悄从后面赶上去,跟他并排走了几步,然后从他面前穿过人行道,悄悄望一下他的脸,低声但清楚地说"灯已点亮"。接着一秒钟也不停地往前走去。他没有放慢脚步,也没有回头,直到走出很远,他才朝后望了一眼,看到那个人影已经过了街,站在围栏里了。一切正常,父亲不会失望,那个大人物来了。

他又走了十分钟,然后回家睡觉,但不得不对自己说了几遍"快快睡觉",这一夜才终于合眼。

他没有放慢脚步，也没有回头，直到走出很远，他才朝后望了一眼。

第8章　刺激的游戏

第二天，罗利斯坦只有一次提到夜里的事。

“你任务完成得很好，不慌不忙，”他说，“殿下对你的沉着很满意。”

他没再说什么。马可明白那淡淡提到的陌生人的头衔只是一个称呼。如果将来需要再提到他，就可以说“殿下”。在欧洲大陆各国有许多殿下并非皇亲国戚，他们叫殿下就像其他贵族叫公爵或男爵一样。称一个人为殿下时，并没有揭示什么特别的东西。不过，虽然没有怎么提那件事，但显然罗利斯坦和拉萨勒斯都在做许多工作。里间的门总是锁着的，通常搁在铁盒子里的地图和文件也一直在用。

马可来到伦敦塔，花了小半天时间重温许多世纪以前那古老雄伟的石墙内发生的故事。这样，他整个童年都在熟悉各种人物，对许多男孩来说那些人物是不真实的，只是假装活在学校里——历史书里。而马可懂得他们是真有其人，因为他曾经站在他们出生、嬉戏、最后归天的宫殿里。他见过他们蹲过的地牢，问斩的断头台，为保卫城堡而坚守过的墙垛，还有他们坐过的宝座、戴过的王冠、执过的宝石权杖。他曾驻足在一幅幅肖像前，好奇地盯着他们那镶有上万颗珍珠的“受封袍”。看着一个人的面孔，走开时感觉那肖像上的眼睛盯着你；看到他曾用血肉之躯温暖的奇异华服，就会意识到历史不仅仅是教科书上的课程，而是一个个真人的生活经历，他们见过不可思议的精彩日子，有时也遭受不可思议的可怕命运。

只有几个人在跟着导游参观。身穿古代英王卫士服装的导游和蔼可亲，显然很爱说话。他是个虎背熊腰的壮汉，大脸膛上一双快活的小眼睛。他长得很像马可见过的亨利八世的画像。站在其中一块牌子旁边，导游似乎格外口若悬河。那牌子标出了格雷郡主①将她年轻的头颅搁上断头台的地方。一位不大了解英国历史的游客就她被处死之事提了些问题。

“要是她的公公，诺森伯兰的公爵不去干预那小两口——她和她的丈夫吉尔福德·达德利，他俩还能保住脑袋呢。他注定会让她当上女王，玛丽·都铎就注定会当上女王。公爵不够聪明，不会搞阴谋煽动民众。我们在报上读到的那些萨马维亚人会干得比他好，他们还是半野蛮人呢。”

“他们在梅尔萨外面打了一场大仗。”马可旁边一位游客对他的女同伴说，“杀了好几千人。我在大客车顶上看到布告牌上的大字。他们在互相残杀，就是这样。”

爱说话的英王卫士听到了。

“他们埋尸体都来不及，”他说，“很快就会有瘟疫爆发，蔓延到邻近的国家，最后蔓延到整个欧洲，就像中世纪那样。文明国家要做的就是让他们选一个像样的国王，开始安分一点。”

“这个我也要告诉爸爸。”马可想，“好像所有人都在关心和议论萨马维亚，连老百姓都知道它需要一个真正的国王。应该到时间了！”他指的是秘密政党等待和努力了那么久的事——起义。可是回到菲利伯特街时，他却发现父亲不在家。拉萨勒斯站在马可的椅子后面伺候他用那不起眼的晚餐，显得比平时更沉默。他们的食物无论多么简单贫乏，服务却总像宴会一样精心和讲究。

“一个人吃干面包喝凉水也能像个绅士，”父亲很久以前说过，“草率的习惯是很容易养成的。哪怕饿得发慌，有教养的人也不会让别人看出来。狗可以那样，但人不可以。就像狗在发怒或疼痛的时候可以嗥叫，但人不可以。”

这只是训练中的小细节之一，它们潜移默化地使这少年小时候就能自我节制，彬彬有礼，让少年态度从容，风度优雅，身体挺拔，坐立端正。所以这少年显得与众不同，虽然没有任何架子，但一看就与那些举止随便没有正形的

---

① 格雷郡主(1537～1554)，英国“九日女王”，亨利七世的曾孙女，埃德华六世指定的王位继承人，被推上王位后仅九天，即被玛丽一世取代，受指控叛国而被斩首。

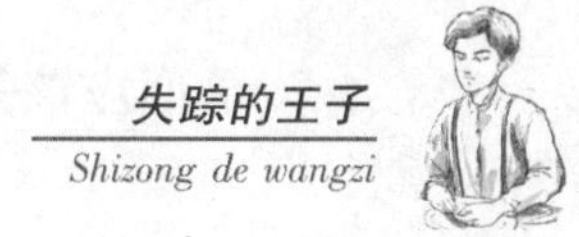

男孩不一样。

“有没有讲到战争的报纸,拉萨勒斯?”离开餐桌后,他问。

“有的,先生。你爸爸说你可以读一读。”他把报纸递过来,并加了一句,“是个黑色的故事!”

的确是黑色的。马可读的时候觉得简直无法忍受。好像萨马维亚成了一片血海,其他国家看到如此残酷的暴力一定会大为惊骇。

“拉萨勒斯,”他终于跳了起来说,两眼冒火,“必须阻止这一切!必须有足够强硬的办法。”

“时间到了。时间到了。”他在屋里踱来踱去,激动得无法站着不动。

拉萨勒斯那样地望着他!老战士克制的面容中蕴藏着怎样强烈炽热的感情!

“是的,先生。时间当然到了。”他答道,但只说了这么一句,马上转身走出了简陋的里间,似乎觉得早点走开为好,免得控制不住自己而说出更多的东西。

马可朝敢死队的集合地点走去,耗子过去管它叫营地。耗子坐在他的弟兄们中间,在给他们读早报,就是讲到梅尔萨战役的那张。敢死队变成了秘密政党,每个人都为秘密计划和冒险精神而振奋,他们说话时都压低了嗓门。

“现在这儿不是营地了,”耗子说,“这里是一个地下洞窟。地底下埋着成千上万的宝剑和枪支,一直堆到洞顶。只有一小块地方可以让我们坐下来议事。我们从一个小洞爬进去,洞口掩藏在灌木丛中。”

对其他男孩来说这只是一个刺激的游戏,但马可知道对耗子来说不仅仅是这样。他看得出耗子虽然不知道他所了解的内情,但却是把整个故事当成真事。萨马维亚的斗争,通过他听到或从报上读到的信息,已经占据了他的心灵。对从军打仗的热情,加上他那异常成熟的头脑,使他密切关注能抓到的每个细节。他的聆听异常有效,年长者说过就忘的事他都能记住。他什么也不会忘记。他曾在石板地上画了一幅萨马维亚的地图,马可看出画得是对的。他还画过梅尔萨和那场惨绝人寰的战争的草图。

“马兰诺维奇派占领了梅尔萨,”他狂热地讲解道,“伊亚诺维奇派从这儿攻打他们。”他指点着说,“那是个错误。要是我,就会从他们意料不到的地方进攻。他们料想敌军会袭击防御工事,所以做好了防守准备。我相信敌军可以在夜里偷袭,从这儿冲进去。"他又指着图。马可认为他是对的。耗子说得头头是道,并且像研究拼图或数学难题一样研究过梅尔萨。他非常聪明,像他那张奇特的面孔一样锐利。

"我相信你要是个大人,准能当一位优秀的将军。"马可说,"我想把你的地图拿给我爸爸看看,问他是不是认为你的战略不错。"

"他对萨马维亚很了解吗?"耗子问。

"他必须读报,因为他要写东西。"马可回答,"所有人都在关心战争,没人能例外。"

耗子从衣兜里抽出一张折起的、脏兮兮的图纸,沉吟地看了看。

"我再画一张干净的吧,"他说,"我愿意让大人看看它对不对。我画这个的时候,老爸已经超过半醉了,所以我没法问他。他没多久就会把命送掉的,昨晚还发病了。"

"耗子,告诉我们,你和马可要干什么。让大伙儿听听你们的计划。"卡德建议道。他凑近了些,圈子中的其他人也一样,双手抱膝。

"我们要做的是这样。"耗子用秘密政党低沉的声音说,"时间到了。必须把信号发给萨马维亚所有的秘密党员,发给秘密政党在所有各国的朋友。必须由不会引起怀疑的人来发出信号。而谁会怀疑两个男孩呢——还有一个是瘸子。我们最有利的条件就是我的腿瘸了。谁会怀疑一个瘸子?我爸爸喝醉了打我,因为我不肯到街上去乞讨,讨了钱回去给他。他说人们总是肯丢钱给瘸子的。我不会替他去乞讨——那头猪,但我愿意为萨马维亚和失踪的王子上街乞讨。马可假装是我哥哥,照顾我。我说,"他突然换了语气问马可,"你会唱歌吗?唱得好不好不要紧。"

"我会。"马可答道。

"那么马可就假装唱歌让人家给钱。我要搞一副拐杖,有时候拄拐,有时候坐在我的木车上。我们将像乞丐一样流浪,想去哪儿就去哪儿。我可以从某个人身边嗖地擦过去,悄悄发出信号,谁也发现不了。有时候马可也可以趁人家往他帽子里丢钱时发信号。我们一国一国地走,唤起所有秘密政党里的人,一直走到萨马维亚。我们只是两个小孩——还有一个是瘸子,没人会想到我们在干什么。我们将在大城市和大路上乞讨。"

“你们的路费哪儿来呢?”卡德问。

“秘密政党可以出,我们不会需要很多,加上乞讨的钱就够了。我们将睡在露天或者桥底下、拱门里、黑暗的街角。被老爸赶出门的时候,我就经常这么过夜。天冷的时候够受的,但如果天气好,可比我平时住的地方还舒服呢。同志,”他对马可说,“你准备好了吗?”

他说“同志”的口吻像罗利斯坦,马可并未感到不快,因为他准备为萨马维亚出力。这只是个游戏,但却使他们成了同志——真的只是个游戏吗?耗子那激动的声音和刻有皱纹的奇异面孔使这些特别不像游戏。

“是,同志,我准备好了。”马可答道。

“为失踪的王子起义的战斗打响时,我们将在萨马维亚。”耗子热烈地接着编他的故事,“我们可以亲眼看到一场战斗,还能出一点力。我们可以在枪林弹雨中送信——枪林弹雨!”这个想法让他如此陶醉,都忘了要压低嗓门,他的声音激昂地扬了起来。“以前也有小孩参加过战斗。我们可以找到失踪的国王——不,是找到的国王,然后请求他让我们为他效劳。他可以把我们派到不能派大人去的地方。我会对他说:‘陛下,我叫“耗子”,因为我会钻洞,钻到犄角旮旯,蹿来蹿去。派我去任何危险的地方,我将听您调遣。如果我不能像军人那样活着,就让我像军人那样死去。’”

他突然用破衣袖挡住了面孔。枪林弹雨的画面让他情绪极其亢奋。他仿佛看到了那个终于被找到的国王。随后他又露出面孔。

“这就是我们要做的事。”他说,“就是这样,如果你们想知道的话。还有好多好多,说不完。”

马可脑子里掀起了风暴。这应该只是个游戏,但他浑身发热。如果秘密政党需要派没人会怀疑的人送信,又有谁会比两个到处漂泊乞讨、似乎跟谁都没瓜葛的流浪儿更安全呢?再说还有一个是瘸子。的确——的确,正像耗子说的那样,他的瘸腿让他看上去比任何人都安全。马可不禁用手捧住额头,按住太阳穴。

“怎么啦?”耗子叫道,“你在想什么呢?”

“我在想你会是一个多好的将军。我在想这也许都是真的——每一个字。也许并不是一个游戏。”马可说。

“嗯,也许不是。”耗子应声道,“如果我知道秘密政党在哪儿,我真想去跟

他突然用破衣袖挡住了面孔。

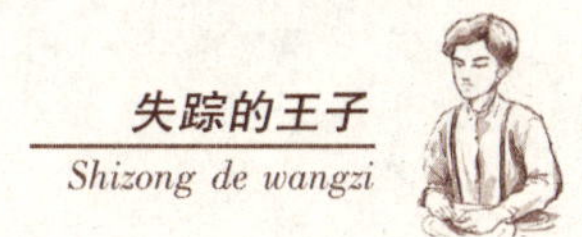

他们说。那是什么！"他突然扭头望着街上。"他们在嚷什么？"

一个声音特别尖的报童在扯足了嗓门叫喊。

那一圈子人紧张而激动，几秒钟里谁都没有动，没有说话。耗子在听，马可在听，全体敢死队员都在竖着耳朵听。

"萨马维亚的惊人新闻，"报童尖叫着，"神奇的故事！失踪王子的后代找到了！失踪王子的后代找到了！"

"谁有一文钱？"耗子急忙问，开始朝拱道挪动。

"我有！"马可跟了上去。

"走啊！"耗子喊道，"买报纸去！"一面用他最快的速度老鼠一般向拱道里蹿去。队员们跟在后面，闹嚷嚷的，几乎互相绊倒。

第9章　不是游戏

罗利斯坦在里间缓缓踱步，听马可坐在小火炉旁说话。

"说下去，"每当男孩停下时，他便说，"我想听到一切。他是个奇怪的孩子，这是个精彩的游戏。"

马可在给父亲讲他第二次和第三次去墓地背后那块地方的经过。他从头道来，父亲带着浓厚的兴趣听着。

一年后，马可回想起这个晚上，会是一段激动人心的回忆，是他一辈子难忘的回忆。他永远能回想起来。狭小黯淡的里间，昏暗的煤气灯（他们只点得起这种灯），放地图和方案的铁盒子推到了角落里，那个挺拔优美的高大身影，打补丁的旧衣服也掩不住的英姿。即使破衣烂衫也无法使罗利斯坦显得卑微或平庸。他永远都是一样。此刻他说话时带着深邃的思索和兴趣，眼睛似乎更黑，更有一种异彩。

"说下去，"他鼓励道，"这是个精彩的游戏。而且很奇怪，他想得很好，这孩子是个天生的军人。"

"对他来说这不是游戏。"马可说，"对我来说也不是。队员们只是在玩，可是对他来说很不一样。他知道他永远无法真正得到自己想要的东西，但他觉得这个好像比较接近。他说我可以给你看他画的地图。父亲，你看。"

他把耗子画的一张干净的萨马维亚地图递给罗利斯坦。梅尔萨城有一些符号标记，表明耗子可能在哪里进攻首都——如果他是萨马维亚的将军的话。马可把它们一一指出，并说明耗子这样部署的理由。

罗利斯坦拿着地图看了几分钟，眼睛好奇地盯着图纸，黑眉毛拧到一起。

“非常了不起！”他最后说道，“他想得很对。他们可以从那里攻进去，原因也正是他说的那些。他怎么知道这么多？”

“他现在一门心思就琢磨这个。”马可答道，“他一直关心战争，爱想象作战计划。他跟其他队员不一样。他爸爸差不多一天到晚都醉醺醺的，但受过良好的教育，他只喝到半醉时很喜欢说话。于是耗子就问他问题，引他说出好多东西。他还讨旧报纸看，躲在角落里听人们闲聊。他说他夜里躺着老想这些，白天也老想。所以他组织了敢死队。”

罗利斯坦继续研究图纸。“告诉他，”他把地图折好还给儿子，“我研究了他的地图，他可以为它感到自豪。你还可以告诉他——”他沉静地微笑道——“我认为他是对的。如果有他当统帅，伊亚诺维奇今天可能还占据着梅尔萨。”马可满心喜悦。

“我猜到你会说他是对的，我相信你会。所以我还要告诉你后面那部分。”他急急地说。

“如果你认为他后面那部分也是对的——”他局促地顿住了，因为一个狂乱的想法猛然袭上心头。“我不知道你会怎么想，”他结结巴巴地说，“也许你会觉得那个游戏——那一部分——只能是个游戏。”

他迟疑之中带着如此抑制不住的热切，罗利斯坦开始体贴而尊重地看着他。每当儿子努力表达没有把握的想法时，他总是这样做。他们之间最美妙的关系之一，就是罗利斯坦总是非常关心少年的心理过程——关心他的念头如何导出某个结论。

“说吧，”他又鼓励道，“我跟耗子一样，我跟你一样。到目前为止我不觉得这是个游戏。”

他坐到写字台前，马可急切地靠过去，胳膊撑在桌上，压低了嗓音，虽然他们已经习惯轻声说话，让门外的人听不清。

“耗子想了一个发出起义信号的计划。”他说。

罗利斯坦微微一震。

“他认为会有起义？”

“他说那一定就是秘密政党这么多年一直在筹备的事。而且肯定快了。别的国家也看到必须使战争停止，哪怕他们不得不亲自来制止。要是找到了

他坐到写字台前，马可急切地靠过去，胳膊撑在桌上，压低了嗓音，虽然他们已经习惯轻声说话，让门外的人听不清。

真正的国王——可耗子买来报纸看时，上面根本没说国王在哪里。只是一种传说。好像没人知道一点消息。”他停了几秒钟，但没有说出脑子里的话。他没说：“可你知道。”

“耗子有一个发出信号的计划？”罗利斯坦说。

马可忘记了他最初的迟疑，又开始看到那个计划，就像在耗子讲述时那样。他开始像耗子那样说起来，忘记了那是个游戏。他甚至比耗子更清楚地描绘了两个流浪少年——其中一个是瘸子，他们到处漂泊，可以随意把信号或警报传递到任何地方，因为他们看上去如此卑微贫穷，谁都只会当他们是流浪儿，不属于任何人，被贫困与偶然命运左右，好似风中浮萍。他似乎想让父亲相信那个计划是可行的，他也搞不清自己为什么如此急于赢得父亲对它的肯定——好像它是真的，好像真的能够实现似的。但正是这种心情在推动他讲述新的细节，提出可能性。

“一个瘸腿的男孩和一个相当于乞丐的流浪小歌手，他们几乎可以去任何地方。”他说，“如果那歌手唱得好，士兵们会愿意听——他们不会害怕在他面前说话。流浪歌手和瘸子也许能听到许多对秘密政党可能有用的事情，甚至还可能听到重要情报。你不这么想吗？”

他讲了没多久，罗利斯坦的脸上便现出那种遥远的神情——马可长这么大非常熟悉的神情。他稍稍侧对男孩坐着，胳膊肘支在桌上，手托着额头，眼睛望着脚边破旧的地毯，这个样子一直保持到听完。仿佛在听马可讲述和扩充耗子的计划时，有什么新想法慢慢在他脑海中成形。他没有抬头或改变姿势，只回答道：“嗯，我也这么想。”

然而，由于父亲脸上那越来越深的思索表情，马可的勇气增加了。他原先担心这部分计划可能太大胆轻率，听起来只能属于孩子的游戏。这担心奇怪地渐渐消失了。父亲说他不觉得耗子想象的第一部分像个游戏，现在——就连现在，他似乎也没有觉得只是在听夸张的幻想，似乎他听到的东西并不荒诞离谱。马可对欧洲各国和旅行方式的熟悉使他能够在计划中加进许多细节和现实性。

“有时我们可以假装只懂英文。”他说，“虽然耗子听不懂，但我能听懂。我到哪个国家都应该能听懂。我了解我们要去的城市和地方，还知道像我们那样的孩子怎么生活，所以我们不会做什么冒犯警察或招人注意的事情。如果有人问，我会让他们相信我是偶然碰到耗子的，我们决定一起流浪，因为如果卖唱的男孩旁边跟着个瘸子，人们会多给钱。有个男孩在罗马街头弹吉它，总带着个瘸腿的小姑娘，大家都知道是这个原因。他表演的时候，人们看着小姑娘可怜，就给她铜钱，你记得吧。"

"记得。你说得对。"罗利斯坦答道。

马可隔着桌子身体前倾，以便靠他近一些。这句回答的语调使他的勇气像火苗一样腾起。让他这样大胆地说下去，感觉几乎是把他当大人看待。如果父亲想阻止他，只需一个默默的眼神，不用说一个字。出于某种奇妙的原因，父亲并不想要他住口，而愿意听他要说什么——甚至很感兴趣。

"你在长大，"父亲在吐露非凡秘密的那天晚上说过，"沉默仍是命令，但你已经长大到可以多知道一些了。"

他是不是已经大到配得上为萨马维亚做一些小小的事情呢——哪怕是以少年的幻想提供一些思想萌芽，可供更成熟智慧的头脑去利用？父亲这样耐心聆听，会不会是因为这个游戏中的计划并不是没有可能——只要能找到两个可以信任的少年？他深深吸了一口气，再靠近一些，声音低得几乎成了耳语。

"如果秘密政党的人筹划了这么多年——应该什么都准备到了。他们现在应该知道去发信号的使者必须做什么，也能告诉使者往哪儿走，怎么找到要通知的秘密会友。如果能把这些指示写下来，交给——交给一个擅长记事情的人！"他呼吸如此急促，只好停了一下。

罗利斯坦抬起头，注视着他的眼睛。

"一个训练过记事情的人？"

"一个受过训练的人，"马可缓过气来，接着说，"一个不会忘记的人——永远不会忘记——永远！这个人，即使他只有十二岁——即使他只有十岁——也可以去执行使命。"罗利斯坦把一只手放在他肩上。

"同志，你的口气好像你自己准备去一样。"

马可勇敢地直视着父亲的眼睛，但没有说话。

"你知道它意味着什么吗，同志？"父亲又说，"你说得对。这不是游戏，你也没把它当成游戏。但你想没想过，一旦事情泄露——你会被押到墙边枪毙？"

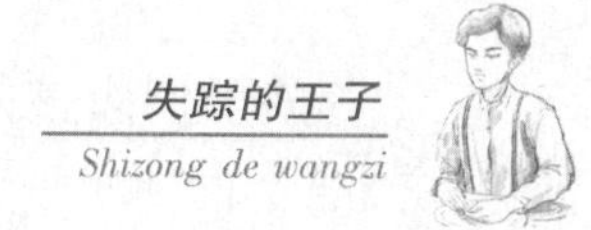

马可挺直身体，努力想象自己背靠墙壁。

“如果被枪毙，我就会为萨马维亚而死，”他说，“也为你，父亲。”

正当他说话时，前门的门铃响了，听起来是拉萨勒斯开了门，在跟什么人说话，然后听见他的脚步声朝里间走来。

“开门。”罗利斯坦说，马可把门打开。

“有个瘸腿的男孩，先生，”老战士说，“他要找马可少爷。”

“如果是耗子，”罗利斯坦说，“带他进来，我想见见他。”

马可穿过过道走向前门，耗子在门口，但没有坐木车，而是拄着一副旧拐杖，马可觉得他看上去狂乱而古怪。他面色苍白，脸上的纹路似乎都扭曲了。马可想他是不是受了什么惊吓，或是病了。

“耗子，”他说，“我爸爸——”

“我是来跟你说我爸爸的。”耗子迫不及待地插嘴道，语气像他苍白的脸色一样古怪，“我也不知道为什么会来，但我——我就是想来。他死了！”

“你爸爸？”马可张口结舌，“他——”

“他死了，”耗子颤抖着答道，“我跟你说过他会把命送掉的。他又发病了，就没回过来。我知道他总有一天会这样的，我告诉过他，他自己也知道。我陪着他，直到他咽气——然后我头痛得要炸开，好像生病了——我就想到了你。”

马可朝他冲过去，因为看到他突然摇晃起来像要摔倒，还算及时。在过道后面看着他们的拉萨勒斯也走上前来，两人一起把他扶住。

“我不会晕倒，”耗子虚弱地说，“但感觉好像要晕。那次发病很可怕，我得努力按着他，只有我一个人。旁边阁楼里的人以为他只是醉了，他们不肯进来。他就躺在地上，死了。”

“进来见见我爸爸，”马可说，“他会告诉我们该怎么办。拉萨勒斯，帮帮他。”

“我自己能行，”耗子说，“你看到我的拐杖了吗？我昨天晚上给当铺老板干了点活，他送给我作为报酬的。”

虽然竭力说得轻松，但他显然受了惊吓心力交瘁，古怪的小脸还是黄白，身体微微颤抖。

马可带路走进里间，在昏暗的陋室中，罗利斯坦在等他们。

“父亲，这是耗子。”男孩介绍道，耗子突然停住，拄着双拐，瞪大眼睛盯着那高大安详的身影。

“是你爸爸？”他问马可，然后嘴巴似笑非笑地牵动了一下，“跟我的爸爸不太像，是吧？”

第 10 章　耗子和萨马维亚

罗利斯坦对他说话时，耗子心里是什么感觉，马可不知道。他突然站在一个未知的世界里，这是罗利斯坦造成的，因为贫寒和简陋不能影响他。罗利斯坦用沉静清澈的眼睛望着那个男孩，温和地问了些实际的问题，并且显然没有问就理解了许多东西。马可想也许他在异国周游的生涯里曾经见过醉汉死去。他似乎了解耗子经历的那个夜晚有多么可怕。他让那孩子坐下来，让拉萨勒斯给他拿些热咖啡和简单的食品。

"从昨天起还没吃过一口，"耗子说，仍然盯着他，"你怎么知道我没吃过？"

"你没有时间。"罗利斯坦回答。

然后他让那孩子躺到沙发上。

"瞧我这衣服。"耗子说。

"躺下睡吧，"罗利斯坦把手放在他肩头，轻轻把他按到沙发上。"你要睡很长时间。你必须告诉我怎么找到你父亲去世的地方，我会去通知相关部门。"

"你为什么要这样？"耗子问，然后加了句，"先生。"

"因为我是个大人，你是个小孩，而这是一件可怕的事情。"罗利斯坦答道。

他没再说什么就走开了，耗子躺在沙发上，呆呆地望着墙壁回味这一切，直到昏昏睡去。在此之前马可已经悄悄离开了。就像罗利斯坦说的那样，他

耗子躺在沙发上，呆呆地望着墙壁回味这一切，直到昏昏睡去。

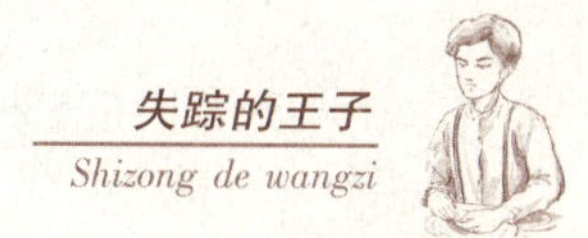

睡得很沉很久，睡了整整一夜，醒来时已是早晨，拉萨勒斯站在沙发旁边低头看着他。

“你得把自己弄干净，”他说，“这是必须的。”

“干净！”耗子用他那尖声笑起来，“我有家的时候都弄不干净，现在到哪儿去洗呢？”他坐起来，四下看看。

“把拐杖拿给我，”他说，“我得走了。他们让我在这儿睡了一夜，没把我赶到街上，我不知道为什么没有。马可的爸爸——他是好样的，他看上去像个上等人。”

“主人，”拉萨勒斯刻板地说，“主人是位高贵的绅士。他不会把任何疲乏的生灵赶到街上。他和少爷很穷，但他们是慷慨的人。他想再见你，跟你谈谈。你要跟他和少爷一起吃面包喝咖啡。但是我本人告诉你，你得收拾干净才能跟他们一起上桌吃饭。跟我来。”他递过拐杖，态度很专断，但那是军人的态度。他那僵硬挺直的动作也是军人式的。耗子喜欢，因为这让他觉得自己是在军营里。他不知道会发生什么，但是爬起来拄着拐杖跟着走了。

拉萨勒斯把他带到楼梯底下一个小盥洗室里，一个破旧的铁皮浴盆里已经装满了热水，是老战士亲自一桶一桶打来的。一把木椅上搁着肥皂和干净的粗布毛巾，还有一套虽然很旧但干干净净的衣服。

“洗完了穿上这些，”拉萨勒斯指着衣服命令道，“是少爷的，你穿着有点大，但比你自己的好些。”然后他走出盥洗室，关上了门。

这对于耗子是一种全新的体验。在他的记忆里，他都是在陋街小巷墙边的铁水龙头下洗脸洗手——如果会洗的话。他爸爸和他早已沦落到洗脸都不是日常生活的一部分了。他们生活在灰尘与污秽之中，有时候他爸爸感情脆弱起来，会呜呜哭泣，说起很久以前每天早上刮胡子穿干净衬衫的日子。

站在一只盛满干净热水的铁皮浴盆里（即使是最破旧的），用一块大毛巾浇水擦洗，是多么美好的事情。耗子疲惫的身体在这新体验中感到一种奇妙的新鲜与惬意。

“我敢说上等人每天都这么洗，”他咕哝道，“我要是上等人也会这样。军人就必须保持干净锃亮。”

当他充分享用了肥皂和洗澡水，从楼梯下的盥洗室出来时，就和马可一样清爽了。尽管衣服是按更壮实的身材做的，但干净的感觉让他心情愉快。

他想，等他再去流浪街头，睡在警察不赶他走的任何角落里的时候，不知道还有没有办法保持清洁。

他想再见到马可，更想见到那个高大的男人，他有一双温和深沉的黑眼睛，而且有一种奇特的上等人的风度，纵使衣服破旧、住处简陋。他身上有种东西让你总是想看他，想知道他在思考什么，不知为什么你会觉得愿意听他指挥，就像士兵听从将军一样。他看上去有点像军人，但好像还有别的——好像一辈子都有人听他命令，而且永远会听他的命令。可他声音那么温和，动作那么优雅轻松，而且他根本不是军人，只是一个给报纸写稿的穷文人，稿费都不够让他和儿子过上舒服日子。在一个人使用破浴盆、肥皂和洗澡水时，耗子一直都在想着他，盼望再见到他，听他说话。他不明白为什么这个人要让他睡在沙发上，为什么把他打发出门之前还要管一顿早饭。这个人真好。耗子想喝过咖啡被打发出门之后，自己就在附近转悠，只为了说不定能看到他。他不知道自己要做什么，教区的官员现在可能已经把他死去的爸爸带走了，再也见不到爸爸了，他也不想再见到。那酒鬼从来都不像一个爸爸，和他一直都没有什么感情，只是一个潦倒的流浪汉，最好的时候也就是喝得太多不能动粗打人的时候。也许，耗子想，自己将不得不推着轮车沿街乞讨，就像爸爸曾经想逼他做的那样。他可以卖报纸吗？一个双腿残疾的孩子除了乞讨和卖报还能做什么呢？拉萨勒斯在过道里等他。耗子有点迟疑。

“也许他们不情愿跟我一起吃早饭，”他说，“我不是——我不是他们那一类的。我可以在这儿把咖啡喝掉，把面包带走。你替我谢谢他吧，我想让他知道我感谢他。”

拉萨勒斯目光也很镇定。耗子发现那目光把他扫视了一遍，好像在估量他。

“你也许不是他们那一类的，但你也许是主人看到有长处的一类。他如果没看到什么东西，就不会让你跟他同桌了。跟我来吧。”

敢死队员们看到了耗子的长处，但没有其他人看到。警察一见他总是把他轰走，贫民窟那些穷女人见了他就像见到那蹿来蹿去偷东西的同名动物。游手好闲或忙忙碌碌的人们把他当成一个讨厌鬼踢开或推开。敢死队员们也没有把在他身上看到的东西说成“长处”。如果听到有人这么说，他们会高声哄笑。“长处”在他们的世界里不是什么吸引人的东西。耗子咧了咧嘴，寻

思着那是什么意思，跟拉萨勒斯走进了里间。

这里和昨晚一样破旧黯淡，但是白天耗子看出了屋里是多么整洁，打扫得一尘不染，破窗户仔细擦洗过，一切都井井有条。桌上铺的粗亚麻布干干净净，廉价的陶器也一样，勺子闪闪发亮。

罗利斯坦站在壁炉旁，马可在他身边。他们在等这个寄宿的流浪儿，好像他是一位绅士。

耗子犹豫着，在门边磨蹭了一会儿，然后突然想到要挺直身躯敬礼。他来到罗利斯坦面前，感到自己应该做点什么，可又不知道做什么才好。

罗利斯坦接受了他的敬礼，这个姿态以及他走过来时的表情，使得耗子肩头卸掉了一个自己原来都没意识到的负担。他有一种新鲜的感觉，似乎自己并不是"害虫"，不需要总是处于守势——甚至似乎不需要总是觉得处在黑暗中，像一个不能见天日的东西。光是这个人坦率而敏锐的目光似乎就给被注视的对象留出了空间。但他说的话却很简单。

"很好，"罗利斯坦说，"你休息过了。我们来吃点东西，然后聊一聊。"他轻轻一指自己右手的椅子。

耗子又犹豫了。这是怎样一个上等人啊。那么一摆手，就让你觉得自己是跟他一样的人，而且他还把你待若上宾。

"我不——"耗子不知说什么好，扭头望着马可。"他知道——"最后他说，"我从没上过这样的桌子吃饭。"

"没什么东西，"罗利斯坦又轻轻一指右手的座位，微笑道，"我们坐下吧。"

耗子服从了，早餐开始。面前只有面包咖啡和一点黄油，但拉萨勒斯用一个漆盘端上杯碟，像托着金盘子一样。闲下来时，他就端立在主人的椅子后面，像穿着红底镶金制服的皇家侍从。对于一个有一顿没一顿地嚼嚼剩骨头或面包皮，除了填饱自己饿狼般的肚子什么也没工夫想的男孩来说，看着身边的两个人吃这简单的食物是一件新鲜事。他对文明人的日常礼节一无所知。耗子喜欢看他们，并且发现自己在学罗利斯坦端杯子的样子，学马可的坐姿和动作——从侍立在旁边的拉萨勒斯手中拿面包或黄油，好像被人伺候是一件平常的事情。马可是从小就有人帮他拿东西，所以没什么不自在。耗子知道自己的父亲也曾这样生活，要是命好的话，他自己也会轻松自在的。

想到这里他黯然神伤。但很快罗利斯坦就谈起那张萨马维亚地图，耗子忘记了其他的一切，不再局促不安。他不知道罗利斯坦在引导他说出自己对那个国家、民族和那场战争的观点。他发现自己把以前读到的、听到的、躺在阁楼上睡不着时想到的全都说了出来。他用不像少年的方式思考过大量事情，他那出奇专注而早熟的头脑里装满了军事方案。罗利斯坦带着好奇和惊异聆听着，这孩子在某一方面极其聪颖，因为他把全部心智都集中到一件事情上。一个没上过学的流浪儿能够知道这么多，思维这么清晰，似乎很不寻常，至少是非常令人好奇。没有一次冲突、袭击和战役他不曾在想象中指挥和经历过。他还就已经发生或应该发生的事想出了好些稀奇古怪的计划。拉萨勒斯听得和主人一样认真，有一次马可看到他跟罗利斯坦迅速交换了一个吃惊的眼神。那是在耗子用手指在桌布上描画一次应该但没有发动的进攻时。马可立即明白那个眼神是说，“他是对的！如果那样做了，结果就会是胜利而不是灾难！”

这是一次美妙的早餐，尽管只有面包和咖啡。耗子知道他一辈子都忘不掉。

后来，罗利斯坦说了说他昨晚做的事情。他找到了教区有关部门，办理了市政府在一个贫民死后能提供的一切。

他的爸爸将按惯例下葬。“我们去送他，”罗利斯坦最后说，“你、我、马可和拉萨勒斯。”

耗子张大了嘴巴。

“你——马可——和拉萨勒斯！”他叫起来，瞪大了眼睛。“还有我！我们为什么要去？我不想去。如果换成是我，他也不会送我的。”

罗利斯坦沉默了一阵。

“当一个生命没有价值时，结局是很孤独的。”最后他说，“如果这个生命忘记了所有自尊，人们能给予的只有怜悯。对于一个如此孤独的生命，人们会想给予点什么。”停顿片刻后，他加上了最后这句简短的话。

“我们去吧。”马可突然说，并且抓住了耗子的手。

耗子的动作也很突然，他脱离双拐滑到椅子上，坐在那里凝视着破地毯，又仿佛没有看它，而是在看着遥远的地方。少顷他抬头望着罗利斯坦。“你知道我刚才突然想到了什么？”他声音颤抖地说，“我想到了那个‘失踪的王

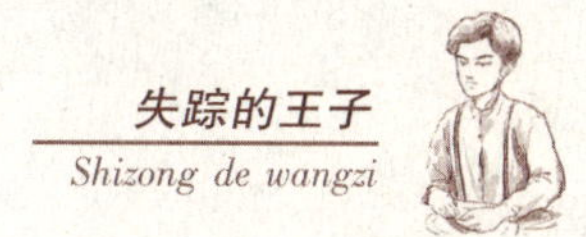

子'。他只活过一次,也许没有活多久,谁也不知道。但那是五百年前啊,就因为他的为人,每个想起他的人都想到一些美好的东西。很奇怪,光是听到他的名字就让你舒服。如果他数百年来一直在为萨马维亚训练国王——他们可能很穷,没人认识,但他们就是国王。那就是他留下的东西——虽然只活了十几年。当我想到他,再想想——那个人,差别太大了,我——我很难过。第一次,我是他的儿子,我不关心他,可是他太孤独了——我想去。"

当那个悲惨的流浪汉被抬往埋葬城中那些无名累赘的墓地时,后面跟着一支奇怪的送葬队伍。两个军人模样的高大男子和两个男孩,其中一个拄着双拐,后面还有十个男孩,两两一组。这十个男孩模样古怪,衣衫破烂,但表情庄严肃穆,昂首挺胸,迈着相当正规的仪仗队步伐。

那就是敢死队,但他们把"步枪"留在家里了。

第11章　跟我走吧

从墓地回来时，耗子一路沉默不语。他在思考发生的事情和前面的道路，其实主要是在想前面一无所有——一片空白。这种确信使得他那张布满纹路的尖脸上的皱纹更多，也更尖了，显得枯瘦而倔强。

以前他只有一个简陋阁楼上的角落，不过是一块漏雨的屋顶——在他没有被赶到街头的时候。但是，如果有警察问他住哪儿，他可以说跟爸爸住在骨头棒街。现在就不行了。

他用双拐走得很好，但来到通向他的老地方的拐弯处时，已经很疲劳了。那边至少是他熟悉的地方，比起其他地方来，他更属于那边。敢死队在这个拐角停住，因为它通向各人仅有的家。他们齐刷刷地立定，望着耗子。耗子也停了下来，转身走到罗利斯坦旁边，把手举到额头。

“谢谢你，先生。”他说，“列队敬礼，弟兄们！”敢死队站好队举手敬礼。“谢谢你，先生。谢谢你，马可。再见。”

“你去哪里呢？”罗利斯坦问。

“我还不知道。”耗子咬着嘴唇说。

他和罗利斯坦默默对视了片刻，两人都在认真思考。耗子的眼睛里有一种绝望的崇拜。他不知道当这个人转身走开后自己该做什么。就好像太阳从天上坠落了——耗子以前从未想过太阳意味着什么。

但罗利斯坦没有转身离开。他深深凝视着那少年的眼睛，好像在寻找某种确信。然后他低声说道，“你知道我有多穷。”

他和罗利斯坦默默对视了片刻，两人都在认真思考。

"我——我不在乎!"耗子说,"你——你在我眼里像个国王。我可以站出去让炮弹炸得粉身碎骨,只要你一声命令。"

"我这么穷,不能保证你有——总有足够的干面包吃。马可、拉萨勒斯和我经常饿肚子。有时候你也许只能睡地板。但如果我带着你,可以给你找一个地方。"罗利斯坦说,"你明白我说的'地方'吗?"

"我明白。"耗子答道,"那是我从来没有过的——先生。"

他知道那意味着在茫茫世界里将有一小块空间,是他有权立足的,无论它多么贫寒简陋。

"我也不经常睡床和吃饱饭。"他说,但不敢太坚持那个"地方",它似乎美好得让人不敢相信。

罗利斯坦搀住他的胳膊。

"跟我走吧。我们不用分开。我相信你是可以信任的。"

耗子在近乎痛苦的极度喜悦中脸都发白了。他长这么大从没关心过什么人,他就像少年该隐①,跟人人作对,人人也跟他作对。过去这十二个小时里,他却坠入了孩子气的英雄崇拜的汹涌大海。眼前这个人在耗子看来像个神,他昨天的言行——注视着耗子的脸,领会了一切(那确实是耗子极度困难的时刻,刚过了那恐怖的一夜);在餐桌上认真听耗子讲话,理解并真正尊重他的计划和草图;还有默默陪着他走在那穷光蛋的棺材后面。这一切足以使少年甘愿成为他的奴仆,能够见到他并说上几句话,哪怕每天只有一两次。

敢死队员们的表情有些沮丧。罗利斯坦注意到了。

"我要把你们的队长带走,"他说,"但他会回营地的,还有马可。"

"你还会玩那个游戏吗?"卡德问,像个急切的发言人。"我们想接着当'秘密政党'。"

"我会的,"耗子回答,"我不会放弃。今天报纸上有许多报道。"

队员们放了心一起离开。罗利斯坦、拉萨勒斯、马可和耗子也往前走去。

"奇怪的是,"耗子边走边想,"我有点害怕跟他说话,除非他先跟我说。我以前对谁也没有这种感觉。"

---

① 《圣经》中的人物,为人类始祖亚当与夏娃的长子,因嫉妒神耶和华看中了他的兄弟亚伯的供物而没有看中自己的,故杀死了亚伯。

他曾经嘲笑过警察，放肆地捉弄过“上等人”，但对这个人却感到一种内心深处的敬畏，而且他居然喜欢这种感觉。

“好像我是个士兵，而他是总司令。”他想，“就是这样。”

罗利斯坦边走边跟他说话，简单介绍了一些情况。马可的卧室里有张旧沙发，又窄又硬，像马可的床那样。但耗子可以睡在上面。他们将分享食物，有报纸和杂志可以看，有纸和铅笔可以画新的地图和作战计划，甚至还有一张萨马维亚的旧地图，是马可的，两个男孩可以用它作为游戏的资料。耗子的眼睛里开始闪动着小火花。

“如果每天早上能看报纸，我晚上就可以参加报上的战斗了。”他说，为那难以置信的美妙前景而呼吸急促。地球上的所有王国都会给他吗？他睡觉时旁边可以没有一个醉鬼父亲吗？

“当我有空的时候，我们可以看看谁想的方案最好。”罗利斯坦说。

“你是说你会看我的——当你有空的时候？”耗子迟疑地问，“我没想到。”

“是的，”罗利斯坦答道，“我会看，而且我们会讨论。”

路上他又对耗子说，他和马可还可以一起做很多事情，可以去博物院和美术馆，马可会介绍自己熟悉的东西。

“我爸爸还说你知道后不会让他回营地呢。”耗子又迟疑起来，因为想到那么多丑陋的往事。“可是——可是我发誓不会伤害他，先生，我不会的！”

“我说过我相信你是可以信任的，包含了几层意思。”罗利斯坦答道，“这就是其中之一。你是一个新兵。你和马可都在一位指挥官的领导之下。”他这样说是因为知道这会令少年情绪振奋、热血沸腾。

第 12 章　只是两个男孩

这些话的确让他情绪振奋，而且每次回想起来都热血沸腾，此后的日日夜夜一直铭记不忘。有时他从沉睡中醒来，躺在马可屋里狭窄的硬沙发上，发现自己在念诵这些话。沙发之硬并未影响他睡得从未有过地香甜。与他的过去相比，这贫穷的生活已经舒适得近乎奢侈了。他每天早晨都能进旧铁皮浴盆，能坐在干净的桌子旁，能望着罗利斯坦，跟他说话，听到他的声音。主要问题是自己无法把目光从这个人身上移开，耗子有点担心会讨人嫌，却又舍不得漏掉一个表情或一个动作。

第二天晚上，他鼓起勇气来到后阁楼上拉萨勒斯的小屋门口。

“可以让我进去说几句话吗？”他问。

进去之后，他只能坐在拉萨勒斯的木箱子上，因为没有别的地方可坐。

“我想问一问，”他立刻开门见山，“你觉得他会介意我老是看他吗？我忍不住——但如果他讨厌——我——我会努力让眼睛盯着桌面的。”

“主人被人看惯了。”拉萨勒斯回答，“但最好问他本人，他喜欢有话直说。”

“我想搞清楚他喜欢什么，讨厌什么。”耗子说，“我想——有什么——有什么你能让我为他做的事情吗？不管是什么事。他不用知道不是你做的。我知道你不愿意让出任何事情，可是你日夜侍候他，能不能让一点给我呢？”

拉萨勒斯用锐利的眼睛透视着他，有几秒钟没有答话。

“有时，”他终于粗声说道，“我会让你帮他刷靴子，但不是每天——也许

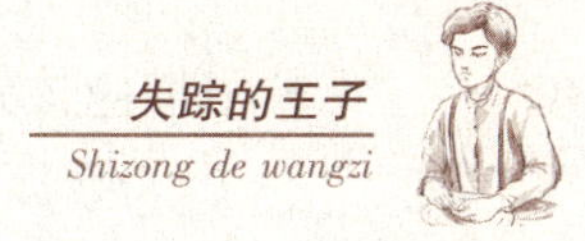

每周一次。”

“什么时候是第一次?”耗子问。拉萨勒斯考虑了一会儿,浓密的睫毛低垂着,好像这是一件国家大事。

“星期六,”他许可说,“之前不行。你刷的时候我会告诉他。”

“不用,”耗子说,“我并不想让他知道,只想自己知道我在为他做事。我会找到我能做而又不打搅你的事,我会想出来的。”

“别人为他做的任何事都会打搅我。”拉萨勒斯说。

这回轮到耗子思考了,他的面孔皱出了新的纹路。

“我做任何事之前都会告诉你的。”他沉吟一会儿后说道,“你先侍候他。”

“从他一出生我就侍候他了。”拉萨勒斯说。

“他是——他是你的。”耗子说,仍然在努力思考。

“我是他的。”拉萨勒斯严厉地回答,“我是他的——还有少爷的。”

“是。”耗子说,然后尖声轻笑了一下,“我从来不是任何人的。”

他锐利的眼睛看到拉萨勒斯脸上闪过一丝表情,那么古怪、不安和突兀的表情,老战士会不会是对他感到同情呢?

也许那表情含有类似的意味。

“如果你在他身边待久一点——不需要很久——你也会是他的。所有人都是。”

耗子坐得笔挺。“这么说来,”他脱口而出,“我现在就是他的,在我心目中。他用那双英俊奇特的眼睛看了我两分钟之后,我就是他的了。奇特是因为那双眼睛能抓住你,使你愿意跟着他,我要跟着他。”

当晚拉萨勒斯向主人报告了这场谈话。他只是逐字复述谈话内容,罗利斯坦严肃地听着。

“我们还没有时间了解他,”他评论道,“但我想那是一个忠诚的灵魂。”

几天后,马可吃完早饭后不久就发现耗子不见了。他没跟家里人说就出了门,几小时都不见回来,到家的时候显得很疲倦。下午他在马可屋里的沙发上睡着了,睡得很沉。他没有解释,也没人问他什么。第二天他又那样神秘地出去了,第三天,第四天,他一个星期天天出去,带着同样的疲惫回来。但他一直没有解释,直到有一天早晨,躺在沙发上没起床前,他对马可说:

“我在练习用双拐走路。我不想再像耗子那样溜来溜去了，想尽可能像其他人一样。我每天走得远一点，一开始走两英里。如果每天练习，我的双拐会像腿一样的。”

“要我陪你走吗？”马可问。

“你不介意跟瘸子走在一起吗？”

“别那样说你自己。”马可说，“我们可以一起走，努力记住路上看到的东西。”

“我想学习记东西。我也喜欢那样训练自己。”耗子答道，“要是能了解你父亲教你的一些东西，花什么代价我都愿意。我记性很好，记得好多我不想记得的事。今天早上你去吗？”

那天早上他们去了，罗利斯坦听说了散步的原因。但他只知其一不知其二。耗子“轮到”擦皮鞋时，对拉萨勒斯多讲了一些。

“我想做到的，”他说，“不只是走得像别人一样快，而是更快。杂技演员什么都能干，都是练出来的。有时候他也许需要有人跑腿办急事，我要做好准备。我要把自己训练到他不再当我是个什么也不会、需要人照顾的瘸子。我想让他知道我其实和马可一样强壮，马可能去哪儿我就能去哪儿。”

他总是说“他”，拉萨勒斯不问就明白。

“你叫他‘主人’，”他起先解释过，“我没法就叫他罗利斯坦‘先生’。听起来轻薄。要是叫‘将军’或者‘上校’我还能忍受——不过也不大准确。总有一天我会找到一个名字。我跟他说话的时候，就喊‘首长’。”

每天都出去走，每天多走一点。马可发现自己默默注视着耗子，为这男孩的决心和毅力感到惊奇。他知道不能说出自己免不了注意到的情形，不能告诉耗子他看上去疲劳苍白，有时像要累垮。他从父亲那里继承了一种敏锐，能看出别人不愿想到什么。他知道耗子出于某种原因决心不惜代价做这件事。这男孩有时脸色发白，筋疲力尽，大口喘气，但休息时间从不超过几分钟，也从未打过退堂鼓或缩短原定要走的距离。

“跟我说说萨马维亚的事，能记住的事。”样子最狼狈的时候耗子说，“我一开始记东西就会忘掉——别的事情。”

于是他们继续往前走，一边说话，耗子用心记。他记得很快，一天比一天快。他们发明了记住路人长相的游戏，两人一起记，回家后马可再画出来。

他们一起参观博物院和美术馆,记那里面的东西,根据记忆列出清单和说明,晚上向罗利斯坦汇报,在他不是忙得没空跟他们说话的时候。

一天一天,马可看到耗子在强壮起来,这让他十分欣喜。他们经常去汉普斯泰德荒原,在清风中和阳光下散步。耗子在那里做各种奇怪的练习,他相信那会增强肌肉。路上和回去时他显得不那么累了,连脸上的皱纹都变少了,他那锐利的眼睛看上去也不那么凶了。两个少年之间的谈话长而有趣。马可很快发现耗子想要学习——学习——学习。

"你爸爸可以当你是二十岁那样跟你说话,"有一次他说,"他知道你能听懂。跟我说话时,他总是要记住我只是一个贫民窟里出来的、什么都不懂的耗子。"

他俩在自己的房间里说话,上床后两人几乎总是这样长谈,街灯透过窗户照着这间清贫的小屋。他们经常抱膝而坐,马可在他的旧床上,耗子在他的硬沙发上,但他们都没有意识到破旧和坚硬,因为久未体验的友谊令两人都已如此满足。他们都从未跟任何男孩亲密交谈过,而现在两人朝夕相处。他们互相吐露思想,讲述以前谁都没想到会对别人讲的事情。交谈中他们也发现了自己,发现了自己以前不大了解的东西。马可渐渐发现耗子对他父亲的钦佩是一种热烈而奇异的感情,占据了他的整个身心,马可觉得几乎都有点像宗教信仰。耗子显然每时每刻都想着那位偶像。当他说到罗利斯坦认为他只是贫民窟的耗子时,马可庆幸自己能想起一些话说。

"我爸爸昨天还说你脑子好,有毅力。"他在床上回答,"他说你记忆力过人,只需要多加练习。他是在看了你参观伦敦塔的回忆清单之后说的。"

耗子在沙发上动了一下,抱紧双膝。"他说了吗?他说了吗?"他问。

他把下颏靠在膝盖上,眼望前方出了几分钟的神,然后转向小床。

"马可,"他声音沙哑,听起来很奇怪,"你嫉妒吗?"

"嫉妒,"马可说,"为什么?"

"我是说,你嫉妒过吗?你知道那是什么感觉吗?"

"我想我不知道。"马可答道,有点惊诧。

"你有没有嫉妒过拉萨勒斯,因为他总跟你爸爸在一起——比你跟他在一起的时间都多——还能为他做你做不了的事?我是说,你有没有想独占——你爸爸?"

他们互相吐露思想，讲述以前谁都没想到会对别人讲的事情。

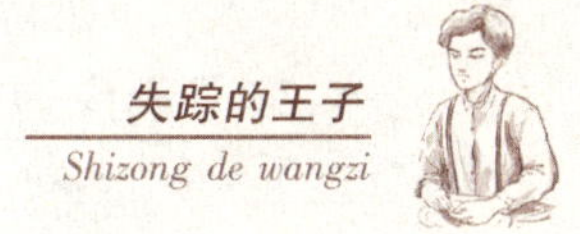

马可手臂松开膝盖，仰面躺在枕头上。

“不，我没有。人家越是爱他帮他，不是越好吗？”他说，“我唯一关心的是——是他。我只关心他。拉萨勒斯也是这样。你不是吗？”

耗子内心非常激动。这件事他想得很多，想法有时候让他害怕。现在他如果能说的话，干脆就说出来吧。如果他能知道事实，一切都会简单些。但马可真会告诉他吗？

“你不介意吗？”他说，仍然沙哑而急切——“你不介意我多关心他？这会不会让你觉得发狂？会不会让你认为我只不过是——我这样子——认为我是厚脸皮，挤进来缠住一位只是好心收留我的先生？说真的，”他终于爆发出来，“如果我是你，你是我，我就会那么想。我知道。我控制不住。我会看到你身上、你的态度、声音和表情中每一点卑贱的地方，我只会看到你跟我、你跟他的差别。我会嫉妒得生气。我会恨你——我会鄙视你！”

他情绪如此激烈，马可觉得听到的是自己从未体会过的奇怪而强烈的感情。显然，这些事耗子私下里已经考虑了一段时间。马可静静躺了一会儿，思索着。然后他找到了一些话说，就像刚才一样。

“你可能会，如果你一直跟也是这么想的人在一起。”他说，“如果你没有发现这样想是多么错误，甚至愚蠢。但，你看，如果你是我，跟我爸爸一起生活，他会跟你讲他知道的事——他一生发现的事。”

“他发现了什么？”

“哦！”马可不经意地答道，“就是你不能放纵野蛮的念头，就像不能放纵得了狂犬病的野兽一样。它们会传播一种疾病，而且总是首先折磨摧残你自己。”

“什么意思？”耗子吃惊地问。

“是这样，”马可平静地躺在硬枕头上，望着街灯在天花板上的投影。“那天我拐进你的营地，不知道你认为我是密探，把你惹火了，你朝我扔石头。如果我也火了冲进去打架，我们大家会怎样呢？”

耗子的将领冲动给出了回答。

“我会命令敢死队拼刺刀，他们会把你揍个半死。你是个强壮的男孩，你也会打伤好些人。”

他的声音带上了突然的恐惧。“那样我会多傻啊！”他叫起来，“我永远也不会来这儿了！永远不会认识他了！”在街灯的微光里马可也能看出他几乎面色惨白。

“敢死队很容易把我揍个半死。”马可接着说，“他们如果愿意的话，甚至可以要了我的命，这对谁有好处呢？只不过是一场街头群架——结局是警察和坐牢。”

“可是因为你跟他一起生活，”耗子思索道，“你好像无所谓地走过来，只是问我们为什么要那样，但你看上去比我们哪一个都强——而且不一样——不一样。我当时很奇怪你是怎么了，那么冷静沉着。我现在知道了。那是因为你像他，他教过你。他像个巫师。”

“他知道巫师们自以为知道的事情，但他知道得更透彻。”马可说，“他说那些事并不奇怪或不正常，而只是简单的自然规律。你不是站在这边就是站在那边，像军队一样。你选择站在哪边，要么建设要么破坏，要么站在光明中，能看清楚，要么站在黑暗里，跟靠近你的一切对抗，因为你看不见，你以为那是敌人。所以，如果你是我，我是你，你是不会嫉妒的。”

“你不嫉妒？”耗子尖利的声音几乎是空洞的，“你发誓？”

“我不嫉妒。”

耗子的激动甚至又增加了一分，他一口气坦白出来。

“我害怕，”他说，“我来这儿之后每天都害怕。我跟你直说吧。我觉得你跟拉萨勒斯受不了我是理所当然的，换了我也会受不了你们。我觉得你们理所当然会合计把我赶出去。我知道我自己就会那么干。马可——我说过要跟你直说——我嫉妒你，我嫉妒拉萨勒斯。看到你们对他那么了解，身体结实，准备好做他吩咐的任何事情。我没准备好，也不结实。”

“你会做他吩咐的任何事情，不管是否结实和准备好。”马可说，“他知道。”

“他知道吗？你认为他知道？”耗子叫道，“我希望他能试试我，我真希望。”

马可在床上翻了个身，用胳膊肘支起身体，面朝沙发上的耗子。

“咱们等着，”他小声说，“咱们等着。”

静了片刻，然后耗子也小声问道。

“等什么？”

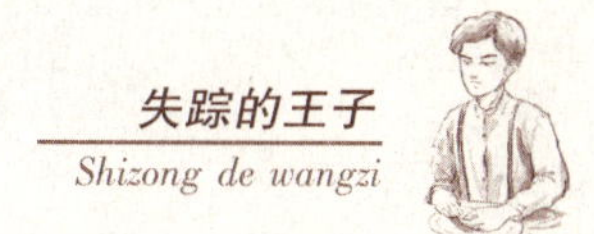

“等他发现可以试用咱们。你不觉得如果咱俩把时间浪费在嫉妒上面，会是多么愚蠢吗？咱们只是两个男孩子。假使他看到咱们只是两个傻瓜呢。当你嫉妒我或者拉萨勒斯的时候，就去找个安静的地方坐下来想想他。别想你自己或者我们。他那么安静，想想他就会使你自己安静下来。当事情不顺利或者当我觉得孤单的时候，他教我坐下来想象我喜欢的东西——图画、书、纪念碑、壮丽的风景。这样就把别的事情排挤出去，让你的脑子清楚起来。他不知道我几乎总是想到他。他自己就是最好的意念。你试试看。你不是真的嫉妒，只不过你以为是。你会发现的，如果你总是及时制止自己的话。如果放纵自己，谁都会干蠢事。但只要有决心，就总能及时制止。我不嫉妒。你不要有那种想法。你也不嫉妒。把那种想法踢到大街上去吧。”

耗子吸了口气，猛然捂住眼睛。“哦，老天！哦，老天！”他说，“要是我像你一样一直在他身边。要是那样多好。”

“我们现在都在他身边。”马可说，“想想看，”他用胳膊肘撑着身体前倾，“为萨马维亚训练的国王们等了那么多年。我们也可以训练和等待，这样如果需要两个男孩去做什么事情——就两个男孩——那时我们可以站出来说‘有’。现在让我们躺下想象这些吧，直到睡着。”

第13章　罗利斯坦来看操练

敢死队没有被遗忘。他们发现罗利斯坦本人会把遗忘视为军人的失职。

“你必须记住你的战士。”耗子住进来之后两三天，罗利斯坦说道，“必须继续操练，马可跟我说过他们很聪明。不要让他们懈了劲。”

“他的战士！”耗子找不到话来表达自己的感觉。

他知道他做对了，敢死队做对了，在他们那些秘密洞穴和角落里。只能在秘密洞穴和角落里，因为要避开周围世界的抗议和警察的巡视。他们换了很多地方才找到营地。没有谁不讨厌一队闹嚷嚷的流浪儿。但那位先生却似乎知道其中产生了一种不只是玩闹的东西，知道他——耗子——真正讲秩序和纪律。

“他的战士！”这让耗子感觉像胸前别上了十字勋章。他有头脑能看到许多事。他知道罗利斯坦正在这种意义上为他找到“地方”，并知道用什么方式。

他们回到营地，敢死队热烈欢迎，表现出一种极大的宽慰。队员们私下里很担心，一起闷闷不乐地讨论过。他们认为马可的爸爸是那样时髦的人，看到敢死队是由什么人组成的之后，肯定不会让他俩回来了。他可能只是现在穷一点，花花公子有时也会一时缺钱，但你能看出他是什么人。像他那样的爸爸不会让儿子跟“咱们这种人”交朋友。他会结束操练和“秘密政党”游戏，肯定会的！

但耗子拄着他的旧双拐摇摇摆摆地来了，看上去像被封了将军一般。马

可也来了，敢死队的操练比他们以前哪一次都更加严格和漂亮。

“我希望我爸爸能看一看。”马可对耗子说。

耗子脸色先发红，再转白，然后又转红，但一句话也没说。单是这个念头就像一道火焰穿透了他的灵魂。但谁能抱那么大的奢望呢。秘密政党在地下洞窟中，在成堆的武器间，坐下来读早报。

战争的形势很糟糕。马兰诺维奇派暂时略占上风，他们在首都烧杀抢掠，伊亚诺维奇派在乡下烧杀抢掠。战争的惨烈和黑暗令整个欧洲为之震惊。

耗子读完后折起报纸，坐在那儿咬着指甲。咬了几分钟后，他用那戏剧性的、深沉的“秘密政党”低语声说话了。

“时间已到。”他对队员们说，“信使必须出发。他们不知道内情，只知道必须服从。如果被抓到严刑拷打，也不会泄露任何秘密，因为他们什么也不知道，只知道必须在某个地方说某一句话。他们不带任何文件，所有的命令都必须记在心里。信号发出之后，秘密政党就知道怎么做——在哪儿集合，往哪儿进攻。”

他在石板地上画作战图，并且画出了想象中两位信使要走的路线。但他对欧洲地图知之不多，于是他转向马可。

“你的地理知识比我多，你什么都知道得比我多。”他说，“我只知道意大利在底下，俄罗斯在边上，英国在另一边。信使怎么才能到萨马维亚呢？你能画出他们要经过的国家吗？”

任何一个会看地图的学生都能做到，于是马可画了起来。他还知道两个密使进城和出城的站点，必经的街道，以及会看到什么样的制服，不过这些他没有说。他的知识给游戏增添的真实感令人兴奋。他真希望之前有空给耗子多讲讲自己知道的东西，他们两个会想出那么多旅行和历险的细节，就好像真的踏上了旅途一样。

事实上，光是画路线就点燃了耗子的想象力。他继续展开历险故事，赋予它那样神秘的意图和方案，队员们有时听得屏住了气。在他富有浪漫色彩的描述中，两位密使深夜进城，在王宫大门外唱歌乞讨，乘车出门的国王停下来聆听，接到信号。

“但并不总是国王。”他说。

“有时是最穷的人。有时看上去就是像我们这样的叫花子，但却是秘密党员。一位大人物可能穿着破衣服化装成工人,我们只能凭记住的标志认出他来。被派去萨马维亚时,我们只能从某个偏僻的地方偷偷进去,那里没人打仗,也没人袭击。那两派的军官们想不到去严守跟友好邻邦接壤的地区,而且也没有那么多兵力。两个男孩只要多动脑筋,准能找到路的。”

他立刻就开始动起了脑筋,用粉笔在石板地上画起粗略的萨马维亚地图。

“看这儿,”他对马可说。马可与兴致高昂的队员们一起凑到地图上,脑袋紧围成一圈。“贝尔特拉索在这儿,卡诺利茨在这儿——这是加达西亚。贝尔特拉索和加达西亚是友好的,虽然它们不支持任何一方。所有的战斗都在梅尔萨周围的乡下进行。他们没有理由阻止个人从友好邻邦的边境进去。又不是在跟外国打仗,他们是在打内战。”他停了一会儿,思索着。

“杂志上那篇文章提到东部边境有一片大森林。就是这儿。我们可以走进森林,在那里待到想好计划为止。就连见过我们的人也会忘记的。我们就是要让人家觉得我们好像不存在——不存在。”

他们正商量得起劲,挤在一起俯身研究,一个个伸长了脖子,呼吸兴奋而急促。马可突然抬起头来,某种神秘的本能驱使他这么做。

“我爸爸来了!”他说。

粉笔丢掉了,一切都丢开了,甚至包括萨马维亚。耗子撑着双拐站在那儿,好像是什么魔力把他拎起来的一样。他怎么喊的口令,或是有没有喊口令,连他自己都不知道。但敢死队一齐立正敬礼。

罗利斯坦站在拱道口,就是第一天马可站的地方。他举起右手回礼,走上前来。

“我从巷口经过,想起了营地就在这儿。”他解释道,“就想来看看你的战士,队长。”

他笑起来,但不是那种把他的话变成戏言的笑。他低头看着石板地上粉笔画的地图。

“你对这地图很熟悉。”他说,“连我都能看出是萨马维亚。秘密政党在做什么?”

“信使在想办法进去。”马可答道。

“我们可以从那儿进去,”耗子用一根拐杖指点着说,“那儿有片森林,我们可以藏在里面打听情况。”

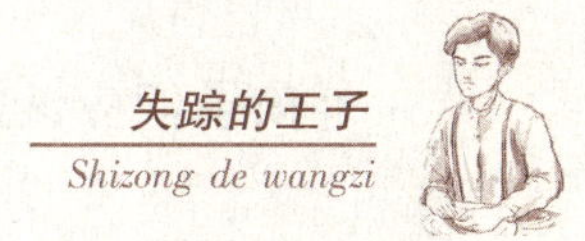

“侦察。”罗利斯坦低头看着说，“是啊，两个流浪少年在森林里会非常安全。这是个很好的游戏。”

他竟然会来！他竟然用他那优雅的方式，给了他们这样一个惊喜。他竟然有兴趣来访问营地，耗子这么想着。他们只是一帮野孩子而已，而他站在那儿带着那优雅的笑容望着他们。他身上有种东西让他看上去简直光彩奕奕。耗子又惊又喜，心脏咚咚直跳。

“爸爸，”马可说，“你想看耗子给我们操练吗？我想让你看看练得多好。”

“队长，我能有这个荣幸吗？”罗利斯坦问耗子，连这句话的语气也是恰到好处，既不是玩笑，也不过于正经。由于语气如此得当，耗子只能兴奋得热血激荡。他的这位偶像看过了他的地图，讨论了他的计划，又来看他调教的战士！耗子立刻开始操练，好像他在检阅军队一样。

罗利斯坦看到的动作整齐标准，令人赞叹。

敢死队像一部完美的机器一样运作，每一部分都完美无缺。能够在这种地方操练得这么好，达到如此的精确，突出证明了这位驼背流浪军官的军事效率和非凡才能。

“了不起！”操练结束之后参观者说，“无法做得更好了。请接受我的祝贺。”

他像和大人握手一样握了握耗子的手，然后把一只手轻轻放在少年的肩头，就那样对大家说了几分钟话。

讲的都是游戏以内的事。他清晰的理解为游戏增色，连最迟钝的队员都被感染。有时阔人们假装友好时说话会让你听不懂，但他的话能听懂。他能调动你的情绪，但也不跟你开玩笑，好像非得让人咧嘴傻乐似的。几分钟讲完后，他离开了，队员们重新围成一圈坐下，谈论着他，因为他们无法谈论和思考别的东西。他们偷偷瞅着马可，感到他好像是从另一个世界来的，因为他跟这个人在一起生活。他们对耗子也另眼相看。那只优雅的手曾经放在他的肩头，而且他被夸奖为了不起。

“你说想让你爸爸看操练的时候，”耗子说，“我呼吸都停止了。我自己是怎么也不敢想的——也不敢让你问他，即使你愿意去问也不敢。而他自己来了！我简直都傻了。”

“他来了，”马可说，“那就是因为他想看。”

聊完之后,马可和耗子就要各干各的去了。罗利斯坦支给耗子一件差事,要他在某个钟点到一家店铺去取一个包裹。

"让他自己去,"罗利斯坦对马可说,"他会更高兴的。他希望感到我们信任他独自去做事情。"

所以他们在一个街口分手,马可走回菲利伯特街七号,耗子去执行任务。马可拐进了一条比较好的街道,他经常走这条路回家。这里不是高级时尚街区,但有一些体面的房子,有些窗户里有工整的卡片写着"公寓",表示户主愿意将客厅或起居室出租。

马可沿着街道走去,看到有个人从一所房子里出来,快步轻盈地走上了人行道。那是一位年轻女士,衣着优雅但不华丽,戴着一顶似乎是从巴黎或维也纳买来的帽子。实际上她稍微有一点像外国人,也正是这一点使得马可对她多看了一会儿,发现她还是一位优美可爱的女士。他猜测着她是哪国人。隔着几米远,他已经看出这位女士有一双细长的黑眼睛,弯弯的嘴唇好像在独自微笑。马可猜她也许是西班牙人或意大利人。

他正在判断是这两个国家中的哪一个,女士渐渐走近,突然那弯弯的嘴唇不笑了,她的脚似乎被砖地上的裂缝绊了一下,失去了平衡。要不是他冲上前搀扶,女士就摔倒了。

她轻盈苗条,马可是一个健壮的男孩,能够扶她站稳。她脸上掠过一阵痛楚的表情。

"你没受伤吧?"马可说。

她咬住嘴唇,纤手紧紧攥住他的肩膀。

"我脚腕扭了。"她说,"恐怕伤得不轻。谢谢你帮我,不然我可能会摔得很重。"

她那细长的黑眼睛非常甜美,充满感激。她努力微笑,但笑得那么勉强,马可担心她伤得很严重。

"你能站吗?"他问。

"现在能站一小会儿,"她说,"但几分钟后可能就不行了。我必须趁着脚还能沾地赶快回去,对不起,我恐怕得请你陪我一下,幸好只有几米远。"

"好的。"马可答道,"我看见你从房子里出来的。你只要倚在我肩膀上,我很快就能把你送回去。我很愿意这么做。我们现在来试试吧?"

她举止文雅温柔，任何男孩都会被吸引。她的嗓音像音乐一般悦耳，吐字清脆美妙。

不管是西班牙还是意大利，反正很容易想象她是个不经常住在伦敦寓所中的人，即使是档次较高的寓所。

“如果你愿意的话。”她答道，“你真好。我看得出你很强壮，但我很高兴只有几步路要走。”

她靠在他肩上，同时拄着她的雨伞。但显然每个动作都让她感到非常疼痛，她咬住了嘴唇。马可觉得她脸色都白了。他无法不喜欢她。她如此可爱，如此优雅，又如此勇敢。他受不了看到她痛苦的表情。

“我很难过！”他说，一边搀着她。少年的声音中带有罗利斯坦那种独具魅力的同情口吻。美丽的女士也注意到了，觉得它与一般男孩的声音是那么不同。

“我有一把大门钥匙。”她站在低台阶上说。

她在小包里找到了钥匙，打开房门。马可把她搀进门厅。她立刻坐进帽架旁边的一把椅子里。屋子里面很朴素，式样陈旧。

“要我拉门铃叫人吗？”马可问道。

“佣人们恐怕出去了。”她回答，“他们放假。请关上门好吗？还得麻烦你把我搀到过道顶头的起居室里。我在那儿能找到我需要的一切——如果你肯帮忙递两样东西的话。很快就会有人来的——也许是别的房客。就算我一个人待个把钟头，其实也没有关系。”

“也许我可以找到房东太太。”马可建议。美丽的女士微笑起来。

“她去参加她妹妹的婚礼了，所以我本来打算出去逛一天，配合她的时间。你真好！我很快就会相当舒服的，真的。已经休息了一会儿，我可以挪到起居室的安乐椅里了。”

马可扶她站起来。她那一声不由自主的痛楚尖叫让他的心紧缩了一下。也许扭伤比她想的要严重。

屋子是维多利亚早期的伦敦式样。右手是一个“前厅”和一个饭厅，过了楼梯口是一个“后厅”，厅外有地下室厨房的楼梯，还有一间起居室，朝着高墙下阴暗的石板地后院。起居室本身也相当阴暗，但普通的陈设中夹杂着几件奢侈物品：有一把安乐椅，旁边还有张小案桌，上面摆着一盏台灯和一些相当雅致的小东西。马可把被照顾者扶到安乐椅跟前，从沙发上拿了个垫子搁在她脚下。他动作很轻，站起来的时候，看到那双细长温柔的黑眼睛奇怪地看着他。

“现在我得走了，”他说，“但我不想离开你。要我去找医生吗？”

“你真可爱！”她感叹道，“但我不需要医生，谢谢你。我知道脚扭了该怎么做。也许我这并不是扭伤。我要脱下鞋看看。”

“要我帮忙吗？”马可问，又跪下来小心地帮她解开鞋，从脚上褪下来。那是一只穿着丝袜的纤巧的小脚。她弯腰轻轻碰了碰，揉了揉。

“不是，”她抬起头说，“我想不是扭伤。现在鞋脱掉了，脚搁在垫子上，感觉舒服多了，好多了。谢谢，谢谢你。要不是你路过，我可能会摔得很重。”

“我很高兴能够帮你。”马可带着宽慰答道，“现在我得走了，如果你觉得没事的话。”

“别马上走，”她伸出手说，“我想多了解你一点，如果可以的话。我太感谢了。我想跟你聊一聊。你的风度这么好，是小男孩少有的。”她最后亲切地嫣然一笑说，“我想我知道这风度是哪儿来的。”

“你过奖了。”马可答道，不知道自己的脸是不是有点发红。“但我必须走了，因为我爸爸要——”

“你爸爸会让你留下来跟我说话的。”她说，甚至比刚才更加温柔可亲，“你美好的风度就是从他那儿继承的。他曾经是我的朋友，我希望现在还是，但也许他已经把我忘了。”

马可学过的一切和他训练自己记住的一切一下子涌入脑海，因为他头脑清晰，思维敏捷，而且过的不是普通男孩的生活。面前是一位美丽的女士，他对她毫不了解，只知道她在街上扭了脚，他把她搀回屋里。如果沉默仍然是命令，他就不应该知道事情，不应该提问或回答。她也许是世间最可爱的女士，也许他父亲是她最亲密的朋友。但即便如此，他为两人效劳的最好办法也就是遵守她朋友的命令，不忘记任何一句指示。

“我想我父亲从不会忘记任何人。”他这样回答。

“是啊，我相信他不会。”她柔声说，“这三年里他回过萨马维亚吗？”

马可沉默了片刻。

“可能我不是你所想的那个男孩。”他说，“我爸爸从来没去过萨马维亚。”

“没去过？但——你是马可·罗利斯坦？”

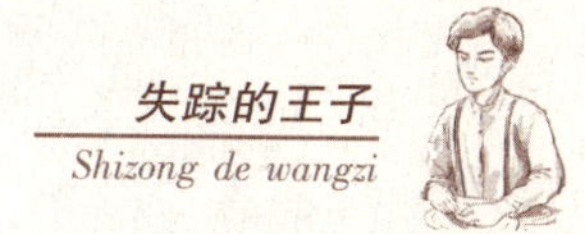

“是的，那是我的名字。”

她突然凑上前来，细长俏丽的眼睛里充满火焰。

“那你就是萨马维亚人，你知道我们深重的灾难。你知道所有那些骇人听闻、野蛮残酷的暴行。你父亲的儿子肯定全知道！”

“所有人都知道。”马可说。

“但那是你的国家——你自己的！你的血肯定会在血管里燃烧！”

马可定定地站着，望着她。从他的目光看得出他的血是不是在燃烧，但他没有说话。目光就足以回答，他不想说出任何东西。

“你父亲怎么想？我也是萨马维亚人，我日夜都想。他怎么看待关于失踪王子后代的那些传闻？他相信吗？”

马可飞快地思考着。她美丽的面庞激动得发红，悦耳的声音微微颤抖。她竟然是萨马维亚人，那么热爱萨马维亚，对一个小男孩都如此倾泻真情，他深受感动。但无论多么感动，还是要记住沉默仍是命令。年少的时候，首先必须记住命令。

“也许只是报上的故事，”他说，“我父亲说不能相信这种事情。如果你认识他，就会知道他非常冷静。”

“他也教你冷静了吗？”她悲哀地问，“你还是个孩子。孩子不会冷静，女人也不会冷静，当她们的心被绞痛的时候。哦，我的萨马维亚！哦，我可怜的小祖国！我勇敢的、苦难的祖国！”她猛地哽咽一声，捂住了脸。

一大块东西堵到了马可的喉咙口。男孩子不能哭，但他知道她说的心被绞痛是什么感觉。

当她抬起头时，眼眶中的泪水使那双眼睛更加温柔。

“如果我不是一个女人而是一百万萨马维亚人，我会知道该做什么！”她大声说，“如果你父亲是一百万萨马维亚人，他也会知道。他会找到艾弗王子的后代，如果他在世间，他会结束所有这些恐怖！”

“如果能做到的话，谁不想结束它呢？”马可也很激动地叫道。

“但像你父亲这样的人，萨马维亚人，必须像我这样日夜忧虑。”她冲动地坚持道，“你看，我都忍不住向一个男孩倾诉我的思想——因为他是萨马维亚人。只有萨马维亚人才关心。萨马维亚在其他人眼里那么小，那么无足轻重。他们似乎都不知道那儿洒的血是从人的血管和跳动的人心里涌出来的。

男孩子不能哭，但他知道她说的心被绞痛是什么感觉。

像你父亲这样的人们必须忧虑、谋划，并且感到他们必须——必须想出办法。连一个女人都这样想。连一个孩子都必须这样想。斯蒂芬·罗利斯坦不能静悄悄地坐在家里，明知萨马维亚人的心脏被射穿，萨马维亚人的鲜血在喷涌。他不能什么也不想，什么也不说！"

马可不由得一惊，好像他爸爸被人打了一记耳光。她怎么敢说这样的话！他本来就长得高大，现在突然显得更高大了，美丽的女士也看了出来。

"他是我爸爸。"马可缓缓说。

她是一个美丽聪慧的人，看出自己犯了一个大错误。

"你千万要原谅我。"她叫道，"我激动之下说错了话。女人就是这样。你要看到我的意思是，我知道他在为萨马维亚贡献他的心血和力量，贡献他的全部，即使他必须留在伦敦。"

她突然一惊，扭头聆听，好像有人在外面用钥匙开门。一个男子沉重的脚步声走了进来。

"是一个房客。"她说，"我想是住在三楼起居室的那个人。"

"那么我走的时候你就不是一个人了。"马可说，"我很高兴有人回来。我要说早上好，能把你的名字告诉我父亲吗？"

"我刚才那么失态，你没有生气吧？"她说。

"你不会是有意的，我明白。"马可男孩子气地说，"你当然不会。"

"我当然不会。"她跟着说，重音都一样。

她从桌上一只银盒里取出一张卡片递给他。

"你父亲会记得我的名字，"她说，"我希望他会允许我去见他，亲口对他说你怎么照顾我。"

她热情地握手告别，但当他走到门口时，又听到她的声音。

"哦，在你离开之前，可以再麻烦你一件事吗？"她突然说道，"希望你不会介意，你能不能跑到楼上客厅里，帮我把小桌子上那本紫色的书拿下来？如果有书可看，一个人待着也没关系。"

"紫色的书？小桌上？"马可说。

"在两扇长窗户中间。"她向他微笑着。

这种房子的客厅总是从一段楼梯通上去的。

马可轻快地跑上楼。

第14章　马可拒不回答

等马可转过楼梯拐角，美丽的女士从里屋的椅子上站了起来，走进前面的饭厅。一个留着黑胡须的彪形大汉站在门口，好像在等她。

“我拿他没有办法。”她立刻用那轻柔的声音说，说得非常温婉悦耳，好像她所做的是世界上最平常的事情。“我装扭伤脚装得很不错，把他引进了屋里。他是个可爱的男孩，风度好极了，我以为很容易让他在吃惊之下不知不觉说出更多的东西。一般对小孩和少年都能成功。可他要么是不知道，要么就是受过保密的训练。他不傻，而且精神高尚。我演了一小场为萨马维亚悲痛的戏，因为我看出他会激动。他果然激动了。我又用关于失踪王子的传闻来试探他。但他没有表示或是不肯表示传闻是否真实。我想激怒他，希望他在维护父亲时泄露什么。顺便说一句，他把他父亲看成一个神。但我看出我犯了个错误，这很遗憾。有时候是可以让男孩子无所不谈的。”她快速地悄声说着。那男人说话也很快。

“他在哪儿？”他问。

“我让他到客厅去找一本书。他会找上几分钟的。听着，他是个纯洁的男孩，把我只看成一个温柔的天使。没有什么会比听我突然说出真相更让他震惊。在那种大惊之下，你也许可以对他做点什么，他可能会失去自制。他还是个孩子嘛。”

“你说得对。”黑胡子说，“等到发现走不掉了，他可能会惊慌失措，我们可以从他嘴里套出点什么。”

“如果我们能发现真相,或者是罗利斯坦认为的真相,就有线索下手了。”她说。

“时间不多,”那男人低声说,“我们奉命立刻去波斯尼亚,午夜之前必须动身。”

“到那个房间去吧,他来了。”

马可走进房间时,那个留着黑胡子的彪形大汉站在安乐椅旁。

“对不起,我找不到那本书。”他道歉说,“每张桌子都找过了。”

“我只好自己去找了。”美人说道。

她笑盈盈地离开椅子站了起来。从第一个动作马可就看出她一点没有残疾。

“你的脚!”他叫道,“你的脚好了?”

“它并未受伤,”她以那悦耳的声音和柔美的笑容回答,“那是我演的戏。”

要毫不留情地用这种突变令他大吃一惊,这是她计策的一部分。马可一时感到透不过气。

“我让你相信我受了伤,因为我希望你跟我进屋。”她补充道,“我想了解一些情况,我相信你知道。”

“是关于萨马维亚的。”彪形大汉说,“你爸爸知道,你一定至少也知道一些。我们必须听到你能告诉我们的东西。在你回答完我要问的问题之前,我们不会让你离开这所房子。”

马可开始明白了。他曾听父亲提到过政治间谍,就是受雇跟踪某些政府或政党要监视的人。他知道间谍的任务是探听机密,化装成普通邻居生活在没有觉察的人们中间。

这两人一定是受雇跟踪他父亲的间谍,因为他是萨马维亚的爱国者。马可不知道他们两个月前就租了这个寓所,在貌似单纯的居住期间,已经完成了几件事情。他们找到了罗利斯坦,摸清了他的出入情况,以及拉萨勒斯、马可和耗子的出入情况。但是如果可能的话,他们还想刺探更多的情报。如果这个男孩能够在惊慌之下不知不觉地泄露什么,刚才表演的这一小出戏也就值了,他们可以锁上大门匆匆穿越英吉利海峡,让房东去发现这里已经人去楼空。

马可的脑子里在发生奇异的变化。他们是间谍!但还不仅如此。美人说他会感到震惊是猜对了。他年轻结实的胸膛剧烈起伏。有生以来,他还从未直接面对过如此阴险的背叛。他无法理解。这个温柔亲切的人儿,那感激而柔美的声音,那感激而柔美的眼睛竟然背叛了——背叛了他!似乎无法相信,然而她弯弯的嘴唇上的微笑告诉他这是真的。当他冲过去搀扶她时,她却是在使诈!当他为她的疼痛而难过,听到她轻声呼痛而心脏紧缩时,她却是在处心积虑地设圈套来害他。有几秒钟他目瞪口呆——也许,如果他不是他父亲的儿子,他只会目瞪口呆。但马可并不是那么简单。最初的几秒钟过去后,他内心慢慢升起一种感觉,似乎是高傲、冷漠的鄙夷。这鄙夷感在少年深邃的眼睛里增长,他正视着那双细长柔美的黑眼睛,直看入瞳孔里,他的身体好像在长高。

"你很聪明,"他慢慢说道,停了一秒钟,又说,"我太年轻,不知道世界上有这么——聪明的人。"

美人笑了起来,但笑得并不轻松。她转向同伴。

"高贵的君子!"她说,"看着他,让人几乎相信那是真的。"

黑胡子看上去很恼火。他目光凶狠,黑皮肤都发红了。马可觉得这人看上去好像很恨他,而且光是见到他就要发狂,不知何故。

"你们离开莫斯科的两天前,"那人说,"有三个人来见你爸爸。他们看上去像农民,跟他谈了一个多小时,带给他一卷羊皮纸。是不是?"

"我不知道。"马可说。

"到莫斯科之前,你们先在布达佩斯,是从维也纳过去的。你们在那儿待了三个月,你父亲见过许多人,有的是半夜来客。"

"我不知道。"马可说。

"你从小周游各国,"那男人穷追不舍,"你懂得欧洲各国的语言,就像维也纳旅馆的导游或服务员一样,是不是?"

马可缄口不答。

美人开始用俄语快速对那男人说话。

"斯蒂芬·罗利斯坦一直和永远都是间谍和冒险家。"她说,"我们知道他是什么人。欧洲每个首都的警察都认得他是个骗子、流浪汉和间谍。不过,他虽然聪明狡猾,却好像没钱。他拿了马兰诺维奇派的贿赂干什么去了?那是用提供古堡的情报作为交换的。这男孩甚至都没有怀疑他。也许他真是什么也不知道，也许他从小就被虐待打压得不敢说话。别看他带着小孩子的狂妄，眼里却有一丝胆怯，他挨过饿，受过毒打。”

这通发泄表演得很好，她看都不看马可，连珠炮似的说着，带着感情失控的人那种唐突和冲动。如果马可对他父亲的事敏感，她觉得少年的脸上肯定会泄露一些东西，即使嘴巴没有泄露——例如他懂不懂俄语，这是有用的信息之一，因为它能够证实许多其他事情。

马可的表情令她失望，他脸上毫无变化，血液并未涌到表面，他带着不感兴趣的神情听着，表情漠然，冷淡而礼貌。随他们怎么说。

那男人捻了捻山羊胡子，耸耸肩膀。

“我们楼下有个挺不错的小酒窖，”他说，“你到那儿去，如果不打算回答我的问题，也许就得在里面待一段时间了。你以为伦敦的街上有警察来回巡逻，不会发生什么事情，但是你想错了。如果你现在大喊大叫，即使有人听见，他们也只会认为是一个小孩犯了错误在挨揍。在黑咕隆冬的小酒窖里你尽管叫去，谁也听不见。我们这房子只租三个月，今晚就会离开，跟谁也不提。如果我们决定把你留在酒窖里，你就只能在那儿待着，等别人发现这家看不见人进出，然后碰巧跟房东提起——很少有人肯这么做。你是从莫斯科来的吗？”

“我不知道。”马可说。

“你可能会在可爱的小黑地窖里很不舒服地待上很久才会被人发现。”那男人冷冷地说，“你记得在你们出发前那天晚上来见你爸爸的那些农民吗？”

“我不知道。”马可说。

“等到发现屋子空了，有人进来检查时，你可能已经没有力气叫喊引起他们注意了。你们是不是从维也纳进入布达佩斯，在那儿待了三个月？”间谍问道。

“我不知道。”马可说。

“你这么好，不应该关进黑地窖。”美人插进来，“我喜欢你，别进那儿去！”

“我不知道。”马可答道，但目光就像罗利斯坦可能给与她的目光一样，她感觉到了，这使她不自在。

“我相信你没受过虐待或殴打。”她说，“我告诉你，那个黑地窖里可不好过，千万别进去！”

这次马可一个字也没说，只是继续像一位非常高傲的年轻贵族一样藐视她。

他知道黑胡子说的都是真的。叫喊也没有用。如果他们走了，把他留在这里，不知道要多少天之后才会有邻居怀疑屋里没人，也不知道过多久才会有人想到报告房东。在此期间，父亲、拉萨勒斯和耗子都绝不可能猜到他在哪儿。他只能一个人坐在黑咕隆冬的酒窖里。他一点也不知道如何应付这件事，只知道沉默仍是命令。

“那可是个漆黑的小地洞，”那男人说，“你在里面喊破喉咙也没人听得见。你们在维也纳的那天半夜，有人来跟你爸爸密谈吗？”

“我不知道。”马可说。

“他不会说的，”美人说，“我为这男孩感到难过。”

“等他在那个可爱的小黑地窖里坐上几小时，他就会说的。”山羊胡说，“跟我走吧！”

强蛮的手按住了马可的肩膀，推着他往前走。马可没有挣扎。他想起父亲说过不是游戏。现在真的不是游戏了。但他坚强而高傲地觉得并不害怕。

他被带往过道后面，走那种普通石板台阶下到地下室，然后被押着穿过一条昏暗的石板窄廊，来到墙上的一扇小门前。门没有锁，微开着一条缝。

押送他的人把门推开，露出一个酒窖，里面黑得马可只能隐隐看出最靠门边的几个架子。押送者把他推进去，关上了门。果然是像那人所说的那样漆黑的地洞。马可静静站在像黑天鹅绒一样浓重的黑暗中，看守转动钥匙。

“在莫斯科去见你爸爸的农民说萨马维亚语，身材高大。你记得吗？”他在外面问。

“我不知道。”马可回答。

“你是个小傻瓜，”那声音说，“我相信你知道的比我们想象的还要多。你不回家，你爸爸会非常焦急的。如果可能的话，我过几个钟头再来看你。但我要告诉你，我接到了麻烦的消息，我们可能必须赶快离开这所房子，也许我走之前没时间再上这儿来了。”

马可背靠墙壁站着，保持沉默。

几分钟的寂静，然后听到脚步声走开。

等到最后一丝回音在远处消失，四周一片死寂，马可深深吸了一口气。

虽然好像难以置信，但这深呼吸中几乎有一种解脱。在楼上面对惊人变故时一下涌上来那么多异样的感觉，不容易意识到他的思想究竟是什么；想法太多，来得太快。他怎能相信眼睛和耳朵的发现？几分钟，仅仅几分钟，他这个感激而亲切的新朋友就变成了工于心计的美女蛇，她对萨马维亚的热爱只不过是个阴谋，为了害他和他父亲。

她和她的同伙想干什么——一旦搞到了他们想强迫他说出的情报，这些人会干什么呢？

马可坚决地背靠着墙壁。

"最好先想什么呢？"他这样自言自语，因为他和父亲一起聊过的最有趣的话题之一就是人类的思想——它的奇妙力量。聊的时候，马可觉得像在听一些神奇而真实的复活节故事。罗利斯坦在旅行中到过远东的国度，见识过许多看似奇迹的事情，使他学会了深思冥想。他知道有些人相信当他们想要某个东西时，通过清晰而崇高的思想就可以得到。他也曾成天与这些人探讨，并且发现了他们为什么会这样想，也理解了他们深奥的论点。

而他自己相信的东西，罗利斯坦在马可幼年时就简单地教过他了。是这样：他——马可，一头浓密的黑发、衣服上打着补丁的强壮少年——是一位魔术师。他亲自挥动魔杖——魔杖就是他自己的思想。每当特别困苦或焦虑的时候，他们总是说："最好先想什么呢？"所以现在马可站在黑天鹅绒般浓重的黑暗中，就对自己这么说。

他静立几分钟，等待念头来临。

"我要想想那个住在印度山岩上的老隐士，他跟我爸爸聊过一个通宵。"马可终于说。这是一个精彩的故事，也是他最喜欢的之一。罗利斯坦曾经千里迢迢去拜访这位老禅师，那一夜的见闻改变了他的生活。现在马可回忆起来的是这几句话：

"我的孩子，只让你希望实现的画面穿过脑海。只默想你心中的愿望，首先要看到它不会伤害任何人，没有不光彩之处。然后它就会化为实在的形式，渐渐靠近你。此乃造化之法则。"

"我不害怕，"马可大声说，"我不会害怕。总会有办法出去的。"

这是他最想在脑海中留住的画面——什么也不能让他害怕，他总有办法逃出酒窖。

他这样想了几分钟，把这句话说了几遍，感觉镇静自若了一些。

"等眼睛适应了黑暗，我要看看能不能发现一丝亮光。"他接着说。

他耐心等待，有一段时间似乎什么亮光也看不见。他张开双臂摸了摸，发现背后的墙上好像没有架子。也许这酒窖在放酒之外别有用途，若如此，就可能有通风口。空气还不坏，但刚才那人开门时门并没有关严。

"我不害怕，"他又说，"我不会害怕。总会有办法出去的。"

他不能让自己去想父亲在等着他回去。他知道那只会让他感情冲动，削弱他的勇气。他开始小心翼翼地摸着墙壁往前走，这堵墙比他想象的要长。

地窖不是很小。他慢慢沿四壁摸索，摸了一圈之后，又两手前伸，小心地一步一步摸到对面。然后又坐到石板地上，想着那位老禅师对他父亲说的话，想着总有一条路可以走出这个地方，他应该有办法找到，不用过很久就能重新走在大街上。

正当这样想着的时候，他忽然有一个惊异的感觉，几乎像是有个东西碰到了他，把他吓了一跳，虽然这接触轻得简直不能说是碰到，他都怀疑这是不是自己的想象。他又站起来背靠墙壁。也许是突然起立使他处在了一个新的角度，也许是眼睛已经完全适应了黑暗，他扭头聆听时有一个发现：在门上方有个地方那天鹅绒般的黑暗没有那么浓，好像墙上有个豁口。不过，由于它外面不是露天而是黑乎乎的走廊，透进来的不是亮光，而是浅一分的黑暗。但这也比没有强。马可又深吸了一口气。

"这只是开头，我会找到出路的。"他说。

"我会的。"

他想起读过的故事，一个人不小心被锁在保险库里，惊恐万分，放出来时他以为在里面关了两天两夜，其实只有几小时。

"是他胡思乱想才会那样。我必须记住这点。我还是要坐下来，想想维也纳艺术史博物馆里的那些图画。这会打发掉一些时间，然后还有别的。"他说。

这是个好办法。只要把心思放在帮他度过了那么多无聊时光的游戏上，他就不会去想其他，因为这游戏需要集中注意力——也许，随着时间的过去，挟持他的人会感到做这样孤注一掷的事不大安全。他们也许至少会在出门之前重新考虑。不管怎样，跟罗利斯坦学到的经验足以让他想到让自己脑子

正当这样想着的时候，他忽然有一个惊异的感觉，几乎像是有个东西碰到了他，把他吓了一跳。

乱掉只会有害。

“大脑要么是一台齿轮残破纷飞的引擎,要么是一种可控制的巨大力量。”他们知道这一点。

他在想象中穿过了三个展厅,正要拐进第四个,忽然又惊得一跳。这次不是碰了一下,而是一个声音。肯定是一个声音,而且跟他一起在地窖里。但那是极细极细的声音,幽灵般微弱的叽叽声,似乎有东西在动,是从酒窖对面传来的,就是摆着架子的那一面。他在黑暗中仔细望去,看到了一点亮光,没错。真是亮光,实际上是两点亮光,两个圆溜溜的、鬼火般的光球。是一对眼睛在盯着他。接着他又听到一个声音,这次不是叽叽声,而是如此寻常而令人安慰的声音,他不禁笑出了声。那是一声猫叫,一只温暖可爱的猫咪!它蜷在一个矮架子上对着新生的小猫呜呜叫。他知道有小猫,因为那显然就是叽叽声的来源,而且他又听到更清晰的一声,接着又一声,更加确定了。他刚进地窖的时候它们都在睡觉。母猫如果醒着的话,可能是非常害怕。后来它可能从架子上下来察看,从他旁边擦身而过。这个奇异而简单的发现带给他的轻松感无以伦比。这个如此自然、舒服的常见之物,它使间谍和罪犯显得不真实,似乎只有关乎自然的事情才有可能。有一只母猫在小猫中间呜呜叫,就连黑漆漆的酒窖也不那么黑了。他爬起来,跪到那个架子旁边。那对绿幽幽的眼睛没有露出不友好的光,马可感觉得出它们的主人是一只好脾气的大猫。他数到四只绒球般的小猫。抚摸着柔软的绒毛对母猫说话愉快得出奇。它呜呜叫着回答,好像喜欢感到有友好的人类在旁边。马可对自己笑了。

“它带来的变化多大啊!”他想,“简直像找到了一扇窗户。”光是看到这些无害的生命在这里就好像有了陪伴。他在架子旁坐下来,听着母猫的叫声,时而跟它说说话,用手触摸那温暖的皮毛。绿眼睛中的莹光本身就是一种慰藉。

“我们会出去的——我们一起。”他说,“我们不会在这儿待很久,猫咪。”

他并不担心饿上一段时间,他已经习惯于食物匮乏,发现禁食并不是多数人想象的那么可怕的折磨。如果你一开始就预期会感到饥饿,并且数着每顿饭之间的钟点,你就会饿得发慌,但他不会那样。

时间过得很慢,但他已经料到会这样,已经打定主意不看也不问时间。

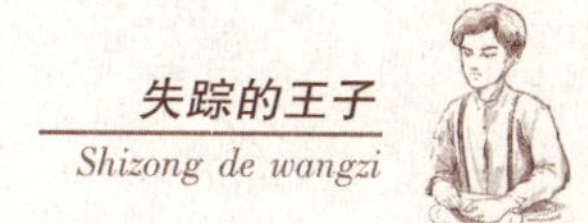

他不是一个好动的男孩，而是可以像他父亲那样静立、静坐或静卧。他时而听见街上传来隐隐的车声，这些声音也好像是一种陪伴。他一直坐在母猫旁边，手能时时摸到它。他可以时而抬眼望望那个似乎稍微亮一点点的地方。

也许是寂静，也许是黑暗，也许是母猫呜呜的叫声，也许是三者共同作用，使得他的思想在脑子里越走越慢，最后完全停下来，他就睡着了。母猫又叫了一会儿，也睡着了。

第15章　梦中声音

马可安稳地睡了几小时，没有什么东西打扰，但到了最后，睡梦中无疑传来一种声音。他梦见听到远处有人说话，努力想听清楚时，一阵金属的叮当声立刻使他惊醒过来。等他完全清醒时，叮当声已经停止。他马上意识到梦中的声音是真实的，而且还在说话。是那美人的声音，讲得很快，仿佛非常着急。她的声音从门外传来。

“你得自己找了，”他只听到这一句，“我没时间！”然后，当他聆听她那匆匆跑开的脚步声时，随着脚步的回音又传来一句，“你太好了，不应该关在地窖里。我喜欢你！”

他跳到门口推门，但门还是锁的。

脚步声从地窖前跑上台阶，穿过上面的门厅，前门砰地关上了。那两个人走了，就像他们威胁的那样。

说话声不仅急促，而且很激动，有什么东西令他们害怕，两人慌慌张张地离开了这所房子。

马可转过身，背靠墙壁而立。母猫也醒了，用绿莹莹的眼睛盯着他。它鼓励地呜呜叫起来，真的在帮助马可思考。他拼命思考，努力回忆。

“她来干什么？她来是有目的的。”他对自己说，“她说了什么？我只听到一部分，因为我睡着了。梦里的声音也是一部分。我听到的是‘你得自己找了，我没时间”。她在过道里又回头喊“你太好了，不应该关在地窖里。我喜欢你”。他把这些话说了一遍又一遍，努力准确回忆当时的语音语调，并且回

他梦见听到远处有人说话，努力想听清楚时，一阵金属的叮当声立刻使他惊醒过来。

忆那好像是梦但却是真实的说话声。然后他又开始做自己最喜欢的试验。就像经常尝试命令自己的大脑睡觉一样,他也经常尝试命令它工作——帮他回忆、理解和清晰地辩论问题。

"帮我推理一下,"他现在对它说道,说得相当自然而平静,"告诉我这意味着什么。"

她来干什么?显然,她那么匆匆忙忙,如果没有原因,是不可能有空到这儿来的。原因是什么呢?她说她喜欢他。那么她来就是因为喜欢他。既然喜欢他,她来就不是为了做不友好的事。而她能为他做的唯一一件好事就是帮他逃出地窖。她两次说他不该关在地窖里。要是他醒着,就能把她的话听全,知道她要他做什么或想为他做什么。他不应该停下来想这些。他听到的第一句话——是什么来着?那句话没有后面的话那么清楚,因为是他刚醒时听到的。但他觉得能肯定是这样说的:"你得自己找它了。"找它。找什么?他想了又想。他必须找什么呢?

他坐到地上,捧着脑袋,紧紧捂住眼睛,眼前飘浮着奇形怪状的光斑。

"告诉我!告诉我!"他对自己的灵魂深处说,隐居的禅师说那里蕴藏着所有的知识,如果用正确的态度呼求,它就会告诉你一切。

几分钟后,他又想起一点东西,它太像睡梦的一部分了,他都无法确定是不是真的。叮当声!他轻呼一声,跳了起来。叮当声!是金属落下时的叮当声。任何金属的东西都可能发出那种声音。她把一个金属的东西丢进了地窖,是从门边砖墙的缝隙里丢进来的。她喜欢他,说他不应该关在这里。她留下了惟一能够放他自由的东西。她把地窖的钥匙扔给了他!

几分钟里他内心涌上的感觉是如此兴奋强烈,脑海中一片混乱。他知道父亲会怎么说——这样不行。要想思考,他必须保持平静,连喜悦都不能过头。钥匙就在黑乎乎的小地窖里,他必须在黑暗中找到它。就连喜欢他到肯给他一个机会重获自由的那个女人,也知道不能直接开门放他出来,而要拖延一阵子。他必须自己找到钥匙,那肯定要花时间。很可能在他出来之前,他们已经走到足够安全的距离之外了。

"我要跪下来爬着找。"他说。

"我要来回地爬,用手摸遍每一寸地面,直到找到为止。如果我每一寸都摸到的话,应该能找着。"

于是他跪下来，开始往前爬。那只猫看着他呜呜叫。

“我们会出去的，”他对它说，“我告诉你吧。”

他从门边爬到有架子的那一面，然后又爬回来。钥匙可能挺小的，像他说的那样需要摸遍每一寸地方。难的就是在黑暗中确定没有错过一寸地方。有时候他不大确定，只好又重新摸一遍。他爬来爬去，爬来爬去，横着爬，竖着爬，斜着爬，绕着圈子爬，可是没找到钥匙。要是有一点光就好了，可是没有。他找得那么专心，都没有发现已经找了几个小时，现在已是半夜了。但最后他意识到必须停下休息一会儿，因为感觉膝盖都碰伤了，双手在石板地上磨得生疼。母猫和幼仔已经睡去又醒来两三回了。

“可是它一定在什么地方！”他执拗地说，“就在地窖里。我听到有个金属的东西掉下来，就是把我惊醒的叮当声。”

他站了起来，觉得浑身酸痛，非常疲惫。他伸了个懒腰，活动着胳膊和腿。

“不知道我爬了多久，”他想，“但钥匙在地窖里，它就在地窖里。”

他在母猫和它那窝小猫旁边坐下来，手臂搁在它们上方的架子上，脑袋枕在上面，开始考虑另一个试验。

“我太累了，我想我又要睡着了。‘全知全觉的意念’，”——他喃喃地念着那位隐者在彻夜长谈中对罗利斯坦说的话，“全知全觉的意念！向我显示这个小东西。在我清醒时带我找到它。”

然后他就睡着了，睡得很沉很沉。

他不知道自己把这一夜都睡了过去。当他醒来时，街上已经大亮，送牛奶的车子开始叮叮当当地运送，早起的邮差在叩响前门的大门环。那只猫或许听到了牛奶车的声音，但事实是它自己也饿了，想去找东西吃。就在马可把脑袋从胳膊上抬起，坐直身体时，它从架子上跳下去跑向门口，以为门还开着一条缝。它发现门关上了，先用爪子挠门，怎么挠也没用，开始着慌了。它知道马可也在地窖里，就觉得自己有个朋友，应该会帮帮忙。它恳求地喵喵叫了起来。

这让马可想起了钥匙。

“我找到它就会帮你的。”他说，“它就在地窖里。”

母猫又喵喵叫了几声，这次非常焦急。小猫听见了，也吱吱地蠕动起来，甚是可怜。

“带我找到这个小东西。”马可说，好像是对黑暗中的某个神灵说话。他站起身来。

他伸手去抚摸小猫，手指触到了离它们不远的一样东西。它一定就在他胳膊肘旁边躺了一夜。

是钥匙！它掉在架子上了，根本没有落地。

马可把它捡了起来，静静地站了一会儿。他画了一个十字。

然后他摸到门口，摸索着找到钥匙孔，把钥匙插了进去，再转动钥匙把门推开——那只猫一下子冲出去，跑到了过道里。

第16章　耗子来相救

马可经由过道走进地下室的厨房区。门全都锁着，非常坚固。他跑上石板台阶，发现那上面的门也上了闩，也非常坚固。关他的人显然是要确保他必须花许多时间才能跑到街上——就算他能逃出地窖的话。

母猫跑到老鼠多的地方去了。马可这时也饿得肚子里像有东西在咬。如果能进厨房，也许会在碗橱里发现一些残留的食物，但锁着的门根本推不动。他试过了厨房入口，打不开。这时他看到旁边还有一扇小门，显然通到人行道下面的煤窖。因为石板地上有踩碎的煤灰，旁边还有一个煤桶。

他从桶里捡起一大块硬煤，使出全部力气朝肮脏的窗玻璃砸去。玻璃被砸出一个大洞。他又扔了一块，整块玻璃都碎了，掉落到地上。他这才发现天色很亮，估计自己已经被关了好多钟头了。煤桶里有的是煤，他臂力大，瞄得也准，砸碎了一块又一块玻璃，最后只剩下窗框。现在他大声喊叫，声音就可以直接传到街上了。

“喂！”他喊道，“喂！喂！喂！喂！”

街上车来车往，但路人都想着自己的事情，即使听到声音，他们也没有停下来查看。

“喂！我被锁在里面了！”马可扯起嗓门喊道，“喂！喂！”

叫了半个小时后，他开始想这是白费力气。

“他们只会以为是个小孩在吵闹。”他说，“到时候总会有人注意的。夜里街上静下来时，我可能会让警察听见。但爸爸不知道我在哪儿，他会想办法找我——拉萨勒斯也会——还有耗子。他们中的某一个会走到这条街上，就像我那样。我能做什么呢！”

他灵机一动。

“我要唱一首萨马维亚歌曲，放声高唱。人们听到音乐几乎总会停下来，看看它来自哪儿。如果我认识的人走近，他们会立刻停住——我还要不时大声呼救。”

有一次他和耗子在汉普斯泰德荒原上停下休息时，他给耗子唱过一首豪迈的萨马维亚歌曲。耗子想听听秘密旅行时他会怎么唱歌，还想让他哪天给敢死队唱一次，让这件事显得更逼真。耗子当时非常兴奋，求他经常唱那首歌。那是一首激动人心的进行曲，有集合号一般的副歌。许多世纪前，成千上万的萨马维亚人曾唱着它冲上战场。

他退后几步，两手叉腰唱了起来，尽量把声音往上送，穿过打破的窗户。他有一副年轻洪亮的金嗓子，不过他自己并未意识到它那美好的质地，此刻只是想唱得越响越好。

外面街上行人很少。一位容易烦躁的老绅士正在拖着病体散步，突然听到这么亮的歌声，真吓了一跳。小孩没有权利那么大喊，他加快脚步离开那个声音。另外两三个人回头看了看，但来不及停留。还有几个人走近时很愉快地听了听，然后继续往前走。

“那个男孩嗓子很好。”一个说。

“他唱的是什么？”他的同伴说，“听起来像外国歌。”

“不知道。”他们走过去了。但最后有一位去上课的音乐教师犹豫地站住了，四下张望。此时歌声非常响亮激昂。音乐教师搞不清它从哪儿来，停下来寻找。他这一停吸引了后面一位来人的注意，那人也不走了。

“谁在唱歌？”他问，“他在哪儿啊？”

“我找不到，”音乐教师笑道，“听起来像是从地下传来的。”

歌声从地下传来是很奇怪的。于是一位小贩也停了下来，然后是一个小男孩、一位女工和一位小姐。

当另一个人从街角拐过来时，街上已经聚了一小圈人。他是一个衣服破旧的男孩，拄着双拐，一脸的焦急。

马可都听到了双拐的笃笃声。

一位容易烦躁的老绅士正在拖着病体散步，突然听到这么响亮的歌声，真吓了一跳。

“可能是，”他想，“可能是！”

他把那集合号般的副歌唱得像要穿入云霄，唱了一遍又一遍，并且在最后高喊：“喂！喂！喂！喂！喂！”

耗子甩动双拐冲进人群中，看上去像发了疯。他扑到人们跟前。

“他在哪儿？他在哪儿？”耗子喊道，随后气喘吁吁地倒出一串话，几乎像是哭着说的。

“我们整夜都在找他！”他喊道，“他在哪儿？马可！马可！除了他没人会唱这个。马可！马可！”似乎从厨房区传来了一声回答。

“耗子！耗子！我在地窖里——锁在里面了。我在这儿！”一大块煤从破窗户里飞出来，砸在厨房区的石板上。耗子下台阶走进厨房区，仿佛不是拄着双拐，而是用双腿走的。他用力打门，大声回答：

“马可！马可！我在这儿！谁把你锁进去的？我怎么把门打开呢？”

马可在里面紧靠门边。是耗子！是耗子！他再过几分钟就可以重新走到街上了。“叫警察！”他对着钥匙孔大叫，“有人故意把我锁在里面，拿走了钥匙。”

那群围观者兴奋起来，挤到厨房区的栏杆前询问。他们不明白是什么使这个拄拐杖的男孩看上去又是惊恐又是宽慰，好像发了疯似的。

那男孩兴高采烈地赶去找警察，在邻街找到了一位。他好说歹说，警察才同意来打开一所空屋子的门，解救一个被关在地窖里的小男孩兼流浪歌手。

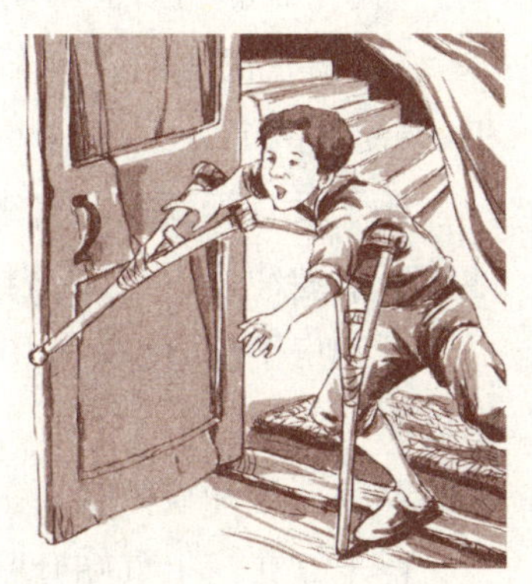

第 17 章　不祥之兆

警察不是激动而是恼火。他不了解马可和耗子知道什么。有个普通男孩被关在了一所房子里,必须有人去找房东要钥匙。他可不想像耗子希望他做的那样,带着警棍闯入私宅,给自己惹来法律麻烦。

“他自己胡闹被关了进去,那就只能等到用不砸锁的办法把他弄出来。”他摇晃着厨房区的门吼道,“你怎么进去的?”他大声问。

马可艰难地从钥匙孔里解释自己是为了帮助一位扭伤脚的女士。警察认为这只是小男孩胡扯。至于故事的其余部分,马可知道要说出来就免不了会涉及只有对他父亲才说得清的事情。他迅速决定要让人相信他是被意外锁在里面的,要让人以为主人走得匆忙,没想起他还留在屋里。

房产中介的年轻职员带着钥匙来了,进屋后他大为不安和困惑。

“他们溜了。”他说,“这种事也时有发生,但这次有点蹊跷。他们为什么要锁上地下室的门,还有楼梯上面的门呢?他们对你说了些什么?”年轻人问马可,并且怀疑地盯着他。

“他们说必须突然离开。”马可答道。

“你在地下室干什么?”

“是那个男的带我下来的。”

“然后把你留在那儿就跑了?他一定走得很急。”

“那位女士说他们没有时间。”

“她的脚腕也迅速好了?”年轻人说。

“我什么也不知道。”马可答道，“我以前从来没见过他们。”

“警察在找他们，”年轻人说，“我看就是这样。他们预付了三个月的房租，只住了两个月。有一些外国间谍隐藏在伦敦，他们就是。”

耗子没有等到钥匙拿来，而是用他最快的步子奔向菲利伯特街七号。当他箭一般地冲过去时，人们都惊讶地扭头看着他那苍白狂热的面孔。

赶到房子前，他喘得几乎连话都说不出来了。为了节省时间，他马上用拐杖撞门。

罗利斯坦和拉萨勒斯一起赶来。

耗子靠在门上气喘吁吁。

“找到了！他没事！”他上气不接下气地说，“有人把他锁在一所房子里就跑了。他们去找钥匙了。我这就回去，布兰登街十号。”

罗利斯坦和拉萨勒斯交换了一下目光，两人此时都已和耗子一样苍白。

“扶他进屋，”罗利斯坦对拉萨勒斯说，“他必须留在这里休息。我们去吧。”耗子明白这是命令。

他不喜欢，但还是服从了。

“这是个不祥之兆，主人。”两人出门时，拉萨勒斯说道。

“非常不祥。”罗利斯坦回答。

“正义之神，保护我们吧！”拉萨勒斯呻吟道。

“阿门！”罗利斯坦说，“阿门！”

他们到达布兰登街时，那里已经围了一小群人。马可发现不容易脱身，因为他受到盘问。警察和房产中介职员似乎都不愿放弃，仍然认为他能提供潜逃的那一对男女的某些情况。

罗利斯坦的到来产生了往常那样的效果。房产中介的职员抬了抬帽子，警察立正敬礼。他们都没意识到这位身材修长的男子衣服相当破旧，只感到面前是一位大人物，无法怀疑他那种平静而绝对的威仪。他把手扶在马可肩头说话。马可抬头望着他，感觉这接触那么亲密，好像一种拥抱——好像父亲把他搂在胸前。

“我儿子对那些人一无所知。”他说，“这一点我可以保证。他以前从未见过他们。他进入这所房子不是孩子淘气的结果。他被关在这个地方将近二十四小时，没有吃过东西。我必须把他带回家去。这是我的地址。”他递给年

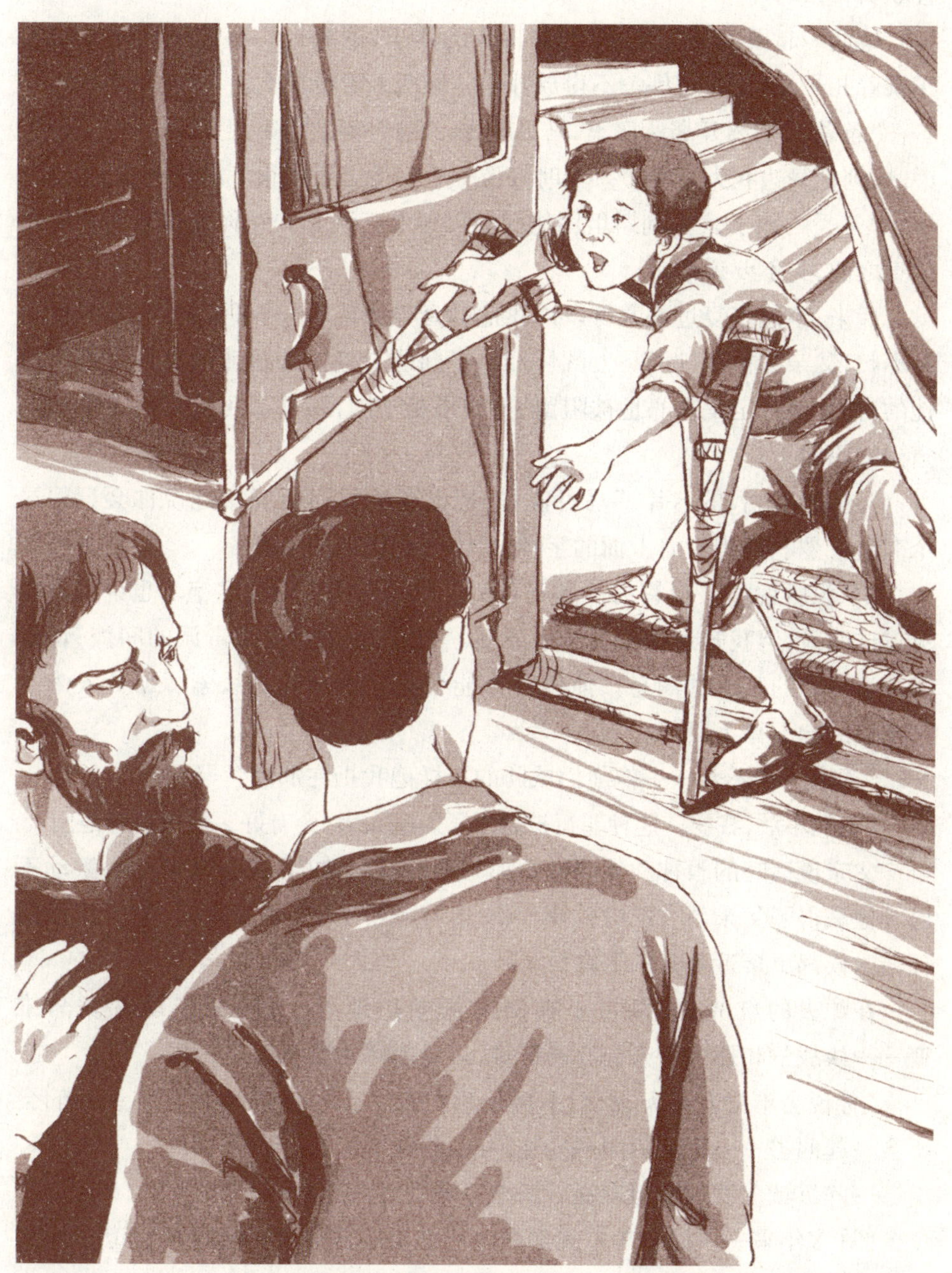

为了节省时间，他马上用拐杖撞门。

轻职员一张名片。

他们一起回家,在走向菲利伯特街的路上,罗利斯坦坚定的大手一直牢牢扶着儿子的肩头,仿佛舍不得放开他。但两人没说什么。

"爸爸,"刚离开那所房子,马可就说,声音沙哑,"在街上我说不好。最想说,回到你身边我太高兴了。当时好像——好像会发生很坏的情况。"

"亲爱的孩子,"罗利斯坦用他们的萨马维亚语说,"在你吃过东西和好好休息之前,先不要说话。"

后来,当他恢复过来并可以讲述他的奇异经历时,马可了解到,当时他迟迟不归,父亲和拉萨勒斯马上就怀疑出了问题。他们知道普通事件是拖不住他的,估计他一定是违心地被阻留了,如果是被阻留,那只可能是由于他们能猜到的原因。

"这是她给我的名片。"马可说着,把它递给罗利斯坦,"她说你会记得这个名字。"罗利斯坦看着上面的字样,露出一丝讥讽的笑意。

"从没听说过。"他答道,"她不会留给我一个我知道的名字。也许我从没见过这两人,但我知道他们是干什么的。他们是马兰诺维奇派的间谍,怀疑我知道失踪的王子的消息。他们以为能恐吓你说出什么线索。那种人为了达到目的会不择手段。"

"那两人会不会——像他们威胁的那样把我扔在那里?"马可问。

"他们不敢,我想。这种罪行被发现了影响太大,会有好多侦探追查他们。"

父亲说话时的眼神和伸向他的那只手的抚慰之力,都让马可的心激动不已。他赢得了父亲新一层的爱抚和信任。当晚两人坐着聊天时,感觉比以前任何时候都更接近对方的灵魂。

在炉火的红光中,马可坐在破旧的壁炉地毯上,跟父亲谈着萨马维亚——谈战争和那些令人痛心的苦难,讨论怎样才能结束这一切。

"你说会不会有一天,我们不再是流亡者?"少年憧憬地问,"你说我们会不会一起回去——看到祖国——你跟我,爸爸?"

一阵沉默。罗利斯坦凝视着渐渐下塌的红热的炭堆。

"许多年来——许多年来我都在内心描绘那幕情景。"他缓缓说道,"想起喜马拉雅山上的那位朋友,我就说,'想象一个世界可能会带给我们一个世界!'"

第 18 章　城市与面孔

马可无故失踪把罗利斯坦和拉萨勒斯吓坏了。他们有理由产生许多无法说出的恐惧。随着黑夜来临,恐惧更加强烈。他们忘记了耗子的存在。他坐在卧室里咬着指甲,不敢出去,怕失去得到差事的机会,也怕自己出去会碍事。

“我就在楼上,”他对拉萨勒斯说,“你只要一吹口哨,我就会下来。”

这一天中拉萨勒斯出出进进,而他一直没有接到任务,耗子感到的煎熬无法用普通词汇形容。他在椅子里扭来扭去,把指甲都咬到了肉里,想起一桩桩从伦敦治安法庭知道的罪行,又是难受又是害怕,真是心急如焚。他在这儿干坐着,又不敢离开岗位。这毕竟是他的岗位,虽然没人分配给他。他必须做些什么。

深夜,罗利斯坦打开了里间的门,因为他知道自己至少必须上楼躺到床上,即使睡不着。

一开门,他吓得倒退一步,耗子蜷坐在门外地板上,背靠着墙壁,手里攥着一张纸,扭曲的小脸看上去很怪异。

“你怎么在这儿?”罗利斯坦问。

“我在这儿三个小时了,首长。我知道您会出来的,我想您会让我跟您说说话。您——您同意吗?”

“进屋吧,”罗利斯坦说,“我愿意听你想说的一切。你在那张纸上画了什么?”耗子用他自己发明的那种奇特方式爬了起来。纸上画满线条,看得出是他的又一个计划。

“请您看看，”他央求道，“我不敢出去，怕您要派我到哪里去。我也不敢干坐着，就开始回想和思考。我画出了他回家路上可能经过的所有街道和广场，一个也没漏掉。如果您能让我出去一条街一条街地找，向巡逻的警察打听，察看路边的房子，想办法，努力去试——我不会漏过一寸地方、一块砖或一块石板。我会——”他的口气坚定，但声音在颤抖，他的身体也在颤抖。

罗利斯坦轻轻拍了拍他的手臂。

“你是个好同志，”他说，“幸好你在这里，你想到了一个好办法。”

“我现在可以去吗？”耗子问。

“此刻就可以，如果你愿意。”耗子朝门口冲去。

罗利斯坦对他说了一句话，像在他的灵魂的中心突然亮起了一盏明灯。

“你是我们自己人。知道你要做这件事，我甚至可以睡觉了。你是我们自己人。”就是按照这个计划，耗子拐进了布兰登街，听到那首萨马维亚歌曲从十号锁着的地下室里传出来。

“是的，他是自己人。”罗利斯坦坐在火炉旁把这段故事告诉了马可，然后说道，“我以前不大确定，我希望非常确定。昨晚我看到他的心底，知道了。他是可以信任的。”

从那天起耗子有了新的地位。奇怪的是，拉萨勒斯对此也没有不满。那个男孩得以接近罗利斯坦，近到他从来不敢企望的程度。不仅可以在许多方面为他效劳，而且可以了解以前只有其他三人才知道的秘密。罗利斯坦跟他说话时就像跟马可说话一样，把他拉进那个有好多东西不用说话就能意会的圈子里。耗子明白自己在接受训练和观察，这令他兴奋不已。他的偶像说他是“自己人”，而且在注视他、考验他，要了解他在多大程度上是自己人，而且是出于某种严肃的目的。这个想法占据了耗子的整个心灵。也许罗利斯坦在想会不会发现耗子很可靠，像岩石一样可靠。罗利斯坦能够想一想也许会发现耗子像岩石一样，这本身就是足够的鼓舞了。

“首长，”他说，这天晚上他们单独在一起，因为耗子在抄一份道路图，他声音很低——“您是不是认为——有时——您可以像信任马可一样地信任我？会有这种可能吗——会有吗？”

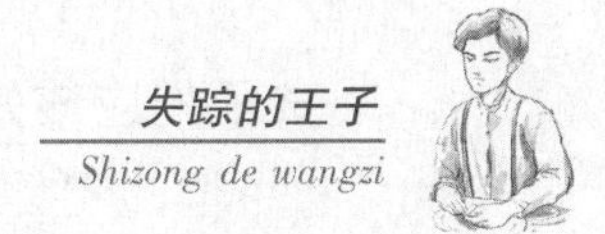

“是时候了，”罗利斯坦的声音几乎像他的一样低，不过坚定有力，平静之下蕴藏着深沉的情感——“是时候了，我可以把马可托付给你——让你陪伴他——照顾他，在任何时候都守在他身边。马可是——马可是我的儿子。”这就足以让耗子快乐得像飞上了九霄，但还有更多。

“也许不久他就需要做一些工作，他需要一个可靠的同志——像岩石一样可靠。”

他说的正是耗子脑子里想到的词语。

“岩石！岩石！”男孩叫了起来，“让我证明给您看吧，首长。派我做他的仆人。拐杖没有关系。您看到了它们像真腿一样管用，是不是？我锻炼过。”

“我知道，我知道，亲爱的孩子。”马可跟他说过了。罗利斯坦露出一个亲切的笑容，那里面好像藏着某种微妙的秘密。“你将作为他的副官，这是游戏的一部分。”

他总是鼓励那个“游戏”，在过去这几个星期甚至还抽时间帮助他们计划两位秘使的神秘旅行路线。他那么有兴致，有一两次还让身为老战士和萨马维亚人的拉萨勒斯来谈谈对某些路线的看法——以及沿途城镇和村庄的风俗习惯。在这里会遇到一些淳朴的牧民，在干了一天活之后唱歌跳舞，知无不言；在那里会遇到追随或害怕马兰诺维奇派的人，什么都不肯说。在一个地方会受到热情招待，在另一个地方则是对陌生人的怀疑与敌视。通过这些谈话和故事，耗子几乎开始像马可一样对这个国家了如指掌。这也是游戏的一部分——他们一直都称之为“游戏”。另一部分是耗子训练记忆，晚上回来时证明他的进步，描述、背诵或简单画出他在路上见到的一切。马可的任务是记住并画出人们的面孔。一天晚上罗利斯坦拿了一些照片要他记住。每张面孔的下面都写着一个地名。

“记住这些面孔，”他说，“直到你在路上碰到他们就能一眼认出为止。把他们印在脑子里，要永远不忘。你必须画得出其中每一张面孔，并想得起相关的城镇或街区。”

就连这也还是称为“游戏”。但马可内心深处知道它要重要得多，因此他一遍遍画图的时候，手会激动得发抖。把每幅画多画几遍是使它铭刻在心的最好办法。耗子也知道，虽然他并没有理由知道，只是一种直觉。有时他夜里躺在床上翻来覆去地想，记起罗利斯坦说到“是时候了”，马可在工作中会需要一个同志。他的工作会是什么呢？会是像那个“游戏”的事情。他们在为此做准备。尽管耗子在沙发上瞎琢磨时，马可也经常躺在床上睡不着，但两个男孩都没有向对方谈起自己脑子里的念头。马可以前所未有的努力工作起来，当他能够证明自己的能力时，这个游戏是非常有意思的。夜里四人在里屋碰头，拉萨勒斯必须参加，因为需要第二个评审。罗利斯坦会说出一个地名，也许是巴黎的一条街道，或是维也纳的一座旅馆。马可要马上画出照片下注有这个地名的那张面孔。很快他就可以毫不迟疑地画起来了。但即使是这样，他们也仍然夜复一夜地做这个游戏。巴黎协和广场附近有一座大饭店，马可觉得他这辈子只要听到这个地名，脑子里就不会不立刻跳出一个高个子女人，长着一双挺凶的黑眼睛，精致的高鼻梁，两条浓眉几乎连到了一起。维也纳的一座宫殿总能立刻让他想到一个面容苍白的男人，一绺浓密的金发垂在额上。慕尼黑的某条街道意味着一位矮胖温和、笑容狡黠的老贵族；巴伐利亚的一所村庄意味着一个表情茫然而单纯的农民。一位头发鬈曲、溜光水滑，看着像发型师的男子让他想起奥地利某处山城。他对这些就像对菲利伯特街七号一样熟悉。

但游戏仍然每天夜里都在进行。

一天夜里，马可在沉睡中被拉萨勒斯碰醒。他很久以来就暗暗准备随时待命，所以一碰就马上直挺挺地坐了起来。

“快穿好衣服下楼，”拉萨勒斯说，“殿下在这里，想跟你说话。”

马可没有答话，一骨碌爬起来穿衣服。

拉萨勒斯又碰碰耗子。

耗子像马可一样警觉，也腾地坐了起来。

“跟少爷一起下楼，”拉萨勒斯吩咐，“他也要见见你，跟你谈谈。”他传达完命令就走了。

没有人听见两个男孩光脚下楼的脚步声。

一位衣着朴素但面相不凡的长者安静地坐着跟罗利斯坦交谈，后者招招手把两个男孩叫到跟前。

“我介绍了你们的游戏，殿下非常感兴趣。”他用最低的声音说，“他想看你画画，马可。”

马可定定地望着殿下的眼睛，鞠了一躬，殿下专注地看着他。

“殿下，那是我的荣幸。”他说，就像他父亲会说的那样，并立刻走到桌边，从抽屉里取出他的铅笔和纸板。

“我应该知道他是你的儿子，萨马维亚人。”殿下说道。

然后他那锐利深邃的眼睛转向了拄双拐的男孩。

“这就是管自己叫耗子的那一位。他是自己人。”

耗子敬了个礼。

“首长，请告诉他，”他轻声说，“拐杖不碍事。”

“他对自己进行了超常的训练，”罗利斯坦说，“他什么都能做。”

锐利的眼睛仍然在端详耗子。

“反而是个有利条件。”殿下最后说。

拉萨勒斯钉过一个粗糙而轻便的画架，做游戏时马可就在那上面画画。此刻，庄重地站在门边的拉萨勒斯走上前来，从角落里拿出画架，把绘画用品摆到上面。

马可站在画架旁，等待着他父亲和客人的示意。他们在低声说话，他等了几分钟。耗子注意到的是他以前发现过的东西——这个高大的男孩可以站着一动不动，十分安然沉静。他不需要说话或提问——也不需要看别人，好像没人跟他说话或注意到他心里就不踏实。他似乎不需要别人注意。耗子模糊地感到，这男孩虽然年少，但不需要别人看他或跟他说话，这种镇定与安详使他看上去像个大人物。

罗利斯坦和殿下走到马可跟前。

“马里尼宾馆。”罗利斯坦说。

马可迅速地画了起来，勾勒出那位端庄的女士，精致的高鼻梁和几乎相连的黑眉。殿下走近来在他身后看着。没用多长时间。画完之后，视察员转过身来，先投给罗利斯坦一个深长的、异样的目光，然后点了两下头。

“很不简单。”他说，“寥寥几笔，却一看就是她。”

罗利斯坦颔首致谢。

然后他说了另一个地方的某条街道——马可又画了起来，这次是面孔淳朴的农民。殿下再次点头。罗利斯坦再说一个地名，他一个接一个地说，马可连续地画着，直到全部画完。拉萨勒斯拿着一沓速写画像站在旁边，每张看过的画纸都被他默默收集了起来。

“无论在哪里看到这些面孔，你都能认得吗？”殿下说，“如果你在邦德街或在马里波恩路看到其中一个，能一眼认出来吗？”

“就像认得出您一样，先生。”马可答道。

接下来问了许多问题。罗利斯坦像以前许多次那样考问他们，画像原型的身高和体格、头发和眼睛的颜色、肤色深浅。马可全答对了。他对这些人非常了解，就是不知道他们的名字，显然那是他不必知道的，因为父亲从来没有提过。

问完之后，殿下指了指拄着双拐倚在墙上的耗子，他那热切的眼睛炯炯放光，像雪貂。

“他呢？”殿下说，“他会做什么？”

“让我试试吧。”耗子说，“马可知道。”

马可望着父亲。

“我可以帮他证明给您看吗？”

“可以。”罗利斯坦答道，然后转向殿下，再次用他那低沉的声音说，“他是自己人。”

于是马可开始了一种新的游戏形式。他把一张画像举到耗子面前，耗子立刻说出相关的城市和地名，并且详细描述眼睛和头发的颜色、体格和所有个人特征，就像马可说的一样。他还加上了对城市的描述，以及警察系统、王宫官邸和风土人情的要点。他的面孔扭曲，目光炽热，声音颤抖，但回答之迅速和记忆之准确令人惊叹。

“我不会画画，”他最后说，“但我记得。我不想让别人发觉我在努力学，所以只有马可知道。”

这话他是带着恳求的语气对罗利斯坦说的。

“是他发明了这个‘游戏’。”罗利斯坦说，“我给您看过他那些奇特的地图和方案。”

“是个好游戏。”殿下用非常欣赏和感兴趣的语气说道，“他们已经烂熟于胸，可以让人放心。”

“这是从来没有做过的事情，”罗利斯坦说，“它独出心裁，既大胆又简单。”

“这就是它的安全之处。”殿下答道。

“就像认得出您一样，先生。”马可答道。

“也许只有少年，”罗利斯坦说，“才敢这样想象。”

“殿下感谢你们。”与客人低语了几句之后，他又说，“我们两人都感谢你们。你们可以回去睡觉了。”

两个男孩离开了。

第19章　第一个！

没有一个星期例外，马可总要给等在卧室里的耗子带一个信封，里面装有一些写着东西的纸条。

“这也是游戏的一部分。”他庄严地说，“我们坐到桌前来研究吧。”

他们坐下来细看纸条上写的东西。每张的顶端是一个会让马可联想到一张他画过的面孔的地名，下面清楚扼要地写明了如何到达那里，还有接头时对每个人要说的话。

“这个人在集市上摆货摊。”说的是那个面孔茫然的农民，“先问价钱引起他的注意，当他看着你时，你用左手拇指与右手食指轻轻相碰，然后小声清楚地说‘灯已点亮’即可。”

有时说明文字不是这么简单，但都是类似的指示。要找到画像的原型——始终要小心掩饰，不让人看出是刻意寻找他们。要让每次接头都像是偶遇。然后要说一些话，但都不能引起任何旁人的注意。

两个男孩整天都在用功，全力以赴。他们写了又写，互相背诵记在脑子里的内容，好像上课一样。马可学得比较轻松，也比较快，因为这种练习是他从小的习惯和消遣方式。但耗子几乎进步得同样迅速，因为他记忆力惊人，而且他的积极与渴望近乎狂热。

但一天中，两人从来不说他们不是在“游戏”，而是在做别的事情。

而夜间，当然啦，两人都躺在床上想心事。是耗子在沙发上首先打破了沉默。

“这是秘密政党的信使出去传递起义信号时要做的事情。”他说,“我想出这个政党的第一天讲过的,是不是?”

“是的。”马可回答。

第三天专心准备之后,他们把要记的每一件事都背了下来。夜里罗利斯坦对他们进行考试。

“你们能写出来吗?”当两人都背诵过并且顺利通过了考问之后,他问。

两个男孩都默写对了。

“你用法语、德语、俄语、萨马维亚语再写一遍。”罗利斯坦对马可说。

“你让我做的和学的一切都是我自己的一部分,父亲。”马可最后说道,“是我的一部分,就像我的手和眼睛一样——或是我的心。”

“我相信是这样。”罗利斯坦答道。

当晚他面色苍白,脸上笼罩着一层阴影,盯着马可的眼睛里有一种强烈的渴望,是一种带着担忧的渴望。

拉萨勒斯好像也有些反常,他脸色不是苍白而是发红,动作犹豫而焦躁,有时不安地清一清嗓子,还不止一次地离开座位,仿佛要找什么东西。

将近午夜时,站在马可身边的罗利斯坦伸手搂住了他的肩膀。

“这个游戏——”他说,然后停顿了一会儿,马可感到他的胳膊在搂紧。马可和耗子的心都猛烈而急剧地跳了一下,因为如此,也因为停顿似乎很久,马可开口了。

“这个游戏——父亲?”他问。

“这个游戏要给你们一个任务——你们两人。”罗利斯坦答道。

拉萨勒斯清了清嗓子,走到屋角的画架前,但只是调了调一张画纸的位置,又走回来。

“再过两天你们要去巴黎——就像你在游戏中计划的那样。”后半句是对耗子说的。

“我计划的?”耗子屏着气说。

“是的。”罗利斯坦肯定道,“你们要去执行已经背下来的指示。不需要做别的,只要能够接近某些人,对他们说几句话。”

“只是两个没人会怀疑的流浪少年。”拉萨勒斯用沙哑颤抖而令人吃惊的声音说,“他们就是接近皇帝本人都不会有危险。少爷——”他的声音哑得那

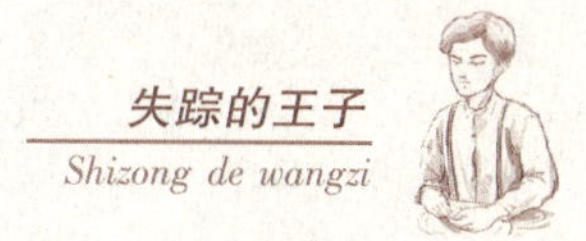

么厉害，他不得不大声清了清嗓子——“少爷风度不要太好，走路拖沓一点，没精打采一点，要像普通人。”

“是的，”耗子忙说，“他必须那样，我会教他的。他气宇轩昂像个绅士，必须变得像野孩子才行。”

“我会学像的。”马可坚决地说。

“我相信你会提醒他。”罗利斯坦对耗子说，语气十分郑重，“这是你的任务。”

那天夜里马可躺在枕头上，觉得心里好像卸下了一个负担，卸下的是一直以来的悬念与渴望。他曾长期痛苦地觉得自己年纪太小不能派上用场。他的梦想从来都不会太离谱——无论多么浪漫，总是适度而带少年气的。但现在他脑子里可能闪过的任何梦想都不会有这么精彩——时候到了——时候到了——他，马可，将担任信使。他不是要做什么惊天动地的壮举，也不会有风风光光的通报。没有人会知道他的工作。他要成功只有保持默默无闻，让所有人觉得他只是个什么大事也不懂的普通男孩。但是，父亲送给他一个如此精彩的礼物，想到这里马可敬畏和兴奋得颤栗起来。游戏变成了现实。他和耗子要去传达信号，就像带着一盏小灯去点燃其他的灯，让灯光在一座座山头亮起，直到半个世界都好像在燃烧。

就像被拉萨勒斯碰醒时那样，他又在深夜醒来。但不是被碰醒的。睁开眼时，他知道那是睡梦中感到的一种目光——父亲的目光，父亲就站在他身边。外面街上像殿下初次来访那天晚上一样寂静无声——只有街灯淡淡地照着。但他还能看清罗利斯坦的面孔，看得出是那目光的热切惊醒了他。耗子睡得正香。罗利斯坦悄声说起萨马维亚语。

“亲爱的孩子，”他说，“你很年轻。我是你的父亲——在这一刻我没有别的感觉。你出生后这么多年我一直在为此训练你。我为你的早熟和坚强而自豪——亲爱的孩子——你是个孩子！我能这么做吗！”

有一刻，他的面容和声音都不像他了。

他在床边跪下。同时马可半坐起来，抓住父亲的手，紧紧按在自己胸口。

“父亲，我知道！”他也悄声叫道，“是的，我是个孩子，但我不也是个男子汉吗？你自己说过的。我一直都知道你教我做男子汉——是有原因的。我没有说但心里知道这一点。我学得很好，因为我从没忘记这一点。我学会了,是不是?"

他问得这么急切,显得比任何时候都更像孩子。但他那年轻的力量和勇气令人赞叹。罗利斯坦了解他的全部,看得出他的每个孩子气的念头。

"是的,"他缓缓回答,"你做了你该做的——现在如果我——退缩的话——你会觉得我辜负了你——辜负了你。"

"你!"马可自豪地轻声说,"你连世界上最弱小的东西也不会辜负的。"

片刻的沉默,两双眼睛对视着,目光中有最深刻的理解。然后罗利斯坦站起身来。

"结局将是我们内心最渴望看到的。"他说,"明天你就要开始'游戏'的新阶段,你可以去巴黎了。"

当要与多佛到加莱的渡轮相接的火车冒着蒸汽从闹哄哄的查林十字车站发出时,三等舱车厢里有两个衣服破旧的男孩。其中一个本来可以是个漂亮孩子,但他无精打采,走路都是街头少年那种懒散拖沓的步子。另一个是瘸子,拄着双拐行动缓慢,似乎很费力。他们身上没有任何引人注目的独特超常之处。他们坐在车厢的一角,不大说话,似乎对旅行和对方都没有特别大的兴趣。上了渡轮,他们很快便消失在普通乘客中间,并且找了个别人都看不上眼的僻静之处。

"这么一对穷孩子去巴黎干什么?"一个人问他的同伴。

"肯定不是去享福的,也许是去做工。"同伴不经意地回答。

傍晚时分他们抵达了巴黎。马可带路到一条小巷中的小咖啡馆,两人吃了些便宜的饭食。在同一条小巷中,两人在一家面包房楼上的小房间里找到了一张合睡的床铺。

耗子太兴奋了,不想早睡,央求马可带他到那些璀璨的街上逛逛。他们漫步在爱丽舍大街宽阔的林荫道上,走在七叶木间闪烁的灯光下。耗子敏锐的眼睛吸收着周围的一切——树荫中咖啡屋的灯光,络绎不绝的马车,闲坐在小桌旁品着葡萄酒听着音乐、谈笑风生的人们,凯旋门前熙来攘往、川流不息的热闹景象。

"这儿比伦敦亮堂,也干净。"他对马可说,"人们好像比在英国要开心些。"

协和广场的宏伟气派令他着迷——一个灯火辉煌、充满动感、美轮美奂的世界。他想站在那里尽情观赏，从一个个不同的角度去看。马可对他讲过这个广场，讲到在法国大革命的时代这里曾竖起过断头台，一车车囚犯就卸在广场台阶下。但它比当时耗子所能想象的更大，更壮观。他在方尖碑旁无言地伫立良久。

“我能看到那一切。”他最后说，把马可拉走了。

在回旅店前，他们找到了一所大宅院。雕花铁门上嵌有一个镀金王冠。大门紧闭，屋里灯光不甚明亮。

他们绕宅而行，没有说话。但第二次走近门口时，耗子低声说道：

“她身高五英尺七，黑头发，高鼻梁，两条黑眉几乎连到一起，浅橄榄色的皮肤，高傲地扬着头。”

“这就是。”马可说。

他们在巴黎待了一个星期，每天都要经过那所豪宅。一天中有些时间贵妇们比较有可能出入那里。马可了解这一点，于是他们就设法在这些时间监视或是路过那所宅院。一连两天都没见到要找的那人的踪影，但一天早晨大门敞开，他们看到有人把鲜花和棕榈树送进去。

“她外出回来了。”马可说。次日他们三次经过那里——一次是在时髦女郎们乘车去购物的时间，一次是在下午最有可能来客人的时间，一次是当街上华灯溢彩、马车辘辘驶向晚宴和剧院的时候。

他们站得离铁门有一段距离，一辆马车掠过他们停在大门前，两名身着华丽制服的男仆把门打开。

“她出来了。”耗子说。

她下车时可以被他们看得一清二楚，因为门口灯光很亮。

马可从袖子里抽出一张精心绘制的画像。

他看着画，耗子也看着。

两个男仆笔直地侍立在大门两侧。坐在车夫旁边的男仆下了车，在马车旁恭候。马可和耗子偷瞟着画像。一位端庄的女士出现在门口。她停下来对右边的男仆吩咐了几句，然后来到灯光下上了车，马车离开院子，从靠两个男孩很近的地方驶过去。

车子消失后，马可深吸一口气，把画纸撕得粉碎，但没有扔掉，而是放进了自己口袋里。

马可了解这一点，于是他们就设法在这些时间监视或是路过那所宅院。

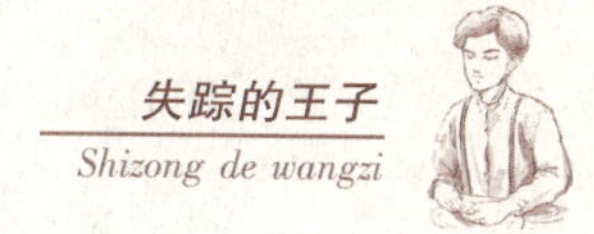

耗子也深吸了一口气。

“是的。”他肯定地说。

“是的。”马可说。

安全地把自己关在面包房楼上的小屋里之后，两人讨论了有没有可能假装偶然地跟她擦身而过。两个普通男孩是进不了院子的。商人和信使可以走后门。她乘车的时候总是从同一个地点进院子。除非她有时步行，否则他们不可能接近她。怎么办呢？这件事比较棘手。讨论了一阵之后，耗子坐在那儿啃起了指甲。

“明天下午，”他终于迸出话来，“我们留意看她的马车会不会进去接她——然后，等她到门口时，我进去假装乞讨，仆人会以为我是外国人不懂规矩。你跟过来把我叫走，因为你比我明白我会被赶出去。她也许是个好脾气的女士，会听我们说话——你就可以接近她了。”

“可以试试。”马可答道，“也许管用。我们试试吧。”

耗子从来都是把他当自己的领导者看待。耗子曾请求罗利斯坦让他以仆人身份跟马可出来，他心甘情愿做马可的仆人。当罗利斯坦说他应该做副官时，耗子感到自己受到的信任升高到了军事级别，非常振奋。副官必须侍候他，察言观色，服从他最微小的意愿，为他创造一切方便。有的时候，马可对耗子如此坚持要侍候他感到不自在。这个古怪的、曾经独断专行、脾气乖戾、还曾向他扔过石头的男孩啊。

“你不应该侍候我，”马可说，“我要自己动手。”

耗子脸都红了。

“他说要我一路上当你的副官，”他说，“这是——是游戏的一部分。如果我们按游戏规则做，事情会容易一些。”

要是在豪宅附近逗留时间太多，会引起注意。第二天下午，贵夫人显然是在他们没有盯着的时候乘车出去了。两人正准备过去试试看能不能实施计划，走在罗雅路上时，耗子突然碰了碰马可的胳膊肘。

“马车停在橱窗里装饰着花边的商店前面。”他急促地小声说。

马可立刻认了出来。主人显然是进店里买东西去了。这个机会比他们预期的更好。他们走到马车跟前，发现还有一个有利条件。车里有三只漂亮的小狮子狗，长得一模一样，推推挤挤地都想往窗外望。它们那么俊秀可爱，路过的人都不免要看上几眼。还有什么更好的理由可以让两个男孩在一个地方逗留呢?

他们停下脚步,站在稍远处,开始观看和议论那些小狗,笑它们那兴奋的滑稽动作。透过橱窗,马可瞥见了贵夫人。

“她看上去不大感兴趣,不会逛很久。”他低语道,然后又大声说,“那个小家伙是老大。看它把别的小狗都推到一边了!它比另外两只力气大,别看它那么小。”

“它还会咬呢。”耗子说。

“她出来了。”马可提醒道,然后放声大笑,好像是在笑狮子狗,它们看到女主人走出店门,开始欢跳吠叫。

女主人也微笑着,马可靠近时她仍在微笑。

“我们可以看看小狗吗,夫人?”他用法语问道。她和气地表示默许,同他一起走向马车。他又用俄语说了几个字,声音很低但非常清晰。

“灯已点亮。”

耗子密切注视着她,但未看出她的脸上有任何变化。他在旅途中注意到最多的就是:如果有旁人在场,接到他们信号的每个人面部表情都控制得很好,没有一丝变化泄露出这几个字有什么不寻常的意义。

贵夫人仍然微笑着,只谈那些小狗,让马可和耗子透过车窗观看。男仆打开车门让她进去。

“它们真是漂亮的小家伙。”马可说着,抬了抬帽子。在男仆转过身时,他又用俄语说了那几个字,然后径自走开,甚至没再看那位夫人一眼。

“第一个!”当晚睡觉前他对耗子说,一面划火柴烧掉那张被他撕碎放进口袋的画像。

第20章 马可进了歌剧院

下一站要去慕尼黑。但在他们离开巴黎的前夜,发生了一件出人意料的事。

要走上通到他们卧室的狭窄楼梯,必须穿过面包店。

面包店的老板娘是个和气的女人,挺喜欢这两个安安静静、不惹麻烦的男孩,不止一次地给过他们一个热面包卷,或是一个刚烤出来的中间有水果的小蛋挞。这天傍晚马可进屋时,她点头打招呼,递给他一个小包裹。

"这是今天下午寄来给你的。"她说,"你们在买路上用的东西啊。我和我丈夫非常舍不得你们走。"

"谢谢您,太太。我们也舍不得走。"马可回答,接过了包裹。"您看,买的东西都不多。"

其实他和耗子什么也没买。那个普普通通的小包裹写明是寄给他的,落款是一家大型廉价商店。里面的东西摸上去软软的。

他来到卧室时,耗子正眺望着窗外,看下面街上活动的每样东西。以前没有出过伦敦的他被巴黎的景色迷住了,在用心吸收。

"有人给我们寄东西来了,看这个。"马可说。耗子马上冲到他身边。"是什么?从哪儿寄来的?"

他们打开包裹,开始只看见几双普通的毛袜。马可拿起中间的那一双,感到里面有什么东西——放得平整而仔细的东西。他伸手进去掏出了一叠五法郎的钞票——不是新的,因为新票子会发出响声而露馅。这些票子已经旧得发软,但张数不少,加起来有一笔数目呢。

“都是小票子,因为穷孩子只会有小票子。我们用出去时不会有人怀疑。”耗子说。

两人都相信包裹是那位贵夫人寄来的,但做得非常小心,一点线索也没留下。

对耗子而言,“游戏”最有趣的地方之一就是揣摩各个相关人物实施的计划和手段。他如果想不出一些这回可能用到的计谋,他是睡不着觉的。想象贵夫人不得不克服的种种困难,他非常亢奋。

“也许,”思索了一会儿之后他说,“她打扮成普通妇女走进一家普通的大商店,买了些袜子,假装要自己带回家,这样她可以把袜子拿到角落里偷偷塞钱进去。然后,因为打算从店里寄,她也许又买了一些别的东西,叫人家把包裹送到不同的地点。袜子送给我们,其他东西送给别人。她会去一个没人认识她,也没人想到她会去的地方,而且要打扮得既不富贵也不太穷酸。”

他栩栩如生地构思了整个经过,讲给马可听。这占据了他整个晚上的精力,讲完后他感到十分轻松,睡得很香。

在他们离开伦敦以前,一些报纸就已经把失踪王子的后代的故事化为子虚乌有,其方式是通过嘲讽和轻视——把它当成一种罗曼蒂克的神话。

起先耗子对此愤愤不平,当有一天吃饭时,他正在论证那个故事可能是真实的,罗利斯坦似乎用沉默制止了他。

“如果真有这样一个人,”他在一阵沉默之后说,“那么没人相信他的存在,对他倒是有利的——至少暂时如此。”

耗子猛地一怔,身上一阵发热,又一阵发冷。他突然看到了一个新的想法,自己犯了一个战术性错误。

他当时没有多说,但当事后二人独处时,他向马可一股脑儿倒了出来。

“我是个笨蛋!”他叫道,“为什么我就没想到呢?要我说说我现在的结论吗?英国有些有影响的人物是萨马维亚的朋友。他们让报纸嘲笑那个故事,使人们不相信它。如果人们都相信,伊亚诺维奇派和马兰诺维奇派就会警惕起来,秘密政党就没机会了。这儿有亲萨马维亚的人在见机行事。”

“可是萨马维亚已经有人开始疑心可能真有这事了。”马可说,“不然我也不会被关进地窖里。有人认为我爸爸知道一些情况,间谍奉命要探听出那是什么。”

“对，对，没错！”耗子不安地说，“我们得多加小心。”

马可的衣袖里有个夹缝，他有什么小东西需要藏起来而又要很容易拿到，都可以塞到那里面，在巴黎时被他撕碎的那张女士画像就是这么携带的。抵达慕尼黑的第二天早晨，两人走在街道上时，他又带了一张画像，就是那位一脸和气、笑容狡黠的老贵族。

据他们所知，这位先生的主要特征是酷爱音乐。他资助音乐家，并且许多时间在慕尼黑逗留，因为喜欢那里的音乐氛围和观众对歌剧的热情。

“军乐队中午在费尔德赫恩音乐厅演出。当演奏到非常好听的乐曲时，人们会停下马车来听。我们去那儿看看。”马可说。

“这是个机会。”耗子说，“我们不能放过任何机会。”

阳光明媚，街上的行人看上去悠闲自得，老街与新式街道、古老的角落与当代的商店和建筑相映成趣，赏心悦目。甩动双拐大步走在人群中的耗子兴致勃勃，精神焕发。他已经开始成长，在伦敦时表现出的精神面貌的变化更加明显了。他有了自己的“地方”，并有了让他有资格拥有它的工作。

两人一起走着，谁也不会猜到他们携有一个奇异而重大的秘密。他们看上去只是两个普通的少年，观赏商店的橱窗，议论里面陈列的东西，在玛丽安广场瞻仰华丽的哥特式市政厅，听十一点钟的钟乐齐奏，看那彩绘的国王与王后从阳台上检阅自动的仪仗队，号手吹吹打打，骑士们昂首挺胸。当演奏结束，机械公鸡洪亮地啼鸣谢幕时，他们像其他男孩一样哈哈大笑。有时耗子很容易忘记世界上还有比他看到的新地方和新奇观更重要的事情，他好像是故事中的行吟诗人。

然而萨马维亚在打仗，血腥的计划在实施，秘密政党和铸剑士们望眼欲穿，屏息等待着他们期盼了那么久的信号。马可衣服夹缝里藏着那幅画像，这两个不惹人注目的男孩走向费尔德赫恩音乐厅去听乐队演奏，看看观众中碰巧会有谁。

因为天气晴朗，也因为乐队的节目特别精彩，广场上的人群比平常更多。已经停了几辆车，有一两辆不是出租马车，而是私家马车。

其中一辆显然到得很早，因为两个男孩走到街角时看到它停在一个好位置。那是一辆大敞篷马车，十分气派，豪华的绿色缎面装饰。男仆和车夫穿着绿色镶银的制服，好像知道人们都在盯着他们和马车的主人看。

他是一位矮矮胖胖的老贵族，一脸和气，笑容狡黠，不过在听音乐时，他几乎忘记了狡黠。他的马车里还有一位年轻军官和一个小男孩，也在专心聆听。有几个人站在马车门口，显然是朋友或熟人，因为他们时而会跟他攀谈两句。两个男孩走过去时，马可扯了扯耗子的衣袖。

“要接近他不大容易。”他说，“我们过去尽量靠近马车，但不要挤。也许能听到有人提起他听完音乐后会去哪儿。”

是的，不会看错，就是那个人。他俩都记得那胖脸上的皱纹，那飘垂的灰胡须。一个男孩拿出一张纸看一眼是不会引起注意的，马可几步走到人群中的一个空档里，又看了一眼画纸，他习惯于在最后一刻确认一下。音乐非常精彩，马车旁那群人显然十分兴奋，他们交口称赞，老贵族频频颔首。

“大臣是个音乐狂。”两个男孩旁边的一位看客对别人说，“他每天晚上都上歌剧院！除非有重要事务脱不开身。节目好的时候，你会看到老人家一个劲地点头鼓掌，把手套都要拍爆了。他应该去指挥乐队或拉大提琴，拉小提琴他的块头太大。”

马车旁始终围着一群人，直到乐曲结束马车驶去。即使没有年轻军官和小男孩挡着，也找不到机会靠近。

马可和耗子往前走去，经过霍夫剧院时看到海报，今晚上演《特里斯坦和伊索尔德》①，一位著名歌唱家演伊索尔德。

“他会去听的，”两个男孩不约而同地说，“他肯定会去。”

两人商定晚上马可单独行动。一个男孩守在歌剧院门口没有两个人那么惹人注意。

“人们对拐杖比腿更敏感。”耗子说，“我最好躲开，除非你需要我。我的时候还没来到。就算永远不会来到——我也尽了责任。我跟随着你，做好准备——这就是副官做的事情。”

他留在家里阅读能够找到的英文报纸，画方案图，在纸上运兵作战。

马可去了歌剧院。即使他不认识霍夫剧院旁边的广场，也很容易找到，只要跟着街上的人群就行了。人们似乎都在往同一个方向走。有戴着奇形

---

① 西方家喻户晓的爱情悲剧，德国作曲家瓦格纳依据这个故事创作了同名歌剧。

怪状的帽子的学生，三四个一排；有全家出动，扶老携幼；还有各个年龄段的军人，包括军官和士兵；只要听到脚步声走过，谈话总与音乐有关。

马可在广场上等了一段时间，看马车驶进来，通过高大的柱廊，停在剧院门口卸下客人后立即有序地驶开。他必须确定那辆配饰银绿相间的高级马车也进来了。如果看到它，他就买张便宜票跟进去。

那辆车来得很晚。慕尼黑的人看歌剧是不会迟到的，除非实在不得已。车夫驱马匆匆赶到，穿银绿相间制服的男仆跳下车，几乎没等马车停好就打开了车门。大臣下了车，看上去没有平时那么和蔼，因为他担心错过了部分序曲。他旁边还跟着一位面容娇艳的白衫少女，显然正在努力安慰他。

“我想我们没迟到，父亲，”她说，“别烦躁呀，那样会影响你欣赏音乐的。”

现在不是可以悄悄引起某人注意的时候。马可跑去买票，在那一排排年轻军人、艺术家、男女学生和音乐家中占上一个位子，这些人都肯站在第四排或第五排站席上看完最长的歌剧表演。马可知道，大臣和他那面容娇艳的女儿如果不是在那几个属于王宫专用的包厢里，就会在楼厅前部弧形看台的最佳座位，那是整个剧院最让人羡慕的位置。他很快就发现了他们，在王宫大包厢正下方中央的座位上，包厢里已经坐着两位安静的公主及其随从。

看到自己并没有错过序曲，大臣的面色变得分外和蔼，他安顿下来准备享受一个愉快的夜晚，显然忘却了世上其他的一切。马可的目光没有离开过他。当观众幕间休息时到走廊上散步时，他也可能出去，或许有机会在人群中接近他。马可密切留意着，有时老人儒雅的脸上因哀婉的音乐而现出悲戚之色，有时又欣喜若狂，总是看得出每个音符都打动了他的灵魂。

坐在他身边的美丽的女儿听得也很专心，但没有那么如醉如痴。第一幕结束后，两位光彩熠熠的年轻军官走过来深深鞠躬，碰拢脚跟吻她的手。当他们不得不回到座位上去时，他们似乎感到遗憾。

第二幕结束后，大臣恍若在梦中一样坐了几分钟。旁边的人们开始离开座位鱼贯进入走廊。年轻军官也站起来了。那面容娇艳的女儿欠身轻轻碰了碰父亲的胳膊。

“她想要大臣带她出去，”马可想，“他脾气那么好，会带她去的。”

他看到大臣回过神来，微微一笑，帮女孩把一条银蓝色围巾披到肩头，然后让她挽住了他的手臂，此时马可也从第四排站席上溜了出来。

“我想我们没迟到，父亲，”她说，“别烦躁呀，那样会影响你欣赏音乐的。”

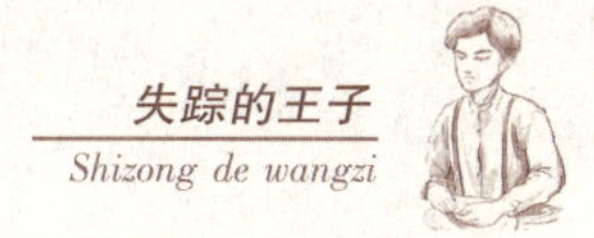

夜间相当暖和，走廊里站满了人。等马可来到楼厅，父女俩已经出了小门，一时消失在流动的人群里。

马可轻轻在人群中穿行，努力让自己像是跟别人一起来的。有一两次他那健美的身材和黑眼睛、浓睫毛让人多看了几眼。但被带进剧院的男孩不止他一个，所以他觉得比较安全，可以停在楼梯下观察上楼和路过的人们。往来人等各式各样——打扮不甚时髦的音乐爱好者、宫廷贵族和轻松欢快的人群摩肩接踵。

突然他听到一声轻笑，随后一只手轻轻碰了碰他。

“你果然出来了？”一个温软的声音说。

他转过身，立刻觉得全身肌肉都僵硬了。他不再蔫头耷脑，脸上也笑容全无，看着说话的人，只感到一阵强烈而高傲的愤怒，这怒火突然冲上来，他来不及抑制。

一位好像裹了几层深深浅浅的紫色轻纱的美人正用一双细长俏丽的眼睛笑眯眯地看着他。

正是把他骗进布兰登街十号的那个女人。

第21章　救救我！

“你用了很长时间才找到它吗?”美人笑吟吟地说,“当然,我知道你最终会找到的,但我们必须给自己一点时间。找了多久?”

马可摆脱掉她的那只手的触摸,是默默挪开的,但少年的脸上带着一种鄙夷,令她畏缩,虽然她假装好笑地耸了耸肩膀。

“你拒绝回答?”她笑道。

“我拒绝。”

正在此刻,他看到大臣和他的女儿从走廊拐弯处缓缓走来,两位年轻军官在快活地与那位姑娘交谈。他们要回包厢去。他会与他们失之交臂吗?会吗?

那只纤纤玉手又放到他的肩头,但这次他感到它牢牢地抓住了他。

“小皮猴!”温软的声音说道,“我要带你回家。如果你敢反抗,我就告诉这些人说你是我的坏小孩,擅自跑到这里。你怎么回答呢?我的护卫下楼来帮我了。你看到了吗?”果然,在楼梯顶上的人群中出现了一个他有印象的男子身影。

马可看到了。他手心沁出一把汗水。如果她做出那样无礼的事情,他对听到她的谎话的人怎么说呢?怎么才能证明或解释他是谁——他敢说出什么呢?他的反抗和挣扎只会让旁观者觉得有趣,他们只会从中看到一个不听话的少年的无力发泄。

一阵回忆涌过他的心头,仿佛又经历了一次,他想起自己背靠墙壁站在黑暗的酒窖里，听到那男人走开，丢下他一个人。他再次感到当时的心情——但现在他是在另一片国土上，父亲远隔千里。他无法解救自己，除非有什么东西能为他指出一条路。

他没有出声，抓着他的女人只看到那浓密的黑睫毛下面跳动着怒火。

但他内心有个东西呼喊起来，他仿佛听到了。是那个坚强的自我——马可的自我，在呼喊——似乎在高叫。

"救救我！"那声音喊道——呼唤那个创造了世界的未知之物，他和父亲经常谈到它，并且如此相信它的能力。"救救我！"

大臣在走近。也许！他是否要——？

"你的骄傲不容许你又踢又喊，"那声音接着说，"而且人们只会发笑。你看不出吗？"

楼梯上很拥挤，上面那个彪形大汉只能慢慢移动，但他已经看见了男孩。

马可转过身正对着抓他的人，似乎要说些什么来回答她，然而却没有。

就在转身的时候，他呼唤的救援来了，他知道了该怎么做，可以一举两得——解救自己，并且传达信号——因为一旦传达了信号，大臣就会明白。

"他马上就到，他已经认出你了。"那女人说。

当他抬头朝楼梯上看时，她那纤细的手指不觉放松了一些。

马可迅速挣脱开她。铃声响了，提醒观众回到座位上去。他看到大臣加快了脚步。

片刻之后，老贵族发现自己惊奇地俯视着一个少年苍白的面孔，那少年气喘吁吁地用德语对他说话，语气那么不同寻常，他不得不停下来听一听。

"阁下，"少年说道，"楼梯底下那个紫衣女人是间谍。她害过我一次，现在又来威胁我。阁下，我可以乞求您的保护吗？"

他说得又低又快，别人都听不到。

"什么！什么！"大臣叫了起来。

然后，马可走近一步，仍是又低又快，但是非常清晰地说出了四个字：

"灯已点亮。"

呼救立刻得到了回应。马可立刻从老者的眼睛里看出了这一点，尽管他转身望着楼梯下的女人，仿佛只关心她的问题。

"什么！什么！"大臣又叫起来，朝那女人走去，一边激动地扯着他那浓密的髭须。

马可发现一件奇怪的事发生了。美人看到了大臣的动作和灰髭须，顿时笑容消失，面色发白——那么煞白，在明亮的电灯下她看上去几乎发青，一点也不美了。她向楼梯上的男人打了个手势，鳗鱼一般地溜进人群中。她身体娇小灵活，从来没有什么东西消失得如此迅速而奇妙。她在肥胖的贵妇和她们或瘦或胖的男伴和家人之间钻来钻去，忽隐忽现——但总是朝着出口钻去。两分钟后已看不见她的紫衣，女间谍溜走了，她的男伴显然也一样。

马可看出从事间谍职业不是一件安全的事情。大臣认出了她——她也认出了大臣，老先生看上去怒不可遏，对一位年轻军官说道：

“她和那个男人是欧洲最危险的间谍。女的是罗马尼亚人，男的是俄国人。我不知道他们对这个无辜的男孩有什么企图。她威胁说什么?”他问马可。

马可觉得身上发冷不舒服，一时失去了正常的血色。

“她说要带我回家，假装我是她儿子，擅自跑到这儿来的。”他答道，“她认定我知道一些事情，其实我不知道。”他犹豫但感激地鞠了一躬。“第三幕，阁下——我不打扰您了。谢谢您！谢谢您！”

大臣朝包厢入口走去，但手扶在马可的肩头。

“护送他安全回家。”他对两位年轻军官中的一位说，“派个使者跟着他，这么年轻的孩子不能受到那路货色的袭击。”

彬彬有礼的年轻军官自然要服从大臣等要员的命令。这位军官毫不费事地找了一个士兵，他送马可穿过寂静的街道走回住所。那士兵是个迟钝的巴伐利亚农民，对为什么给他下达这个命令没有任何好奇或兴趣。实际上他正想着住在国王湖附近的心上人，去年冬天他曾与她一起在湖上滑过冰。他看都不看自己护送的这个男孩，不知道为什么要护送他，也不想知道。

耗子看文件看睡着了，趴在桌上，胳膊交抱垫着脑袋。但马可进屋把他惊醒了，他坐起来眨巴着眼睛，努力睁开睡眼。

“你看到他了吗？靠得够近吗?”他困倦地问。

“嗯。”马可答道，“够近。”

耗子突然坐正了。

“不顺利。”他叫道，“我敢肯定出了什么事——出了什么问题。”

“差点出问题——差一点点。”马可答道，但一边说一边从衣袖夹缝里抽出那位大臣的画像，撕碎了用火柴点着。“但我靠得够近，成功两个。”

当晚他们谈了很久才去睡觉，听到紫衣女人的事情时耗子脸都白了。

“我应该跟你一起去的！”他说，“我现在知道了。副官应该寸步不离。她对付两个人比对付一个要难。我应该一直在附近看着，即使不能在你身边。你要是没回来——你要是没回来！”他双手攥拳狠命地对砸，“我可怎么办呢！”

立在桌旁的马可转向同伴时，神情很像他父亲。

“你应该尽最大努力继续完成游戏，”马可说，“你不能放弃。你记得那些地方，那些面孔，那个信号。还有一些钱，等钱用光了，你还可以乞讨，就像我们过去想象的那样。我们还没那么做过，最好留到乡村里再用。但你如果迫不得已也可以试试。游戏必须进行下去。”

耗子抓住他瘦弱的胸膛，好像透不过气。

“没有你？”他艰难地说，“没有你？”

“是的，”马可说，“我们必须考虑到这些，做好这种情况下的打算。”

他突然停住，坐了下来，直视前方，仿佛看着什么遥远的东西。

“不会有事的，”他说，“不会的。”

“你在想什么？”耗子噎了一下，气还没透匀，“为什么不会有事？”

“因为——”少年用一种几乎是理所当然的语气说——至少是一种毫不夸耀的语气，“你知道，我总是能有力地呼救，就像今晚那样。”

“你喊了吗？”耗子问，“我不知道你喊了。”

“没有。我没有大声说什么，但我——里面的我，”马可摸了摸胸口，“拼命叫了起来：‘救救我！救救我！’援助就来了。”

耗子怀疑地瞅着他。

“向谁呼救呀？”他问。

“向伟大之力——力量之源——向那成就一切的意念。跟我爸爸谈过的那个禅师称之为‘一念生万物’。”

耗子眼中流露出几分将信将疑。

“你是说祈祷吗？”他有一点不赞成地问。

马可双眼仍然沉思地盯着他，静默了片刻。

“我不知道，”他最后说，“也许是一回事——当你特别需要某个东西而大声呼唤它的时候。但不是语言，而是一种强烈的、不知名的东西。我关在酒窖里时就那样呼唤过。我还记得老禅师对我爸爸说过的一些事情。”

耗子不安地动了动。

“那次是来了援助，”他承认道，“今晚它又是怎么来的？”

“几乎是下一秒钟我脑子里就闪出一个念头。像闪电一样。我立刻想到如果我冲到大臣跟前，说那女人是个间谍，他会吃惊地听我说话，然后我就可以向他传达信号。而传达了信号之后，他就会知道我说的是真话，就会保护我。”

“这主意真棒！”耗子说，“想得很快。不过是你自己想出来的呀。”

“一切意念都是大意念的一部分。”马可缓缓说道，“它知道——它知道。外在的我们可能会割断与这大意念相连的纽带。我们总是在不知不觉中努力修复这纽带，那就是我们的思想——努力修复纽带。我们有时应该能够修复。老禅师对我爸爸这样说——就像太阳从喜马拉雅山的高峰后面升起。”他又急忙声明，“我只是在说我爸爸告诉过我的话，他也只是说了老隐士告诉他的话。”

“你爸爸相信那些话吗？”耗子的困惑变得心急难耐。

“是的，他相信。他自己一直也有类似的想法。所以他总是那么镇定自若，那么善于等待。”

“是那样吗！”耗子低声说，“是因为那个吗？莫非——莫非他修复了纽带？”他语气中满含敬畏，在他心目中这个男人什么都能做到。

“我相信他修复了。”马可说，“你不这么想吗？”

“他做了什么事情？”耗子说。

他似乎在考虑着什么，然后开口说话——比马可说得更慢。

“如果他能修复纽带，”他几乎是在耳语，“他就能发现失踪王子的后代在哪里，就能知道该为萨马维亚做什么。”

他猛然一震，整个脸上放出新的、惊奇的光芒。

“也许他确实知道！”他喊道，“如果援助作为念头而出现——就像你经历的那样，也许他让我们去传达信号的念头也是其中一部分呢。我们——就我

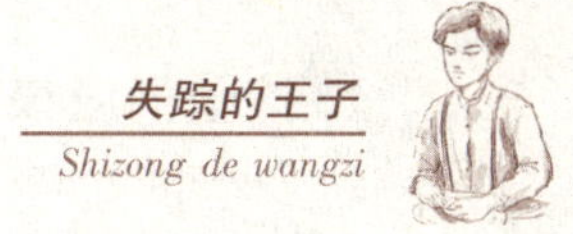

们两个普通的男孩——是其中的一部分!”

“老禅师讲过——”马可说道。

“哎呀!”耗子迫不及待,“原原本本地告诉我,我想听。”

因为罗利斯坦听过,听了并且信了,所以耗子反应热烈。他的想象力立刻抓住这个想法,就像抓住某种证明确实有效的巫术一般。

他身体前倾,胳膊肘支在桌子上,双手捧着头,手指缠绕着一绺头发,呼吸急促起来。

“说呀,”他催促道,“我全都想听!”

“我只能用自己的话说,”马可说,“不会像我爸爸对我讲得那么精彩。我记得是这样的。

“我爸爸经历过许多的痛苦和坎坷。他有很大的负担,而且听人说他工作未完成就会死去。他去过印度,因为一个他必须会晤的人去那儿打猎了,谁也不知道什么时候能回来。我爸爸几个月里追着那人走过一个又一个荒野的地方,追到之后,那人又不肯听、不肯相信他跑了这么远来说的东西。后来他感染了丛林热,差点死掉。当地人以为他死了,把他丢在一座森林小屋里,他整夜听到豺狼在四周嗥叫,那时候他的意识里只知道两样东西——其他一切都好像离开了他的身体。他的思想知道工作尚未完成—他的身体听到豺狼在嗥叫!”

“是为萨马维亚做的工作吗?”耗子忙问,“如果他那天夜里死了,失踪王子的后代就永远找不着了——永远!”耗子那么用力地咬着嘴唇,一滴血珠渗了出来。

“当他慢慢苏醒时,一个回来照料他的当地人对他说,大约五十英里远,在一座山的山顶附近,有一块突起的山岩,凌空悬在三千英尺深的山谷之上。山岩上有所小屋,住着一位老禅师,就是他们所说的圣人,已经在那儿住了不知多少年。人们说从祖父和曾祖父辈就知道他了,但很少有人见过他。据说最凶猛的野兽在他面前也温顺驯服,吃人的老虎都会停下来向他致敬,干渴的母狮子会带幼崽到他木屋附近的清泉旁饮水。”

“那是胡扯。”耗子马上说。

马可既没有笑,也没有皱眉。

“我们怎么知道?”他说,“这是当地人讲的故事,什么都有可能。我爸爸没说它对也没说它错,他聆听当地人对他讲的一切。他们说圣人是星星的兄弟,知道过去和将来的一切,还能治病。但大多数人,尤其是那些有邪念的人,都不敢靠近他。"

"我想见见——"耗子脱口而出,但没有说完。

"我爸爸身体还没恢复,就已经打定主意要设法到那块山岩上去。他觉得非去不可,觉得如果他要死去的话,那位隐士也许会告诉他怎样做才能对萨马维亚有利。"

"也许会告诉他一个带给秘密党员的信息。"耗子说。

"他如此虚弱,出发的时候都不知道自己能不能坚持到底。有的路他坐牛车,有的路他是被当地人抬上去的。但是到了半山腰以上的地方,轿夫不肯再往上爬了。他们下了山,剩下的路让他独自去攀登。因为一路走得很慢,他体力增强了一些,但还是很虚弱。森林比他见过的任何地方都要美不胜收,有的热带树木叶子像精致的花边,有的叶子硕大无比,有的好像要顶到天穹。有时他只能看到一线蓝天。藤萝从高高的树枝间垂下,相互缠绕纠结。芳香的热气,奇异的花卉,五彩斑斓飞来飞去的鸟儿,厚厚的苔藓,喷珠泻玉的小瀑布。山路越来越窄,越来越陡,花香和热气让人感觉像走在温室里。他听到灌木丛中有沙沙的响动,可能是某一种野兽。有一次他没有看见,从一条剧毒的毒蛇身上跨了过去。但蛇在睡觉,没有伤害他。他知道当地人相信他到不了山岩上,但他却奇怪地相信自己能到。他歇了许多次,喝点用水壶带上来的牛奶。爬得越高,景物就越美,一种奇怪的感觉渗透开来。我爸爸说他的身体不再疲劳,而开始变得非常轻盈,他的负担从心头卸下,仿佛不是他的负担,而是属于某个更强大的东西。连萨马维亚也似乎安全了。他越爬越高,俯视深渊下面的世界,感觉那世界不是真实的,而是一个梦,他刚刚醒来——只是一个梦。"

耗子不安地动了一下。

"也许他是发烧,感觉轻飘飘的。"他推测道。

"烧已经退了,虚弱也消失了。"马可答道,"好像他从来没有病过——好像没人会生病,因为那种东西只是梦,就像下面的世界一样。"

"真希望我当时跟他在一起! 也许我会把这些扔掉——扔进深渊!"耗子摇晃着靠在桌旁的双拐。"我觉得我也在爬山。说下去。"

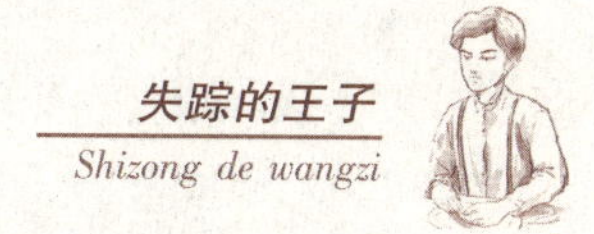

马可比他还要着迷。他已经沉浸在对那个故事的回忆中了。

“他讲的时候，我觉得我在爬山。”他说，“我好像呼吸着那热烘烘的花香，推开宽阔的叶子和巨大的蕨草。下过雨，叶子湿漉漉、亮晶晶的，带着大颗珍珠般的水滴，在他钻过时纷纷洒落。那么静，那么高——那么静，那么高！我没法描绘得像他让我感受的那么真切！我做不到！我感到就在那儿。他带着我。那么高——那么静——那么美，美得我简直都受不了了。”

但事实上，凭借某种生动的少年的表现力，他把聆听者带到了很远的地方。耗子安静得出奇，连眼睛都不动一下，说话时仿佛处于恍惚状态。“很真切，”他说，“我现在就在那里，像你一样高——说下去——说下去。我想爬得更高。”

马可会意地说下去。

“等他爬到那块凸崖时，白天已经过去，星星都出来了。他说最后那一段路他根本都没有看过地面。星星那么大，他无法移开目光，它们好像在吸引他上去。头顶的天幕像紫罗兰色的天鹅绒，星星就像硕大的明灯一样挂在那儿。你看得见吗？你应该看见。我爸爸一晚上都看见那些星星，它们是奇迹的一部分。”

“我看见了。”耗子答道，仍是那样声音恍惚，一动不动。马可知道他是看见了。

“在那儿，在巨大星星的照耀下，是那座凸崖上的小屋。没有人，门开着，屋外有一个矮凳和一张石桌，桌上摆着一些枣子和米饭。离小屋不远处有一泓深泉，流出清冽的溪水。我爸爸在那儿喝了水，洗了脸，然后走到凸崖上，坐下来等待，仰望星空。他没有躺下，而且觉得等待期间他一直都能看到星星。他相信自己没有睡着。也不知独自坐了多久，但最后他将目光从星空移开，仿佛得到命令似的。他不再是独自一人了，一米开外坐着那位圣人。他知道就是那隐者，因为那双眼睛与他见过的任何人的都不同，像夜一般静，像笼罩着万仞之下世界的阴影一般深，目光邈远，有一种奇异的光芒。”

“圣人说了什么？”耗子沙哑地问。

“他只是说：‘起来，孩子。我在等你。去吃我给你预备的晚饭吧，然后我们谈谈。’直到我爸爸吃完，隐者一直没再说话，只是坐在苔藓上，凝视着覆盖在深渊上的阴影。当我爸爸回来时，圣人示意他坐到自己旁边。

“然后圣人静坐了几分钟，凝视着他，直到我爸爸觉得那双眼中的光芒安在了他的身体和灵魂之中。然后圣人说：‘我无法说出你想知道的一切，我可能做不到。’他的声音极其和蔼悦耳，像深沉而柔和的钟声。‘但大业将会成功。你和你儿子的生命将把它推入正轨。’

“他们在一起待了一个通宵。星星挂在近旁，仿佛也在聆听。灌木丛中有轻轻的脚步声，在周围徘徊，仿佛夜行者也在聆听。圣人那悦耳低沉、令人宁静的声音娓娓地说着，他讲的那些事看似奇迹，但在他眼里只是‘顺应法则’。”

“什么法则？”耗子插嘴问道。

“我爸爸写下的只有两条，我记住了。第一条是‘一’的法则，我来试着背背看。”他捂住眼睛，在片刻的静默中等待。

“听着！”他开口道，“是这样：

“‘世界有无数个，但产生它们的只有一个意念，其法则是不可更改的秩序，被造物可以自由选择，但只会造成混乱，亦即痛苦、悲哀、仇恨和恐惧。被造物只能产生这些。这个“一”是一束金光，它不是很远而是很近。把你自己放在金光中，就会把一切都看得清清楚楚。首先，用你的全部气息，体会一件事情！这就是，当你这样站着时，你自己的意念与创造世界的大意念是合一的！’”

“什么？”耗子惊呼，“我的意念——我想的东西！”

“你的意念——少年的意念——任何人的意念。”

“你让我浑身直起激灵！”

“他就是这么说的。”马可答道，“正是在那时他谈到了割断的联系——还谈到世界上最伟大的书籍，说它们只是以不同的方式，上万遍地重申同一件事，只是这一件事——‘不要仇恨，不要恐惧，要爱。’他说这是秩序。当它被打乱时，苦难就会来临——贫穷、不幸、灾祸和战争。”

“战争！”耗子迅速说道，“世界离不开战争——还有军队和防御！萨马维亚怎么办？”

“我爸爸也问了这个问题。圣人是这样回答的。我也记下来了。让我再想一想。”他像刚才一样等待了片刻，然后抬起头来。“听着！是这样：

“‘在混乱中的黑暗和无数人类灾难中，将会升起秩序，那就是和平。当

他们在一起待了一个通宵。

人类懂得自己与那创造了一切美丽、力量、光辉与安宁的意念是一体时，他们就不会害怕同胞抢走自己心爱之物，而会站在光里，自行提取自己的东西。’”

“自行提取？”耗子说，“提取他们需要的东西？我不相信！”

“没人相信，”马可说，“我们不知道。他说我们站在漆黑的夜里——没有星光——不知道那割断的纽带正悬在头上。”

“我不相信！”耗子说，“这太大了！”

马可没说他相不相信，只是接着说下去。

“我爸爸默默地听着，听到觉得自己好像停止了呼吸。就在这最静最静的时候，老禅师说完了。几米外的矮树丛中一阵窸窣作响，似乎有什么大东西在穿行——还有轻轻的脚步声。老禅师转过头，我爸爸听到他轻声说：‘来吧，姊妹。’

“一头高大的母豹子带着两只幼崽走上了凸崖，来到圣人面前，重重地卧倒在他脚边。”

“你爸爸看到了！”耗子叫起来，“你是说那老人会些法术，野兽都害怕碰他和他身边的人？”

“不是害怕。它们知道他是兄弟，知道他是与法则融为一体的。他与大意念连通了这么久，一切黑暗与恐惧都永远离开了他。他已修复了那纽带。”

耗子进入了冥想。他身体前倾，双手抓着头发，眉头紧蹙，眼睛盯着虚空。他登上了山顶的凸崖，他看到了巨大的明星，他俯视了笼罩着万仞之下那个世界的暗影。是否在他内心深处某个地方，黑暗中有一点亮光在慢慢升起？他知道罗利斯坦说的一切必定是真的。但别的——？

马可起身向耗子走去。神情又像他父亲了。

“如果失踪的王子的后代被找回来统治萨马维亚，他将教给人民‘一’的法则。正是为此，圣人教我父亲一直教到黎明。”

“谁会——谁会来教失踪的王子——新的国王——当找到他之后？”耗子喊道，“谁来教他呢？”

“隐者说我爸爸可以教，并且说他还要教他的儿子——儿子再教给孙子——代代相传。这样，全世界都会了解那秩序和法则。”

耗子从未显得如此古怪和狂躁。全世界的和平！没有战术——没有战役——没有被屠杀的英雄——没有兵戈相交，没有声名！这让他感到晕眩。

然而——什么东西让他胸脯起伏。

“你爸爸会教他那一套——当他被找到之后！他好再教给他的后代。你爸爸相信那些?”

“是的。”马可答道。他除了“是的”之外没再说别的。耗子面朝下扑倒在桌子上。

“那么，”他说，“他必须让我相信。他必须教我——如果他能的话。”

他们听到楼梯上传来沉重的脚步声，上楼之后，脚步声停在了他们的门外，接着响起坚定的敲门声。

马可打开门，那位护送他从霍夫剧院回来的年轻士兵站在门外，看上去像先前一样漠然无动于衷，他递进来一个扁扁的小包。

“你大概在剧院把它掉在座位旁边了。”他说，“我必须亲自交到你手里，这是你的钱包。”

他沉重地走下楼梯，马可和耗子同时急促地吸了口气。

“我没有座位，也没有钱包。”马可说，“打开看看。”

里边是一个扁平的软皮钱包，内有两张纸。一张上面印着那美人和她同伙的照片，底下有几行文字说明此二人是著名间谍尤金妮亚·卡洛夫娜和保罗·瓦雷尔，须保护持此文书者不受他们骚扰，下有警察局长的签名。另一张纸上写有指示：“带着这个用于防身。”

“这就是援助。”耗子说，“它可以保护我们，即使在别的国家也可以。是大臣送来的——那是你发出了强烈的呼求——它就来了！”

当他们终于上床睡觉时，没有街灯的光洒入窗口。当百叶窗被拉上后，他们比在玛丽勒本路离天空更近。两人睡着前看到的最后一样东西都是星星——在梦里，他们也看到星星越来越大，像璀璨的明灯挂在喜马拉雅山悬崖上方紫色天鹅绒般的夜幕上，同时听到那低沉的声音娓娓地讲啊讲啊……

第22章　守　夜

在奥地利广阔平原中一处山丘上，有一座庄严的古堡，高高的阿尔卑斯山千年环抱守望，它几乎比世间任何地方都要优美。如果没有那一望无垠的遍野鲜花，没有那宽广美丽的草地、森林、田地周围色彩柔和的屋舍、山脚下梦幻般的古老小城，它那中世纪般的奇丽风景或许会减弱几分——尽管这也不一定。可是平原上隆起低缓的山丘，远处环耸着巍峨雄伟的阿尔卑斯山，肩头白云缭绕，巨神般的头颅在云雾之上守望——永远守望，有时它们本身也像雪白缥缈的云彩，有时则是巨石巉岩刺入青天，不变的沉默似乎参透了永恒的秘密。在宛如明珠一般被壮丽群峰含抱的山丘上，矗立着那座年深日久的古堡，它是当年为王侯大主教修建的城堡，在那些遥远的年代里，王侯大主教的显赫权势曾经雄睨天下。

当你走近或离开小城时——当你走在它的街道上，宽阔宁静的大道或是屋舍鳞次的窄街，无论你是上坡还是下坡——或过桥，或凝视教堂，或在夜间走上阳台遥望群山和明月——似乎总能从某个角度看到它在俯瞰着你——高萨尔茨堡。

他们的下一站便是萨尔茨堡，因为在那里能找到那位在理发店工作的、发型师模样的男子。秘密信号也必须传达给他，虽然这也许有些奇怪。

“可能有人来找他刮胡子——军人，或者了解情况的人。”耗子设想道，“他可以站在近旁跟他们说话。应该比较容易接近他，你可以去理发。”

从慕尼黑过去旅程不长，到后来木座椅的三等车厢里只剩了他们两人，连那个一直在角落里打瞌睡的老农也带着包袱下去了。在马可看来,山峰是熟悉已久的、永远不会变老的奇迹,它们一直都是那么古老!它们肯定是在宇宙之初就存在了!当上帝说“要有光”的时候,它们肯定就已经伫立在那里等待,知道初始之光会照到它们。它们如此肃穆,但却仿佛说出了某种神奇的故事——你若能听见一定会屏住呼吸。它们亘古不变,白云不停地变幻,将它们缭绕笼罩,雾霭在山间飘荡,暴雨冲刷山涧,雷霆轰击山体,还有之字形的闪电划破长空。但风雨过后山峰仍然屹立,仿佛这一切都没有发生过,都不存在。任凭狂风呼啸撕扯,千载悠悠流过——其间亿万生灵,王朝更迭,战火硝烟,名扬天下者归于沉寂,寺庙坍塌,帝王陵寝被遗忘,被埋葬的城市废墟上数百年后又建起新城——而这里呢,也许有几块石头滚落山崖,或是生出一道裂缝,山下的人们甚至都看不见,仅此而已。它们伫立在那里,也许其秘密即在于永恒。这就是山峰对马可讲的故事,所以他不想多说话,而只是坐在车里眺望窗外。

耗子一上午都非常安静。起床时他就一言不发,到慕尼黑车站等车的时候也没怎么说话。马可觉得他在动脑筋,虽然站在那里,看上去却像在很远的地方。他眉头蹙起,对过往行人似乎视而不见。往常他是眼观六路,并且几乎看到什么都要敏锐地评论几句。但今天他心有旁骛,坐在火车上前额抵着车窗往外凝视。看到阿尔卑斯山时他惊呼一声,但随后又变得出奇地安静。直到那打瞌睡的老农收拾起包袱下车时,耗子才开口说话,但并未转过头来。

“你只跟我讲了两条法则中的一条,”他说,“另一条是什么?”

马可正在幻想登上最高的山峰,在阳光中看云彩在脚下飘浮,他回过神,把思绪从很远的地方拉回来。

“你在想那个呀?我还在想你一上午都在琢磨什么呢。”他说。

“我止不住要想。第二条是什么呀?”耗子说,但没有回头。

“它叫做尘世生活法则,是用于每一天的。”马可说,“用来安排普通事物——包括我们以为不重要的小事,也包括大事。这一条我总是很容易就想起来。它是这样的:

“‘我的孩子,只让你希望实现的画面穿过脑海。只默想你心中的愿望,首先要看到它不会伤害任何人,没有不光彩之处。然后它就会化为实在的形式，渐渐靠近你。

"'此乃造化之法则。'"

耗子转过身来，他具有敏锐的逻辑思维。

"听起来你想要什么都能得到，只要你想的时间够长，而且方法对头。"他说，"但也许它只是说，如果你那样做了，死后就会得到幸福。我爸爸喝醉的时候就大笑大嚷，看着他的破衣裳说类似的话。"

他抱着膝盖沉默了几分钟，想起破衣裳和雾中贫民窟阴暗的房间，还有那刺耳的高声大笑。

"如果你想要的东西会伤害别人呢?"他接着问道，"如果你恨某个人，希望杀死他呢?"

"这是那天夜里我爸爸在山上问过的问题之一。那禅师说人们总是这么问。"马可答道，"回答是这样的。

"'伸手引闪电去击打他兄弟的人要记住，闪电将穿过他自己的灵魂和身体。'"

"想想是不是有点意思?"耗子思索道，"相信的人就会小心了！报复一个人就像把他按在电线上，结果电流都传到你自己身上。"

他突然面露焦虑之色。

"你爸爸相信吗？他相信吗?"

"他知道确实是这样。"马可说。

"我承认，"耗子又想了一会儿之后决定——"我承认我很高兴没有一个令我怨恨的人，没有一个——现在。"

然后他又陷入沉默，一直到下车都没有说话。因为到得早，他们有充裕的时间在这风光旖旎的古老小城游逛。但是在大街小巷间，在通往蔬果园的拱道中，在小桥上，在"钟琴"叮咚奏出古乐的广场里，始终能看到那座城堡，而耗子也始终走在自己的梦幻里。

他们在一条小巷里找到了那家理发店。那里没有大商店，这家门面也不显眼，他们是走过去之后又折返回来的。如此朴素的小店，两个普通的男孩进去理发也不足为奇。一位老师傅上前接待他们，显然很高兴来了这一小笔生意。他亲自给耗子理。安排耗子坐进一张椅子里之后，又转过身喊里屋的人。

“海因里希！”

在马可衣袖夹缝里有一个貌似发型师的男子的画像，留着光滑的卷发。他俩进店之前找了个角落最后看了一眼画像。从里面小房间出来的海因里希留着光滑的卷发，看上去极像发型师。他的五官与画中人相似——鼻子、嘴、下巴和体形都与马可画过并记住的相符，然而——

那人给马可找了一张椅子，把白围布系到他脖子上，马可靠在椅背上，闭了一会儿眼睛。

“不是那个人！”他对自己说，“他不是那个人。”

怎么知道不是的，他自己也解释不清，就是觉得很确定。这是一种强烈的直觉。如果没有这突然的感觉，传达信号是再简单不过了。现在如果不能传达，该找的那位会在哪儿呢，找不到的话又会怎么样呢？要是有两人如此相像，他怎么能有把握呢？

每个画中人都是一条强大秘密链条的一环，如果缺少一环，链条就断了。每次海因里希走入视线之内，马可都重新观察他的每个特征，与记忆中的画像作比较。每次都觉得越来越像，但每次内心的某种直觉都坚持道：“不，不能向他传达信号！”

更添乱的是，原先沉默不语若有所思的耗子突然烦躁不安起来，在椅子里动来动去，让老师傅无所适从。他不停地扭头说话，让马可把他的各种问题翻译给两位理发师，关于古堡、僧侣山、宅邸、钟琴、山系。他的问题一个接一个，就是不能老实坐着。

“这位小伙子的耳朵会被剪破的。”老师傅对马可说，“可不能怪我。”

“怎么办呢？”马可在想，“他不是那个人。”

他没有传达信号，必须离开想想清楚，究竟会想出什么结果他也不知道。这个问题比他想象到的难多了。没有人可以请教，只有他自己和耗子，而耗子在椅子里不安地扭动。

“坐好别动，”马可对他说，“理发师傅担心会不小心伤到你。”

“可是我想知道谁住在宅邸里，”耗子说，“你问问看，这些人也许能告诉我们一些情况。”

“理完了。”老理发师解脱地说，“也许理发让这位小伙子有些紧张，有时是会这样的。”

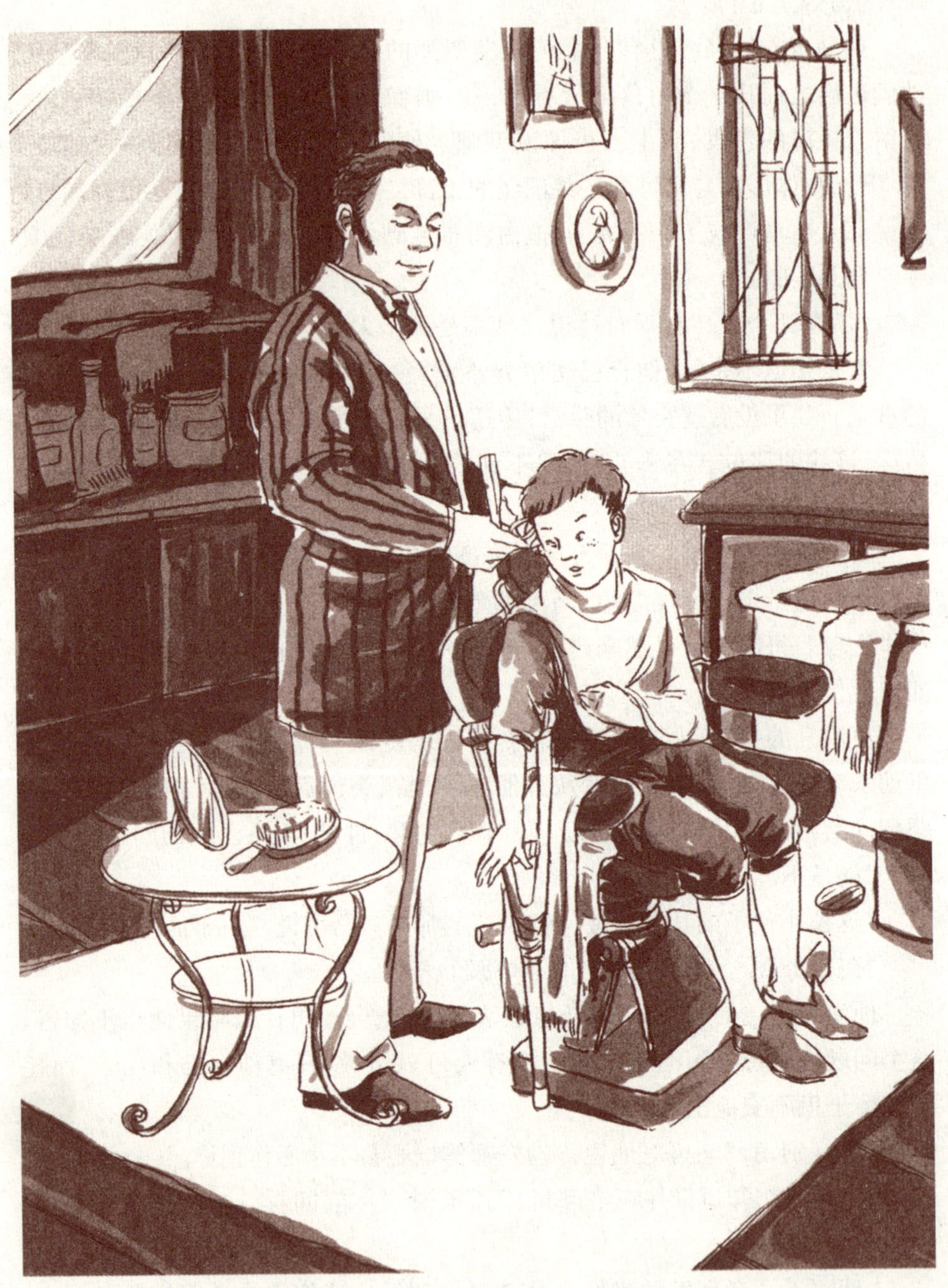

他不停地扭头说话，让马可把他的各种问题翻译给两位理发师。

耗子立在马可的椅子旁边继续问问题，直到海因里希也理完了。马可无法理解同伴的转变，他看出即使自己想传达信号，也找不到机会。无休止的提问把老师傅的注意力一直牵在他儿子和马可这边，不可能对海因里希说什么而不被发现。

“即使他是那个人我也没法说。”马可暗想。

他们略显仓促地离开了小店。来到街上之后，耗子扯了扯马可的胳膊。

“你没说吧?”他紧张地悄声问，“我不停地说话，就是为了阻止你。”

马可努力使自己不要太紧张，声音平稳低沉，不带一丝惊叫的成分。

“你为什么这么说?”

耗子靠近一些。

“不是那个人!”他低声说，“不管他长得多像，反正人不对。”

他脸色发白，甩动双拐走得很快，好像有急事。

“我们找个僻静的地方。”他说，“你讲的那些奇怪的东西把我迷住了。我怎么知道？我怎么会知道——如果不是因为我在努力试验第二条法则？我对自己说，应该给我们正确的指引——为了游戏，也为了你爸爸——让我能当好副官。我一直在努力这样想，后来他出来的时候，我知道他虽然长得像，却不是那个人。我拿不准你是不是知道，就想，如果我不停地说话，用一些傻问题打岔，你也许就不会说了。”

“离这儿不远有个地方可以看山景，我们去那儿坐坐。”马可说，“我也知道人不对。这又是一次神助。”

“是啊，神助——神助——肯定是的。”耗子喃喃道，快步走着，面孔苍白而僵硬，“不可能是别的。”

他们离开街巷和闲人，来到那个僻静的、可以看到山景的地方，在路边席地而坐。耗子摘下帽子擦了擦额头，出汗不只是因为走得急。

“这件事蹊跷得让我害怕。”他说，“那人出来的时候，我正好能从近处看到他，突然有一阵强烈的感觉，好像就知道他不是。我对自己说——‘可是他长得很像’，我紧张起来，然后又确定了——于是我想阻止你对他说暗号，可又觉得完全是荒唐——然后一刹那间你对我说过的那些事情全部涌上来——我记起了自己一直在想的事情——我说——‘也许是那条法则开始显灵了。’我手心都湿了。”

马可非常安静。他凝视着最远最高的山峰，想着许多事情。

“是他的表情不一样。”他说，“还有他的眼睛，比画中人的要小。店里光线不好，他最后一次俯身凑近我时，我才发现了原先没看出的情况。他的眼睛是灰色——而画中人是棕色的。”

“你看到了？”耗子叫道，“那就有把握了！我们是安全的！”

“没找到画中人之前，我们还不安全。”马可说，“他在哪儿呢？他在哪儿呢？他在哪儿呢？”

他梦呓般地轻轻自言自语，仿佛陷入了沉思——也仿佛希望得到答案，目光仍然凝视着远处的山峰。耗子看了他一会儿之后，也开始望着那边，好像受到了磁石吸引。那远山有一种让人宁静的作用，凝视片刻之后，你的目光就不想移开了。

“那上面一定有条山梁。”过了良久他说。

“我们去找到它，坐在那儿好好想想——想怎么找到画中人。”

对马可来说这提议没有什么异想天开的。到一个安静的地方坐着想需要记住或发现的东西，这是他的老习惯了。父亲教他懂得，安静永远是最好的，像聆听某种不用语言的信息。

“有一班小火车能登上盖斯山，”他说，“到山顶时，一片层峦叠嶂的世界在你周围展开。拉萨勒斯去过一次，是他告诉我的。我们可以整夜躺在草地上。好，我们走吧，副官。”

于是他们去了，两人想着同一件事情，少年的心中怀着各自的幻想。马可比较平静一些，因为相信总能求得帮助对他来说已成习惯，而不显得那么玄虚。他简简单单地相信能够获得答案和指引是一种法则，而不是打破法则。耗子从来只知道治安法庭执行的法则，所以想到要穿越未知世界的边境就觉得神秘而兴奋。“一”的法则颠覆了他以前的思想，将产生战争和军队的仇恨情绪一扫而光。而尘世生活法则似乎能带来实用的好处，只要你能坚持加以实践。

“你不可能白白得到一切，我想。”他对马可说，“你必须把所有的垃圾从脑子里清扫出去——像用笤帚一样扫出去，然后坚持正确的念头，相信你能得到某些东西——并且努力争取——它们就会实现。”

然后他窘迫地笑了一声，因为想起了什么事情。

“圣经里有种说法，我爸爸嘲笑过——圣经里说一个人如果相信，就能得到他祈祷的东西。”他说。

“哦，对，是有这种说法。”马可说，“如果一个人祈祷时相信他能求到，就真能得到。好多书上都说过类似的话，说得那么多，让你觉得应该可信。”

“他不信，我也不信。”耗子说。

“没人相信——其实，”马可答道，就像前面那次一样，“因为我们不知道。”

他们乘小火车进入盖斯山，小火车连拖带拉地喘着粗气缓缓攀登，执拗地带着他们越爬越高，直到把萨尔斯堡小城和古堡都抛在下方，到达了一个山的世界。一座座奇峰峭拔，昂着伟岸的头颅，山叠着山，山傍着山，山连着山，直到好像地球上没有别的土地，只有在山腰、山脊、山肩和山顶上的世界。让人觉得在地面上生活是荒谬的，那里的生活一定没有什么意思。

小车厢里只有几个观光客，要到山顶去看风景。他们不是去找山岩的。

耗子和马可却正是这样。当小火车在山顶停下，他俩跟其他人一起下了车，一起在没有树木只有矮草的山顶上走来走去，从各个角度眺望。耗子越来越安静，他的安静不仅仅是不说话，而是表情。他神态很安静，好像不再知道尘世的存在。他们终于离开了观光客，两个人信步走去，找到了一块可以坐也可以躺的山岩，连山的世界也似乎留在下方了。他们带了一些简单的食物，放在一块突起的山石后面。当观光客乘上那小火车被吭哧吭哧地拖下山去时，他们的守夜就要开始了。

就是这样。在绝顶静静地过一夜，他们可以在那里等待，准备聆听任何启示。

耗子那么激动，就是听到星星上传来话语也不会吃惊的。但马可只是相信在这庄严静穆的美丽中，如果他那少年的灵魂足够安静，应该最终能想到些什么，能把他引向需要找到的东西。观光者们回到车上，小火车沿着陡峭的山坡盘旋而下。

他们听到它一路吭哧吭哧，仿佛控制下山速度与把它自己拖上山一样吃力。

人都走了，一片孤寂，也许苍鹰在蓝色苍穹中盘旋时会有相似的感觉。他俩坐在那里凝神眺望，看到夕阳落下去，天边残留的颜色一层一层地加深、变亮，最后被收走——玫瑰金——玫瑰紫——玫瑰灰。

一座接一座山峰把霞光留住一会儿，随即又失去。霞光被全部收走用了很长时间，但最后余光消失，神奇的夜幕降临了。

下面森林散发着芬芳的气息，一种非尘世的安宁与静谧将他们包围。星星出来了，随后静坐的两人都仰望着天空，说话变成了悄声低语。

“这儿的星星很大。”耗子说。

“是啊。”马可答道，“我们没有老禅师那么高，但感觉像在世界之巅。”

“山腰上有一点亮光，不是星星。”耗子轻声说。

“是小屋的灯光，那是导游带登山者歇脚过夜的地方。”马可说。

“真静啊。”沉默一阵之后耗子又轻声说，马可也轻声回答。

“真静啊。”

他们日暮后已经吃过黑面包和奶酪的晚餐，现在两人仰面躺了下来望着夜空，望到星星由最初的几颗增至数不清了。他们开始小声说几句话，但静谧是不可抵抗的。

“我怎么才能坚持第二条法则呢？”耗子着急地问，“‘只让你希望实现的画面穿过脑海。’而现在穿过我脑海的不是我希望实现的东西。要是我们找不到他呢——我是说，找不到正确的那个人！”

“静静地躺着——静静地——看着星星，”马可小声说，“它们给你一种踏实的感觉。”

他那异常的安详中有一种东西，使得副官也镇静了下来。耗子静静地躺在那儿看着——看着——想着，想的是他心里的愿望。静谧将他包围，世界不复存在。山间登山者歇脚的小屋里有一点亮光，这件事已经被遗忘。

他们只是两个少年，乘早班火车上山，一整天都在走路和思考重大紧迫的事情。

“真静啊。”过了良久耗子又轻声说。

“真静啊。”马可喃喃道。

夜幕中那山叠着山、山傍着山、山连着山的一座座峰峦，那已经多到数不清的星星，都在默默俯视着，知道他俩睡着了——像不能永远守望的人类那样睡着了。

“有人在抽烟。”马可听到自己在梦里说。然后他醒了过来，发现烟不是梦里的,而是从一个年轻人的烟斗里飘出的,他带着登山杖,看样子是上来看日出的,穿着登山者的衣服,头戴一顶后面带缨穗的青色帽子。他低头看着两个男孩,显得有些惊讶。

“早安,”他说,“你们睡在这里是为了看日出吗?”

“是的。”马可答道。

“冷吗?”

“我们睡得太死了,不知道。带了厚衣服来的。”

“我在半山腰过夜的。”抽烟斗的说,“这些日子当导游,但还没有当到肯错过一次走走就能看到的日出。我爸爸和兄弟认为我对这些东西有些疯狂。他们宁可躺在床上。哦!他醒了吧?”他转向耗子,那男孩已经用一只胳膊肘撑起身子,愣愣地盯着他。“怎么啦?你好像怕我似的。”

没等耗子透过气来,马可就代为回答了。

“我知道他为什么这么看着你。他很吃惊。昨天我们进了山下一家理发店,看到一个人长得跟你一模一样——只是——”他抬头望着那人说,“他的眼睛是灰色的,你的是棕色的。”

“他是我的孪生兄弟。”导游快活地抽着烟斗说,“我父亲本想把我们两个都培养成理发师,我试了四年,但我老想爬山,假期不够。所以我剪了头发,洗掉头油,出来了。我现在不像理发师吧?”

他不像,一点也不像。但马可认识他,正是那个画中人。山顶上没有别人,太阳刚刚从最远最高的巨人肩头露出一道金边。不用担心什么,没人会看见或听见。马可把画像从袖子里抽出来看了看,又望望导游,然后把画像递给他。

“这不是你兄弟,是你!”他说。

那人脸色微微一变——比别人听到马可说话时的脸色变化更加明显。在日出的山顶上,人不觉得害怕。

“灯已点亮。”马可说,“灯已点亮。”

“感谢上帝!”那人叫了起来,脱下帽子。山肩后的那一轮红日跳了出来,顿时金光喷涌,一片辉煌。

耗子站了起来,默默倚着双拐,看啊看啊。

“第三个!”马可说。

第23章 银 号

下一个星期，他们在前往维也纳的途中，又给三个人传达了信号。在巴伐利亚边境对面的一个村子里，他们看到一位魁伟的老人坐在他那山间酒馆前面树下的长椅上。听到那几个字，他像那位导游一样起立脱帽。马可发现，每当他在僻静无人的场合向一个人传达信号时，对方都会这么做，并且虔诚地说“感谢上帝”，仿佛这是某种宗教仪式的一部分。在几英里外的一个小城里，他花了几小时才找到一个强壮的年轻鞋匠，他一头明亮的红发，前额有块马蹄型的伤疤。两个男孩第一次路过时，他不在鞋店里，后来他们才知道，他前一天去爬山了，下山时因一个同伴受伤而耽搁了时间。

当马可进去请他量尺寸做鞋时，鞋匠很友好，一五一十地告诉了他们。

“有些很好的人不应该爬山。”他说，“一发现自己站在一块凌空的岩石上，他们脑子就发晕——然后如果没有栽下万丈悬崖，那是因为旁边有同伴把他们拽住了。这种情况下顾不上什么礼仪，他们有时就会受伤——像我朋友昨天那样。”

“你自己受过伤吗？”耗子问。

“八岁的时候受过。”年轻鞋匠说，摸了摸额头的伤疤。“但没什么。我爸爸是个向导，常带着我。他希望我早点得到锻炼。没有什么能比得上——登山。我还会去的。这个不能满足我。当鞋匠是因为我喜欢一个姑娘，她希望我待在家里。她嫁给了别人，我觉得挺好。当过一次向导，一辈子都想当向导。”他跪下来给马可量脚，马可身体微微前倾。

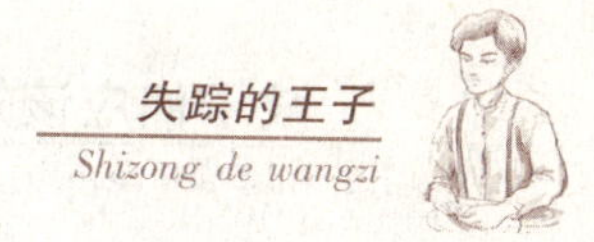

“灯已点亮。”

店里没有旁人，但门开着，狭窄的街上有行人，所以鞋匠没有抬起他那红色的头，继续量尺寸。

“感谢上帝！”他低声说，“你真要做鞋吗，还是只想量尺寸？”

“我没时间等鞋做好了，”马可回答，“要赶路呢。”

“是啊，你必须赶路。”鞋匠说，“但我有个办法——我会把鞋做好收在这里，有朝一日我可以向人展示炫耀。”他小心地向四周扫了一眼，仍然低头量着尺寸，“这鞋将叫做‘信使’之鞋，我会说，‘他还是一个少年，就是穿这么大的鞋。’”然后他满面笑容地站了起来。

“现在有很多山路要爬。”他说，“后会有期。”

两个男孩告辞后议论了一会儿。

“理发师不想当理发师，鞋匠不想做鞋，”耗子说，“他们都想登山。萨马维亚和通往那里的路上都有山。你给我看过地图。”

“是的。秘密信使能够攀登任何高峰，穿越任何险境，到达从没有别人能到的地方进行侦察，所以才能发现情况，传达别人传达不了的信号。”马可说。

“我就是这么想的。”耗子接口道，“所以他说，‘有很多山路要爬。’”

他们去的地方陌生而奇特，有趣的是接收信号的人们之间差别迥异。最特殊的是一位住得非常偏远的老太太，山路九曲十八弯，绕了许多英里。路还不坏，是一次奇妙之旅，他们被小骡车拉了一英里，不能再拉了，然后慢慢往上爬，爬爬歇歇。俯视树木苍翠的山崖、雪白湍急的瀑布、碧绿山涧中的水沫，还有大片的田野和点缀着村庄的平原，一直伸到屏风一般的青山脚下。小径曲折盘旋，越升越高，山中美景令人心旷神怡，叹为观止。

“怎么有人能住得比这还高呢？”骡车离开后，他们坐在路边厚厚的苔藓上，耗子说，“瞧那上面光秃秃的峭壁。再把她拿出来看看吧，画像上她似乎有一百岁了。”

马可拿出携带的画像。一个看上去这么老的人怎么能到这里来，来了之后又怎么能再回到下面的世界去帮助其他人，真是世界上最匪夷所思的事情。

老太婆的脸上皱纹纵横交错，面部轮廓仍很好看，年轻时是个美人。她的眼睛像鹰的眼睛——不是衰老的鹰。脖颈很长，高擎着她那白发苍苍的头颅。

“她是怎么上来的?”耗子叫道。

“派我们来的人知道,但我们不知道。”马可说,“你坐在这儿歇歇,我去吧?”

“不!”耗子固执地说,“我锻炼了这么久,不是为了留在后面的。但很快就会需要攀岩了,那时候我只能止步。”最后这句他说得很不甘。他知道,马可如果一个人来,大概不会搭车,而会坚毅地徒步走完全程。

他们原以为肯定会上到峭壁,然而并没有。在半入云霄的地方,山径突然一拐,他们发现自己登上了一片青翠的新世界——一个神奇洞天,绿茵茵的山坡,柔软的草甸,茂密的树林,牛群在天鹅绒般的牧场上吃草,还有——仿佛是从那高耸入云的峭壁上飘落下来的——一个神秘、古老而紧凑的小村庄,像雪花飘落下来,被岩石挡住,就永远留在那里了。

它坐落在那儿,依偎在那儿。那些背衬青天的巨石似乎也把它看作一个奇迹——这片有陡檐和阳台的、古老破旧的人类居所,似乎距马可和耗子站着观看它的地方有千里之遥。他们又坐下来观看。

“它是怎么来的?”耗子叫道。

马可摇摇头。他显然想不出任何解释。也许有些最古老的村庄能够讲出它最初的那些小屋是怎么聚到一起的。

一位老农赶着母牛从陡峭的小路上下来,略带好奇地看了看耗子和他的双拐,但马可走上前用德语问话时,老农似乎听不懂,摇摇头说了些什么,是一种马可没听过的方言。

“如果他们都那样说话,我们要提问就只能打手势了。”耗子说,“她会说什么话呢?”

“她会听懂用德语说的信号,要不就不会派我们来了。”马可答道,“走吧。”

他们朝村庄走去。房屋聚得那么紧凑显然是为了保暖,寒冬腊月大雪要把它埋葬,峭壁上呼啸而下的狂风要把它从岩石间刮走。门窗少而小,隐约能瞥见屋里的泥土地和昏暗的房间。显然人们认为没有光线比放进严寒要好过些。

侦察很容易,他们遇见的几个人显然并不奇怪陌生人意外发现这里有个村庄之后,会好奇地想看看村民和房屋。

两个男孩到处转悠,像随意的旅行者偶然发现了这个地方,对看到的一切都感兴趣。他们走进小酒馆,点了黑面包、香肠和牛奶。酒馆老板是个结实的山里人,懂一点德语。他说很少有陌生人知道这个村庄,只有勇敢的猎人和登山者来过。山上的森林里有熊,高处还有羚羊。偶尔有一些高贵的绅士带着喜欢冒险的朋友上来——非常高贵的绅士,他自豪地摇着脑袋说。有一位绅士在别的山里有城堡,但他最喜欢上这儿来。马可开始想道,如果高贵的绅士有时爬到这个神秘的地方来,那么有几件奇异的事会不会也是真的。但他不是被派来向高贵的绅士传达信号的,而是要找一位老太太,她的眼睛像年轻的鹰。

他袖子里有张画像,画着她的面孔,她那由陡檐、黑梁、阳台构成的房屋。在这么个小地方,他们只要走一会儿,肯定能找到它,然后他们可以进去向她要些水喝。

他们离开酒馆之后,转了约有一个小时。他们走进小教堂查看墓地,猜想它冬天会不会被埋起来整个看不见。然后他们又出来在密集的村舍间漫步,细看走过的每一所房屋。

"我看到了!"最后耗子叫起来,"是离其他房子稍远一点,看上去很古老的那所。它不像大多数房子那样破,阳台上还有红花。"

"对! 就是它!"马可说。

他们朝低矮的黑门走上去,马可在门口站住,摘下了帽子。他这样做是因为,门里一张矮木椅上,那位很老很老、眼睛像鹰的老太太正坐着织毛线。

屋里没有别人,四周也看不见一个人。当那位很老很老的老太太抬起长脖颈上高擎的头颅,用那双年轻的鹰的眼睛望着他,马可知道他不用要水或别的东西了。

"灯已点亮。"少年的声音很低,但有力而清晰。

她把毛线活丢在膝头,无言地望了他片刻。老太太显然懂德语,因为她是用德语回答他的。

"感谢上帝!"她说,"进来吧,年轻的信使,和你的朋友一起。我一个人住,没有人会听见。"

她是一位可爱的老太太。马可和耗子一辈子都不会忘记在她那所古怪昏暗的小屋里度过的时光,她留他们在那儿陪她过夜。

"这儿很安全。"她说,"我男人在救同伴的时候因为绳子断裂,掉进冰缝摔死了。从那以后我就一个人过。所以我有两个空房间,有时登山者愿意在这里住宿。我的房子不错,很温暖,村里人都知道我。你们非常年轻,"她摇着头说,"非常年轻。你们身上一定流着优秀的血液,所以才会受此重任。"

"我流着我爸爸的血液。"马可答道。

"你像我以前见过的一个人。"老太太说,她那鹰一样的眼睛紧紧盯着他,"说出你的名字。"

没有理由不告诉她。

"马可·罗利斯坦。"

"什么!是这样!"她失声叫道,但声音很低。

马可惊诧地看到她起身离开椅子,站到他面前,这才发现她是一位身材很高的老太太。她脸上有种吃惊的、甚至慌乱的表情,还突然向他行了个礼——屈了屈膝盖,像农民经过神龛时做的那样。

"是这样!"她又说,"可是他们竟敢让你作这样的长途旅行!这表明了你的勇气和他们的勇气。"

但马可不懂她在说什么。她那奇怪的恭敬让他不自在。他站了起来,因为他的教养告诉他当女士站着时,男士也要起立。

"这名字表明勇气,"他说,"因为这是我父亲的名字。"

她几乎是焦急地望着他。

"你甚至不知道!"她轻声说——是感叹而不是问句。

"我知道让我做的事情。"他答道,"我不问别的。"

"这是谁呀?"她指着耗子问。

"他是我父亲派来陪我的朋友。"马可微笑道,"我父亲说他是我的副官,这是开玩笑,因为我们一起玩过军人游戏。"

老太太似乎需要理一理思绪。她手捂着嘴站在那儿,望着泥土地。

"上帝保佑你们!"最后她说,"你们非常——非常年轻!"

"可是他这么多年都在接受训练,"耗子插嘴道,"就是为了这件事。他不知道那是训练,但其实就是。训练了十三年的军人应该知道怎么做。"

他激动得忘记了她不懂英语。马可把他的话翻译成德语,又添了一句:

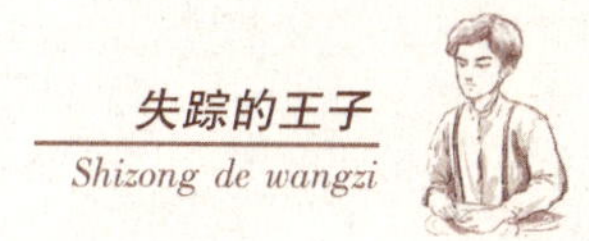

“他说的是事实。”

老太太点点头，目光仍然带着疑问和焦虑。

“是啊，是啊。”她喃喃道，“但你们非常年轻。”然后又迟疑地问：

“我不坐，你就不会坐下是吗？”

“不会，”马可回答，“我妈妈或奶奶站着的时候我也不会坐的。”

“那我必须坐下——而且忘记。”她说。

她用手抹了一下脸，好像要抹去脸上那种突然的困惑不安。然后她坐了下来，仿佛迫使自己变回到他俩刚进来时看到的那位老农妇。

“上山时你们一路都在想为什么要给一个老太太传信，”她说，“你们问道她能有什么用。”

马可和耗子都没吭声。

“我年轻的时候，”她接着说，“曾经越过边境到一座城堡里抚养一个孩子，他出身非常高贵——离王位不远。他很喜欢我，我也喜欢他。他是一个强壮的孩子，长大后成了打猎和登山的高手。他还不到十岁的时候，我男人就教他登山了。他一直热爱这些山，比对他本国的山还有感情。他有时来看我，好像只是个年轻的登山客一样，来了就住在那个房间里。”她朝身后的黑暗中一指。“他很有魄力，如果他选择做一件事，就能做到——就像他会去打最大的狗熊或爬最危险的山峰。他是能够成事的人。在这屋子里说话非常安全。”

那么一切都清楚了。马可和耗子恍然大悟。

没有再说信号，它已被传达，这就够了。老太太说他们必须睡在她的一间卧室里。第二天早上有个邻居要赶车下山，可以捎他们一程。耗子知道她是考虑到他的双拐，他急了。

“跟她说，”他对马可说，“我训练过自己，别人能做的事我也能做。跟她说我在一天天强壮起来，说我要让她看看我的本事。如果我没有证明自己不是个残废，你爸爸是不会让我来给你当副官的。跟她说呀。她以为我没有用。”

马可讲了，老太太听得很专心。当耗子站起来，摆动身体在她屋旁陡峭的山路上大步走来走去时，她似乎放心了一些。他非凡的灵活和稳健迅捷，显然令她惊奇，给了她以前没有感到的信心。

然后她坐了下来，仿佛迫使自己变回到他俩刚进来时看到的那位老农妇。

“如果他只是出于对你父亲的热爱就能练到这样的程度，他会坚持到底的。”她说，“真是难以置信，一副双拐能做到这样。”

耗子感到欣慰，此后便能够随心所欲地仔细观察她。他很快便在脑子里“推想”出一些事情。他观察的是她观察马可的方式。她仿佛着了迷，无法将目光从他身上移开。她给他们讲大山和那些带着向导来登山或打猎的人，讲那有时像要把这峭壁间的小小世界摧毁的暴风雪，讲冬天大雪封门，强壮的村民必须把体弱者挖出来，有的人会在柔软的白被下面度过数日，幸好牛羊也在屋里，可以提供一些温暖。村民必须做好邻居，因为今天不肯挖通烟囱或门道的人下星期也许就会在自己的雪墓里受冻挨饿。最冷的那段期间，下面的世界没有一个人能爬到这里来看看他们是否还活着。

她说话的时候看着马可，好像一直寻思一些关于他的问题。耗子断定她喜欢马可，非常欣赏他那健壮的体格和英俊的相貌。在她面前不用假装萎靡不振，所以马可看上去神采奕奕，庄严高贵。老太太对他说话时态度尊敬，让他不止一次地想起拉萨勒斯。吃晚饭时，她坚持要用恭敬的礼仪侍立，不肯与马可同坐一桌。耗子开始意识到老太太希望他也起来侍立。

“她觉得我应该站在你的椅子后面，像拉萨勒斯站在你爸爸身后一样。”他对马可说，“也许副官应该这么做。我要不要起来？我相信那样会让她高兴。”

“信使又不是皇族，”马可答道，“我爸爸不会喜欢这样——我也不会。我们只是两个男孩。”

晚饭后三人一起坐在壁炉前，感觉好极了。

红红的木炭堆和大木块上橘黄的火焰使小屋充满温暖的亮光，柔和地衬出老太太的身影，她坐在矮椅子里给他们讲了更多引人入胜的故事。

她那鹰一般的眼睛炯炯发亮，长脖子上优雅的头颅高高扬起，讲述着一桩桩了不起的事迹，讲的都是在危急救难中表现出勇敢坚韧或几乎超人的品质。当她讲得最眉飞色舞时，他们知道主人公总是她的养子，那个出身高贵、离王位很近的孩子。在她心目中他是最优秀、最可爱的人。他几乎就是皇帝，但如此亲切和富有爱心，他从未忘记过小时候那些日子，她曾把他抱在膝头给他讲打羚羊、打狗熊的故事，讲寒冬的山顶。他是她的太阳神。

“是的！是的！”她说，“‘好妈妈’，他叫我。我在火炉边给他烤蛋糕，就像他十岁跟我男人学爬山时那样。当他选择做一件事情——就能做成！他是一位了不起的大丈夫。”

火焰已渐渐熄灭，只剩那一大片烧红的木炭映照着小屋。他们正打算上床睡觉，老太太突然一惊，扭过头去，好像在聆听。

马可和耗子什么也没听见，但看到了她的动作，于是也静静地坐着，屏住了呼吸。有一阵周围一丝声音也没有，万籁俱寂。

然后他们听到了什么——一种清亮的银子般的声音，穿透了山上澄澈的空气。

老太太一下坐直了身子，眼中闪出快乐的光芒。

“是他的银号！”她拍手叫道，“是他来的时候呼唤我的声音。他在什么地方打猎，想到他习惯的床上睡觉。帮我添些柴，”她对耗子说，“让他来时能看到门里的火光。”

“我们碍事吗？”马可问，“我们可以马上离开。”

她正走去开门，闻言停了下来，转过身。

“不，不！他一定要看到你。他会想看到的。我希望他看到——看到你多么年轻。”

她把门敞开，他们又听到银号发出那快乐的呼唤。耗子扔到炭堆上的柴枝和薪把劈劈啪啪地燃起美丽的火焰，火光投到路面上，把立在门口的老人身影映得轮廓分明，她看上去如此之高。

几分钟后那位大丈夫就来到她的面前，身穿青色猎装，青帽子上插着一支鹰翎，正像她说的那样神采奕奕。他身材魁梧，有贵族气派，满面春风地低头亲吻她，就像她的亲儿子一样。

“是的，好妈妈，”他们听到他说，“我想念我温暖的旧床和您做的可口晚饭。我让其他人去旅馆了。”

他走进火光映红的房间，脑袋几乎要碰到熏黑的椽子。然后他看到了两个少年。

“这两位是谁呀，好妈妈？”他问。

她拉起他的手吻了吻。

“他们是信使，”她温和地说，“灯已点亮。”

他顿时神情大变。带笑的面庞严肃起来，有一阵甚至显得有些不安。马

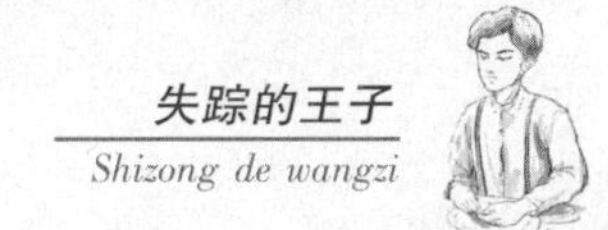

可知道那是因为他惊讶地看到信使只是两个少年。他走近一步,仔细端详他们。

“灯已点亮!你们两个是信使!”他叫道。马可站到火光中让他看个清楚,并恭敬地行礼。

“我叫马可·罗利斯坦,阁下。”他说,“是我父亲派我来的。”

对方的表情变化比刚才更大,有一刹那,马可甚至觉得他脸上有一丝惶恐,但转瞬即逝。

“罗利斯坦是位了不起的爱国者。”他说,“如果他派你来,那是因为他知道你是一位可靠的信使。他为萨马维亚奋斗了这么久,不可能草率行事。”

马可又敬了个礼,他知道下面该说什么。

“如果阁下允许,我们就告辞去睡觉了,明天日出时分就要下山。”

“下面去哪里?”猎手问道,好奇地望着他。

“维也纳,阁下。”马可答道。

问话者伸出手来,眼中仍然带着那强烈的兴趣。

“晚安,好少年。”他说,“萨马维亚要为她的信使而自豪。上帝与你同行。”

他站在那里目送马可朝自己和副官要就寝的房间走去。耗子紧跟其后。老太太站在后门口给他们开门。马可出门跟她道晚安时,看到她又表现出那种奇怪的恭敬,在他走过时屈了屈膝。

第24章　怎么找到他呢?

在维也纳,他们遇到了一次盛典。为了庆祝百年前的一次胜利,皇帝在庄严的仪仗簇拥下前往大教堂,祭拜古老的旗帜和一座戴桂冠的王子雕像,那是一位亡故已久的战将。大街旁宽阔的人行道上挤满了欢呼的人群,观看华丽威武的仪仗。雄健的步伐,腾跃的骏马,剑鞘链饰的光芒,似乎都是那阵阵胜利进行曲的一部分。

看到皇家的气派如此辉煌,耗子兴奋极了。那宏大的空间,广场和花园,充满威仪的皇帝、武士和皇后塑像,让他觉得世界上什么都是可能的。宫殿和雄伟的建筑群,铜骏马前蹄高扬,清晰优美的轮廓衬着天宇,似乎把其他氛围从他的世界中一扫而空,只剩下美轮美奂的城市。皇帝骑马从宽阔的林荫道上走来,前后都是武士的仪仗,挥舞着旗帜,步伐整齐,佩剑叮当,金号角乐声响亮。仿佛会永远这样——长矛、骑兵和皇帝的队伍源源不断地走过。"我想在这儿待好久好久,"他梦呓般地说,"我想全部看完。"

他拄着双拐站在人群中,看着光彩绚丽的盛装游行,时而望一望马可。马可目光镇静,耗子看得出什么也没逃过他的眼睛。马可在"游戏"中总是这么专注!他多么难以忘记它,也难以仅仅像小男孩一样看待它!耗子经常感觉马可根本不是个小男孩。而"游戏",耗子这些日子知道,它不再是个游戏,而是一件非常严肃、非常重大的事情——涉及国王和王位,关系到大国的统治和影响。他们——两个挤在人群里观看仪仗的少年,带有点亮明灯的东西,甚至此刻也正在点亮。耗子的血液加快,让他感到浑身发热,他记起了这几星期钻进他脑子里的一些想法。因为他的脑子会“推想事情”,所以至少在过去两星期中,他一直追逐着一个或许离奇狂热但却妙不可言的幻想。这个想法是一件小事引发的,但是一旦推想起来,以前看似琐细的事情也不再琐细了。马可睡着后,耗子仍然醒着,度过了许多心情激动、有时几乎透不过气的深夜时光,回忆他们相识后生活中的每个细节。有时他觉得几乎回忆起的一切——尤其是“游戏”从头到尾,都指向同一件事情。然后他会马上觉得自己在冒傻气,最好保持清醒。他知道马可不会想入非非。马可见多识广,心智稳定,他并不试图“推想事情”,而只想着自己奉命要做的事情。

“可是,”耗子在深夜不止一次地想道,“如果一旦要决定是保他还是保我,那么他一定不能有闪失。杀人要不了多久——而且他父亲是派我跟他来的。”

仪仗队的脚步声从旁边走过时,这个想法又掠过他的脑海。突然一阵嘹亮悠扬的乐曲声涌入他的耳中,一个奇怪的表情扭曲了他的面孔。他意识到这一天与墓地后面那第一天早上的对比。那天他坐在敢死队员们中间的木台上,看到马可站在拱道口。就因为他长相英俊,气度那么优雅,所以耗子向他扔了块石头。是的——他是个不长眼的、龌龊的蠢货,他给马可的第一个见面礼就是一块石头,只因为他是那样的人。现在他们站在这遥远异国城市的人群中,简直不能相信真是他耗子干出了那样的事。

他努力挤到马可身边。“精彩极了,是不是?”他说,“我希望自己是个皇帝,我要每天都让这些人像这样出来游行。”其实他是想找些话说,作为靠近马可的理由。他希望近到能够摸到他,能感到他们真的在一起,确定这一切并不是一场美梦,不会醒来发现自己还躺在骨头棒街那个房间角落里的破布堆上。

人群向前涌去,一心想要看游行队伍的主角——銮驾中的皇帝。耗子也跟着向前涌去,看銮驾经过。

一位白发白须、气宇轩昂的男子向两旁欢呼的人群庄严致意,他身穿缀满宝石勋章的华丽制服,大簇瀑布般的翡翠羽毛在军帽上一颤一颤。他旁边还坐着一个人,也是制服、勋章和翡翠羽毛,但年轻许多。

马可的胳膊碰了碰耗子,与此同时耗子的胳膊也碰到了马可。两人都在颤动的羽毛底下看到了一张有些倦怠和玩世不恭的苍白面容,马可袖子的夹缝中有一张这面孔的画像。

“坐在皇帝身边的是不是一位大公?”马可向人群中离他最近的人问道。那人回答得相当和气:“不,他不是,但他是一位亲王,是今天主角的后裔之一。他很得皇帝的宠幸,也是一个大人物,他宫殿里藏有享誉全欧洲的名画。”

“他假装只关心画作。”那人耸着肩接着对他太太说,因为她也开始听了,“但他是个聪明人,用一些他声称不关心的事情——大事情作为消遣。他总是假装百无聊赖,好像对什么都不感兴趣,但据说他是个奇才,知道许多危险的秘密。”

“他跟皇帝一起住在霍夫伯格吗?”那女人问,伸长脖子望着皇帝的銮驾。

“不,但他经常去那儿。皇帝也很孤单无聊,毫无疑问,而这位有办法让他忘记烦恼。我听说有时他俩会打扮成平民百姓的样子,到城里去看看跟普通人混在一起是什么感觉。我敢说这是真的。要是我必须坐宝座戴王冠的话,我也会时不时地想那样试一下。”

两个男孩跟着游行队伍来到终点。他们挤到近得能看见教堂入口,望到了那垂着旗帜、挂着花冠的雕像跟前的仪式。他们几次看到那个脸色苍白的男子,但他总是被围得里三层外三层,他们根本无法挤到离他一米之内。但有一次那个男子从人群的空隙间,瞥见了一个深色皮肤、五官坚毅、异常专注的男孩的面孔在仔细地盯着他,这吸引了他的目光。那全神贯注的表情中有种东西,使得他好奇地看了几秒钟。马可坦然迎视。

“看着我!看着我!”那男孩用心灵对他说,“我有个消息带给你。一个消息!”

苍白的脸上那双倦怠的眼睛望着马可,带着一种渐渐增强的兴趣与好奇的光芒,但人群涌动,缺口被堵住,两人互相看不到了。马可和耗子被比他们高大结实的人们向后推去,一直被推到了人群的边缘。

“去霍夫伯格吧,”马可说,“他们要回那儿去,就算无法靠近,我们也能再次看到他。”

他们沿着人流较少的街道走向霍夫伯格,在那里尽可能靠近宏伟王宫的地方等候着。当庆典结束,銮驾返回时,他们正在那里,虽然又看到了那个人,但离得较远,他没有看到他们。

“坐在皇帝身边的是不是一位大公?”马可向人群中离他最近的人问道。

接下来是四个特殊的日子。特殊在于那几天充满令人心急的事件。听人谈论和看到那位皇帝的红人似乎再容易不过，但要接近他却难于登天。他好像在老百姓中也很有人缘。开店或做工的人们经常随便地谈论他——谈他去哪儿，干什么。今晚他肯定会去这所或那所豪宅，参加这个舞会或那个宴会。不难发现他要去歌剧院或剧场，或与陛下一起驱车去丽泉宫。马可和耗子一次次听到关于他的闲谈，随之从城里这一处赶到那一处等他，可是就如追逐鬼火一般。他显然是太聪明太重要的人物，不可能单独行动，他身边总是有人。那些人似乎被他那无精打采、玩世不恭的说话方式吸引。马可觉得那红人好像从来不怎么关心他的同伴，尽管他们总是显得对他的言谈非常感兴趣。马可和耗子看到他们经常大笑，而他连微笑的时候都很少。

"他是那种能把俏皮话说得好像他自己并不觉得好笑的人。"耗子一言以蔽之，"那种人总是比别人更聪明。"

"他太受青睐，也太富有了，没法不被人跟着。"有一天他们听到店里一个人说，"但他感到厌倦。有时腻烦得受不了了，他会放出话说他到山里去了，实际上是一个人跟那些画一起关在他自己的宫殿里。"

当晚耗子回到阁楼上，显得苍白而失望。他去买吃的了。这一天他们跑了许多路，看到那人三次，每次都比以前更难靠近他。回到他们简陋的住处时，两人都筋疲力尽，饿得要命。

耗子把买来的东西扔到桌上，自己也瘫倒在椅子里。

"他去布达佩斯了。"他说，"现在怎么找到他呢?"

马可也面色苍白，有一会儿他看上去更苍白了。今天很辛苦，忙于长途奔波赶路，他们都忘记了吃东西。

两人默默坐了一会儿，因为好像无话可说。"我们又累又饿，也想不出什么好办法。"马可最后说道，"吃晚饭吧，然后睡觉。在休息过来之前，我们必须把它放一放。"

"是啊，累的时候说话没有用。"耗子有点沮丧地同意，"思路不清楚，只能放一放。"

晚餐很简单，但他们吃得很好，没有说话。

甚至在吃完了脱衣睡觉时，两人话也很少。

"睡着后思想会跑到哪儿去呢?"耗子在黑暗中躺下后，随口问道，"它肯定会到哪儿去的。我们派它去发现下面该怎么做吧。”

“这里不像盖斯山那么静,你能听到城市的喧嚣。”马可带着困意的声音从他那昏暗的角落传来,“我们必须营造一个凸崖——为我们自己。”

睡眠为他们营造好了——深深的、平静的、健康的睡眠。如果他们对于自己的坏运气和徒劳无功更恼火一些的话,睡眠也许不会来得这么容易、这么自然。在谈论奇闻异事时,他们了解到拥有强大的力量和持久的勇气有一个重要秘诀,就是“放开”——不再去想某一烦心的事,直到适当的时机来临。他们有时会“放开”数小时,四处逛逛看看——画廊、博物馆、宫殿等,以少年的快乐和热情完全沉浸在看到的一切中。马可对值得看的东西如此熟悉,耗子则如此好奇和兴奋狂热,他们都舍不得漏掉太多。耗子心目中的世界扩大了,世间的奇迹简直是无限的。他想一直走下去,看个够。

早上马可睁开眼睛,看到耗子躺在那里望着他。两人同时坐了起来。

“我相信我们想到一块了。”马可说。

两个男孩经常发现他们想到一块了。

“我也是。”耗子答道,“昨晚居然没想到,可见我们有多疲劳了。”

“嗯,我们是想到一块了。”马可说,“我们都想起了有人说过他会把自己跟画关在一起,让人家以为他出远门了。”

“他在自己的宫殿里。”耗子断言。

“你也觉得肯定吗?”马可问,“你是不是一醒来就觉得很肯定?”

“是的,”耗子答道,“就像听到他自己说的那么肯定。”

“我也是。”马可说。

“这就是我们的思想带回来的。”耗子说,“我们昨晚‘放开’了,把思想放了出去。”他坐起来,抱膝凝视前方出了一会儿神。马可没有打断他的沉思。

这天是个大晴天,吃早饭时阳光就洒了进来,虽然阁楼上只有一个窗户。饭后他们靠在窗台上讨论亲王的庭园,因为这园子对公众开放,他们绕着它走过不止一次。宫殿就坐落在园子中央,不是很大。亲王还算和蔼,允许安静和行为规矩的人们在里面散步。这并非时髦的散步场所,而是一个宜人的幽静去处,人们有时会带着活计或书本来,坐到散布在灌木丛和花丛中的凳子上。

“我们第一次去那儿时,我注意到两件事。”马可说,“宫殿边上突出一个石砌的阳台，对着喷泉园。那天阳台上有一些椅子，好像亲王和客人有时坐在那里。旁边有好大一丛常绿灌木，我看到那中间有个空洞。如果有人想整夜待在园子里观察亮灯的窗户，看有没有人独自走上阳台，就可以藏在那个空洞里，一直待到早晨。”

“灌木丛里能藏下两个人吗？”耗子问。

“不能。我必须一个人去。”马可说。

第25章　夜半话语声

那天傍晚时分，花园里徘徊着两个安静而不起眼的、衣着俭朴的男孩。他们像一般的陌生人那样打量着宫殿、灌木和花圃，坐在凳子上闲聊，就像人们经常看到的那种男孩聊天。阳光明媚，异常暖和，散步和闲坐的人比平时要多。也许正是因此，门口的守卫没怎么在意这一对男孩，以至于没发现进来的是两个而出去的只有一个。闭园时分看到耗子甩动双拐走过，门卫压根没想起他是跟一个不拄拐杖的黑发男孩一起进来的。实际上，当时门卫对天空很感兴趣，因为天奇怪地阴沉下来。一整天天空中一直飘着厚厚的云彩，有时把阳光完全遮住，但太阳拒绝完全隐退。但现在，云彩聚集成了一座座蓄着雷电的紫色山丘，太阳不得不消失在山后。

“从早晨起就好像在较量，”门卫说，“今天夜里会电闪雷鸣，暴雨倾盆。”耗子坐在喷泉园时也是这么想的。他们坐的位置恰好可以望见阳台和那一大蓬常绿灌木，他们知道那里面是空的，尽管从外面看起来规模可观。“要是下大暴雨，灌木顶不了多大事，不过能避免最糟糕的情况。”耗子说，“我真希望里面能容下两个人。”

如果亲眼看着马可走向目标，他会更加希望里面容得下两个人。公园游人渐少时，两个男孩又站起来绕园子散步，好像在往外走。等他们溜达到大灌木丛跟前，喷泉园里已经没人了，最后几个人正在朝通往大街的石拱门走去。

靠近灌木丛的一端时，两人还在一起。当耗子拄拐大步从另一端走出

时，就只有他一个人了！没人注意到，没人回头看。所以耗子大摇大摆地沿路绕过花圃，走到了街上。门卫眼望天空说着“电闪雷鸣”和“暴雨倾盆”。

夜幕降临，灌木丛中的空洞似乎是一个非常安全的地方。极不可能有人进入闭门的公园，即使偶然有个把仆人经过，也不会来搜寻愿意通宵躲在灌木丛里而不回家睡觉的人。洞被绿叶覆盖得很严实，空间也较大，站累了可以坐下来。

马可站了很久，因为站着只要轻轻拨开一些柔韧的幼枝，就可以清楚地看到阳台上的窗户。他第一次进园的时候就搞清楚了，临着喷泉园的窗户里是亲王本人的套房，阳台上那几个窗户让光线照入他最喜欢的房间，里面藏有他最珍爱的书籍和图画，亲王在那里度过了大部分幽居闲暇时光。

马可焦急地望着窗户。如果亲王没去布达佩斯——如果他真的只是躲起来了，离开热闹的社交圈去与他的珍宝为伴，他应该会住在自己最喜欢的房间里，那么就会有灯亮起来。如果有灯，就可能看到他从窗前走过，因为园子关闭了，他不用担心被人看见。暮色渐渐转黑，因为乌云密布的关系，黑得很浓。宫殿下层透出一些微光，但马可守望的窗户没有一扇亮起灯光。他等了很久，一直等到显然不会再有灯亮起。他终于放开了幼枝，站着沉思片刻之后，在枝叶搭成的帐篷间就地坐了下来。亲王不在这个隐休所。他可能不在维也纳，说他去了布达佩斯的传闻无疑是真的。一个错误损失了多少时间——但来试一下还是值得的，不来可能会失去一个机会。园门关了，要到明天早上才能出去。他必须在藏身处待到人们陆陆续续进来，带着书或毛线活坐到凳子上，这时他再走出去才不会引起注意。但现在这个夜晚要好好打发过去。这不成问题，他可以把帽子枕在脑后，在地上睡觉。他可以命令自己每隔半小时醒来看看灯光。他要等到午夜以后很晚再睡——晚到有情况发生的可能性低于百分之一。然而令夜色如此漆黑的乌云正在发出低沉的咆哮，间或有一道危险的闪电划过云层，一阵狂风猛烈地从园中树木间刮过。如此几次之后，马可开始听到雨点的啪嗒声，又重又大。起初稀稀落落，接着又是一阵更猛烈的大风，天空中有之字形的亮光一闪，一声可怕的巨响。乌云撕裂了，蓄积的雨水滔滔倾泻下来。经过一天漫长的较量，狂风暴雨的能量现在一下子爆发出来，像有一群巨大的狮子同时被放出了牢笼：一道又一道刺眼的闪电，惊天动地的霹雳，狂风怒吼，大雨如注，仿佛天上的潮水突然

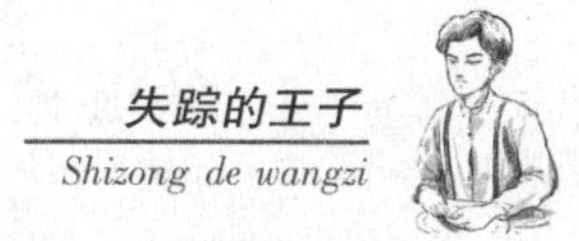

决了堤，全部往地上涌来。这样的暴风雨让人终生难忘，也没有多少人一生中能看到此等景象。

马可静静地站在劈头盖脸的狂风暴雨中。最初几分钟之后，他就知道根本无法躲避。他听到大水在园中小径上哗哗奔流，他用帽子捂住眼睛，因为他似乎站在乱蹿的火焰中。那阵阵巨炮般的雷鸣和条条银蛇般的闪电相距如此之近，他好像已耳朵震聋、双目失明了。他怀疑等这一切过去之后自己还能不能听见人的声音。他浑身湿透，水顺着衣服往下流，好像他自己就是一道瀑布，但他几乎都没有意识到，这似乎已经微不足道。他静立不动，挺直身躯等待着。如果他是战壕中一名萨马维亚的战士，碰到这样的暴风雨，他和战友们也只能咬紧牙关坚持等待。当雷电和暴雨最猛烈的时候他就是这么想的，还有人在枪林弹雨中坚守呢。

在他产生这个想法之后不久，暴风雨中出现了第一个短暂间歇，可能它的狂暴达到了顶点，在那一刻中断了。一道黄色的强光曲折地划破苍穹，山崩地裂的一个霹雳之后，雷声隆隆而渐止，等待再次爆发。马可把帽子从眼前拿开，长长地吸了一口气，两口气。正当他开始吸第三口并感觉到四周寂静得出奇时，忽然听到一种新的声音，从离他藏身之处最近的园子边缘传来。听上去像是月桂树篱后边的墙上有扇门吱呀打开，有人从秘密小门进了园子。他再次拨开幼枝窥视，可惜夜色太浓了。但只要不打雷，他还可以听见。有脚步声走在湿漉漉的石子路上，不止一个人朝他站的地方走来，但好像并不担心被人听见，而像是他们可以随便从哪个门进出。马可一动不动，突然升起的希望让他一阵狂喜。如果那个面有倦色的男子决定避开熟人，就可能会从秘密小门进出。脚步声渐渐近了，嘎吱嘎吱地踩着潮石子走过去，似乎在阳台附近停了下来，然后天空又电闪雷鸣起来。

但这是最后一阵发作，暴风雨已到了强弩之末，只剩下越来越弱的雷声和越来越淡的闪光，连它们也很快消逝了。路上哗哗的流水声渐渐静下来，但黑暗依然很浓。

灌木丛的空洞中几乎一片漆黑。马可站在里面，身上淌着水却浑然不觉，一心在想事情。他拨开幼枝，在黑暗中注视着窗户所在的地方，尽管看不见。好像等了好久，但他知道这只是感觉。他呼吸急促起来，期待着什么。

突然，他看到了窗户在哪里——因为它们突然都亮了！

他的欣慰无与伦比，但并未持续多久。证实此人没有离开维也纳的确算是一点收获，但然后呢？如果他只是在夜里秘密出来，那可不大容易跟踪。怎么办？后半夜一直盯着一扇亮灯的窗户也不行。明晚灯也许就不亮了。但他仍然注视着它，努力集中全部意念力量想着屋里那个人，也许这样能让他感应聆听，即便他不知道有人在对他说话。马可知道意念是强大的东西，如果一个人的愤怒念头能让另一个人心生愤怒，有益的信息为什么就不能传过去呢？

"我要对您说话！我要对您说话！"他发现自己在热切地低声念叨，"我在外面等着。听！我要对您说话！"

他说了许多遍，眼睛盯着阳台上的窗户。有一次他看到一个人影一晃，但不能确定是谁。远处最后的雷声已经平息，云层开始松动。不久，那黑色山丘般的云团便分散开来，一轮朗月在云隙间穿行，顿时给一切洒上了皎洁的光辉。园中有些地方一片银白，树影有如黑色天鹅绒一般。甚至有一道银光射进了马可藏身的灌木丛空洞中，正映在他的脸上。

也许是这种突然的变化引起了房间里面人的注意。一个人影出现在长窗后，马可看到正是亲王，他打开窗户走上了阳台。

"停了。"他轻声说，仰面而立，望着那一轮大大的、静静飘浮的白玉盘。

亲王伫立不动，仿佛一时物我两忘。那是一轮奇异的、胜利女王般的月亮。但有什么东西把他拉回到凡间，一个低低的、但却清晰有力的男孩声音从下面花园小径上传来。

"灯已点亮，灯已点亮。"听起来像有人在祈祷。这声音似乎在呼唤他，吸引他，牵扯他。

他静悄悄地站了几分钟，然后到栏杆跟前探身张望，月光并未打破下面的黑暗。

"是个男孩的声音，"他低声说，"但我看不见是谁在说话。"

"是的，是个男孩的声音。"马可答道，语气中有种东西打动了亲王，因为他如此热切。"是斯蒂芬·罗利斯坦的儿子。灯已点亮。"

"等一下，我下来了。"亲王说。

几分钟后马可听到离他不远处有一扇门轻轻打开，然后他跟踪了这么多天的人出现在他身边。

他静悄悄地站了几分钟，然后到栏杆跟前探身张望，月光并未打破下面的黑暗。

“你在这儿多久了?”他问。

“关门前来的,藏在那丛大灌木的空洞里,殿下。”马可答道。

“暴风雨中你也在外面?”

“是的,殿下。”

亲王把手放在少年的肩头:“我看不见你——但你最好还是站在暗处。你浑身湿透了。”

“我已向殿下传达了——信号。”马可轻声说,“暴风雨不算什么。”

一阵静默,马可知道对方在考虑着什么。

“那么,”亲王终于缓缓地说,“灯已点亮,你被派来传达信号?”话音中的某种东西让马可感到他在微笑。

“怎样的血统啊!怎样的血统——你们萨马维亚罗利斯坦家族!”

他又沉默了,仿佛在考虑这件事。

“我想看看你的脸。”随后他说,“这棵树的树枝间有一道月光,我们站过来吧。”

马可站了过去。月光照到他仰起的面庞,黝黑发亮,充满年轻活力,在这一刻因克服了困难而洋溢着胜利的喜悦。头发上挂着雨珠,但并不显得狼狈,只是湿漉漉的,生动美丽。他接上了头,传达了信号。

亲王饶有兴趣地端详着他。

“是的,”他用冷静缓慢的语调说,“你是斯蒂芬·罗利斯坦的儿子。而且你必须受到照顾,你必须跟我来。我训练家仆待在他们的区域,等我有什么需要时再过来。我的套房附设有一间安全的小屋,是我有时留客人的地方。你不妨把衣服晾干,在那儿睡一觉。等园门打开,剩下的就简单了。”

他从树底下走出,迈步走向黑暗中的宫殿,但马可发现他步子有点迟疑,似乎还没完全想好应该做什么。他突然站住,又转向跟在后面的马可。

“我刚才离开的房间里有一个人,”他说,“一个老人——他也许有兴趣见见你,他对你有兴趣也可能是件好事。我决定让他见见你——这样的你。”

“我听从您的安排,殿下。”马可答道,他知道对方又在微笑了。

“你接受了许多世纪的训练,比你知道的还要悠久,”他说,“你父亲把你训练得处变不惊。”

两人从阳台下走过,来到了掩在灌木丛后的一个矮矮的石门洞前。门十分精美，当它打开时，马可看到里面的走廊也十分精美，但有一种宁静疏远的氛围，其中幽居感多于秘密感。一段狭窄而精巧的楼梯通到上层。上楼之后，亲王穿过一条短短的走廊，停在尽头那扇门的门口。“我们进去吧。”他说。

这是一间美妙绝伦的居室——阳台上那个房间。里面每件陈设，帘幔、挂毯、墙上的画，都是在博物馆中才会看到的那种。马可想起传说他这位主人最大的嗜好就是收藏珍品，用别人当成艺术和手工艺奇迹的作品装饰他的房间。这个房间里都是以高雅品位甄选的美丽，有一种富丽醇美之感。

中央一把大椅子上垂首坐着一人，是一位须发皆白、身材修长的老者。他的胳膊肘支在扶手上，手托前额，仿佛有些疲惫。

马可的引路人走过去站在老者旁边，低声说话。马可一开始听不见他在说什么，便静立等候。白发老人抬起头听着，好像一下子就特别感兴趣。低语声稍稍提高了一些，马可听到最后两句：

“斯蒂芬·罗利斯坦的独子，看看他。”

椅子里的老者缓缓转过身来注目凝视，带着疑问和好奇，还有几分庄重中的惊讶。他有一双锐利而清澈的蓝眼睛。

马可依旧站得笔挺，默默等候。亲王只对他说“一个老人——他也许有兴趣见见你”，其意思显然是，无论发生什么，马可都不能显出他看到了比这句提示更多的东西——只是“一位老人”。不能显出吃惊或似曾相识，他是来被看而不是来看的。在审视之下不动声色，这种经常令耗子嫉妒的能力此刻发挥了作用。因为他不久之前曾经见过这白发苍苍的头颅和修长的身躯，顶着艳丽的翡翠羽毛，挂满宝石装饰，乘着銮驾，旌旗盔甲前呼后拥，仪仗队在响亮的军乐声中行进，百姓脱帽欢呼。

“很像他父亲。”这位大人物对亲王说，“但如果不是罗利斯坦派他来的——他的面貌也让我感到愉快。”他突然转向马可，“暴风雨时你在外面等着？”

“是的，先生。”马可答道。

然后那两人又低语了几句。

“你在途中看新闻了吗？你知道萨马维亚的处境？”

“处境很糟。”马可说，“伊亚诺维奇和马兰诺维奇像鬣狗一样你咬我，我咬你,都把对方撕成了碎片——一点血和力气都不剩了。”

那两人对视一下。

“很好的比喻。”老者说,“你说得对。如果一个强有力的政党崛起——而且一个大国决定不干涉,这个国家的日子或许会好过一些。”他又盯着马可看了一会儿,然后和蔼地摆了摆手。

“你是个优秀的萨马维亚人。”他说,“我很高兴。你可以离开了,晚安。”

马可恭敬地鞠躬,面有倦色的男子把他领出了房间。

到了让他就寝的那间安静的小屋,亲王离开之前最后好奇地看了他一眼:“我想起来了。刚才在那个房间,你回答关于萨马维亚的问题时,我觉得以前肯定见过你。是庆典那天,我从人群的空隙中看到一个男孩在望着我,那就是你。”

“是的。”马可说,“从那以后,您每次出去我都跟着您,但一直没能靠近说话。今晚好像是个难得的机会。”

“你行事像个大人而不像一个少年。”对方接着说,若有所思,“没有人能比你刚才做得更出色,当需要谨慎和镇定的时候。”然后他停了一会儿,“他非常感兴趣,非常满意。晚安。”

次日早晨园门打开,人们又开始进进出出时,马可也踱了出来。他不得不两三次提醒自己他不是做了一个奇异的梦。过街之后他加快了脚步,想赶快回阁楼上告诉耗子。要抄近路必须穿过一条窄巷,他拐进去时看到有个古怪的身影拄着双拐靠在墙上,湿漉漉、孤零零的。马可想是不是乞丐,然而不是——是耗子,他突然看到走来的是谁,大步迎上来。他脸色苍白憔悴,看上去疲惫而惊恐,一把扯下帽子,嗓音像乌鸦那么沙哑。

“感谢上帝!”他说,“感谢上帝!”就像人们在僻静处听到信号时通常会说的那样,但他的语气中除了宽慰之外还有一种痛苦。

“副官!”马可喊了起来——是耗子央求他这么叫的,“你干什么啦?你在这儿多久了?”

“从昨晚离开你之后起。”耗子哆嗦着抓住他的胳膊,仿佛要确定他是真实的,“洞里站不下两个人,街上能站下。我能离开职守,丢下你一个人吗——能吗?”

“暴风雨时你在外面?”

“你不也是吗!”耗子激动地说,“我尽量蜷缩在墙边。我在乎什么呢?拐杖并不妨碍守候。就是你下命令我也不会离开你的,那是叛变。园门开了你没出来,我脑子里就像着了火一样。我怎么知道出了什么事呢?我没有你那样的神经和毅力,我都快疯了。”马可有一两秒钟没有答话,但当他把手放到那湿袖子上时,耗子真的吓了一跳,觉得自己好像正望着斯蒂芬·罗利斯坦的眼睛。

“你看上去就像你爸爸!”他不由自主地叫道,“你多高啊!”

“当你在我身边,”马可用罗利斯坦的声音说,“当你在我身边,我觉得——我觉得我好像是一位王子,带着一支军队。你就是我的军队。”他带着少年意气迅速摘下帽子,又说,“感谢上帝!”

阁楼上阳光暖融融的,两个男孩倚在粗糙的窗台上,马可讲起他的经历,这花了一些时间。讲完后他从兜里掏出一个信封给耗子看,里面有一沓钞票。

“他在打开秘密小门之前给我的。”马可解释道,“他对我说:‘不会太久了。去过萨马维亚之后尽快赶回伦敦——尽快!’”

“我不明白——他是什么意思呢?”耗子慢慢地说。一个惊人的想法闪过他的脑海,但不是可以对马可说的想法。

“不知道,我想是因为某些他不期望我知道的原因。”马可说,“我们照他说的做吧,尽快。”两人看了看报纸,像平时每天那样。从报上能得到的消息只是萨马维亚对抗的两军似乎都已被重创和消耗到了极点,哪一派还有实力走出可以称为胜利的最后一步,目前还无法判断。从未有哪个国家处于更加绝望的境地。

“是时候了。”耗子目光灼灼地盯着地图,“如果秘密政党现在突然起义,几乎不战就可以拿下梅尔萨,然后席卷全国,让两军缴械。军队已经很虚弱——忍饥挨饿,流血死亡,军队希望被缴械。只是伊亚诺维奇和马兰诺维奇继续僵持,因为两方都想夺权来奴役人民和征收税赋。如果秘密政党不起义,人民就要起义了,他们会冲进王宫杀死见到的每一个马兰诺维奇和伊亚诺维奇派的人。那是罪有应得!”

“我们今天就再来研究地图吧,”马可说,“今晚必须上路去萨马维亚。”

第 26 章　越过边境

几星期后的一天，两个风尘仆仆的行乞少年拖着缓慢疲惫的脚步穿过了加达西亚和萨马维亚的边境，此事并未引起怀疑，甚至都没有引起注意。战争、饥荒和痛苦使这个国家遭受重创，极度虚弱。由于最坏的情况都已经发生，没人关心接下来还会有什么降临。如果加达西亚也变成了敌人而不再是友好邻邦，派大队骑兵冲过边境，那也只会有更多的尖叫，房屋被烧，还有没人敢反抗的屠杀。不过，迄今为止，加达西亚依然保持和平。那两个少年——其中一个拄着双拐，显然徒步旅行了很远，破衣服上积满尘灰，污渍斑斑。两人在边境边上第一所小屋前停下讨水喝。没拄双拐的那个少年肩头挂的包袱里有一些粗面包，他们坐在路边吃了起来，好像很饿。孤身一人住在小屋里的老祖母并不好奇地望着他们，也许会隐隐有些纳闷怎么有人在这些日子进入萨马维亚。但她并不想知道原因。老太太的大儿子住在一个属于马兰诺维奇的村子里，被征去替老爷们打仗了。他不想打仗，也不知道纷争的缘由，但被迫服从。他吻别了美丽的妻子和四个结实的孩子，孩子们因为爸爸离开而大声哭泣。他的村庄、好端端的庄稼和房子都不得不抛下。然后伊亚诺维奇派冲进了这个属于敌方的美丽的小村落。他们在距此地不远的一次战役中损失惨重，狂怒之下冲到这里，一路烧杀抢掠，踏平了庄稼地和葡萄园。老太太的儿子再也没有看到烧焦的房子和他妻儿的尸身，因为他自己已在引起伊亚诺维奇派复仇的那场战役中被杀死了。只有那住在边境线旁茫然望着路人的老祖母还活着，她疲倦地凝视着，不明白为什么听不到儿

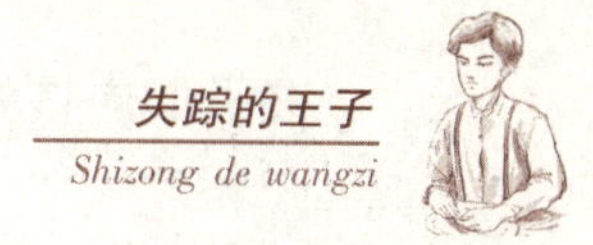

子和孙子们的消息。但这就是一切。

两个男孩越过边境走了一会儿，就不难保持隐蔽了(如果需要的话)。这是山区，路边有幽深茂密的森林。森林那么大，灌木丛那么密，连成人都很容易藏身。也许就是因此，这个地区战事很少，太容易遭到伏击了。两个少年继续走着，他们听说过村庄和城镇被焚烧摧毁，但那是在梅尔萨和其他有堡垒防守的城市附近，或是在有权势的贵族和首领的城堡庄园附近。是的，正如马可对那位白发长者所说，马兰诺维奇和伊亚诺维奇像鬣狗一样凶残地互相撕咬，双方军队都遍体鳞伤，鲜血淋漓，兵力、资源和补给都已消耗殆尽。

他们一天比一天更加虚弱，更加绝望。欧洲在观望，对两派都没多大兴趣，但越来越希望动荡结束，不要再影响国际贸易。马可和耗子了解这一切和更多的情况。但他们在谨慎地走小道穿过这个饱受摧残的小国时，还了解到了别的。他们了解到她的美丽和富饶并不是神话。那耸入云霄的崇山峻岭，那郁郁葱葱的辽阔平原，以前牛羊或许成千上万；那庄严美丽的莽莽森林和清澈湍急的条条大河，有一种原始的壮美，也许就像人类先祖在伊甸园时代看到的世界。能够离开大道时，两个少年就穿森林走。在参天大树、高高的蕨类植物和小树之间穿行比较安全，虽然并不总是容易，但安全。有时他们看到一间烧炭工的小屋或是一个牧羊人带着仅剩的几只绵羊躲在窝棚里。遇见的每个人脸上都带着久经磨难的木然表情，但当两个男孩乞讨面包和水时，没有一个人拒绝施舍他仅有的那一点点。他俩很快就发现自己被当成两个逃难少年，也许因为家破人亡而四处流浪，只求保全性命捱过最坏的时期。其中一个拄着双拐，这更显示了他们的无助。而他还不会说本国话，就更加令人同情。乡下人不知道他说的是哪国语言，偶尔也有外国人来某个小镇找活干。这个可怜的孩子也许是跟着父母来到这个国家，卷入了战争的漩涡，然后被孤零零地抛在这世界上了。但没有人问什么，即使在悲惨境地中，他们仍是沉静而高贵的民族，礼貌压过了好奇。

“在过去，他们纯朴、庄重而善良。所有的门都对旅行者敞开，最贫穷的茅屋主人也会在陌生人跨进门槛时说出祝福和欢迎的话，这是这个国家的风俗。”马可说，“我在我爸爸的一本书里读到过。大多数门旁都有石刻的欢迎词，是这么写的——‘上帝之子保佑，在此墙内安心休憩。’”

“他们高大强壮，”耗子说，“相貌堂堂。举止风度好像当兵训练过一样——男人和女人都是。”

他们并未走到这个不幸的国家中被鲜血浸染的地区，但沿途村庄中随处可见饥饿和恐惧。本应养活人民的粮食被军队征用，牛羊被赶走，一张张面孔都憔悴灰黄。目前只失去了粮食和牲畜的人知道家庭和亲人也随时都可能被夺走，只剩下老人和孩子在等待着战争可能带给他们的任何命运。

当贫穷的店铺给他们食物时，马可会留一点钱作为报偿。他不敢留得太多，怕引起怀疑。必须让人觉得是他从被毁的家中逃走时抢出了一点可怜的储蓄，用以防饥。女人们经常不肯要他的钱。旅途是艰苦的，经常饿肚子，他们不得不全部步行，找不到什么吃的，但两人都能过苦日子。他们主要在夜间赶路，白天睡在蕨草和树丛中，在小溪中饮水沐浴。苔藓和蕨草提供了柔软芬芳的床铺，大树为盖，有时两人长时间地躺着聊天。终于有一天，他们知道快到旅途的终点了。

“快结束了。”一个朝露晶莹的清晨，他们在森林里躺下之后马可说道，“他说‘去过萨马维亚之后尽快回伦敦——尽快’。说了两遍，好像——好像会有什么事发生似的。”

“也许会发生得比我们想象得更加突然——他说的那事。”耗子答道。

他蓦地用胳膊肘撑起身子，凑向马可。

“我们在萨马维亚！”他说，“我们两个在萨马维亚！我们就快到终点了！”

马可也撑起身子，由于风餐露宿食不裹腹，他瘦得厉害，两只眼睛显得特别大而且黑如深渊，但里面有火焰，非常美丽。

“是的，”他呼吸急促，说道，“虽然我们不知道终点是什么，但我们遵守了命令。亲王是倒数第二个，还剩最后一位，老神父。”

“我特别想见到他，超过前面任何一个。”耗子说。

“我也是。”马可说，“他的教堂建在山腰，不知道他会对我们说什么。”

两人想见他的原因是一样的。他年轻时曾在边境对面的修道院里助祭——那所修道院在一次叛乱中被摧毁，但在此之前它珍藏着一个五百年的故事：一位英俊的少年王子被老牧民带来藏在修士中间。在那所修道院里，失踪的王子被当成圣人来纪念。据说早年一位修士兼画工为王子画了一幅肖像，头顶淡淡的光环。那位年轻的助祭一定听到过一些神奇的传说。但修道院被焚毁，年轻的助祭后来越过边境当上了少数山民的神父，小小的教堂依偎在半山腰。他用功而虔诚,受到教民拥戴。只有秘密铸剑士们知道,他最热烈的拥戴者是那些在昏暗的地下洞窟中和他一起祈祷并接受他祝福的人。那洞窟里堆满枪支,面庞黝黑坚毅的人们围坐在微光中拟定计划,部署策略。

马可和耗子在说想见到他的时候,还不知道这一点。

"他也许会选择守口如瓶。"马可说,"当我们传达信号时,他也许会转过身去一言不发,像其他一些人那样;也许他没有什么我们该听到的东西可讲;也许沉默也是对他的命令。"

他们睡了很久很久,很沉很沉,没被任何东西吵醒。除了沿着崎岖的羊肠小道上教堂去的人,到这里爬山的人极少。小动物们还不懂得怕人。有一天下午,一只野兔从蕨草下面跳跳蹦蹦地过来,停在马可脑袋旁边,用明亮的眼睛看了他几秒钟后,咬起他的发梢来。野兔只是出于好奇,或许想知道那是不是一种新的野草。但它不大喜欢头发的口感,几乎立刻就不咬了,然后重新看着这新玩意儿。它那柔软敏感的鼻头快速翕动了两秒钟左右,然后蹦蹦跳跳地自己玩去了。一只大大的、美丽的鹿角虫从耗子双拐的一端爬向另一端,但随后也离去了。有两三次,一只在蕨叶下找美餐的小鸟惊奇地发现了两个熟睡的人影,但他们睡得如此安静,似乎没什么可怕的。一只俊俏的小田鼠从旁边跑过,发现这里有面包屑,便把在苔藓上能找到的都吃光了,又爬进马可的衣袋,找到了一些美味,美美地饱餐一顿。不过谁都没被吵醒,两个男孩仍在酣眠。

一只小鸟傍晚的歌声才将他们唤醒。那鸟儿栖在近旁一棵树的枝头,鸣声婉转悠扬,清亮甜美。夜晚的空气格外清新,带着山间的芬芳。当马可翻身睁开眼睛时,他觉得世界上最惬意的事情就是傍晚在山间醒来,听到小鸟在歌唱。这似乎让他极度真切地体会到他在萨马维亚——灯已点亮,他的工作即将完成。耗子此时也醒了,有几分钟两人仰面躺着,都没有作声。最后马可说道:"星星出来了。我们可以登山了,副官。"

他们爬了起来,四目相交。

"最后一位!"耗子说,"明天我们就要起程回伦敦——菲利伯特街七号。走过了这么多地方之后,它看上去会是什么样呢?"

"就像从梦中醒来。"马可说,"那里并不美丽——菲利伯特街,但他会在

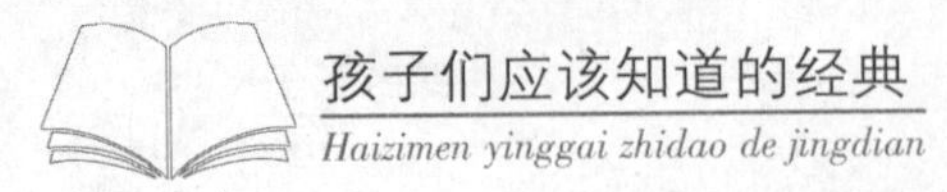

那儿。”他的脸上突然焕发出光彩，照亮了黝黑的皮肤。

耗子的脸庞也几乎同样发亮了，他摘下帽子，光着脑袋站在那儿。“我们执行了命令，”他说，“一条也没忘记。没人注意到我们，没人猜疑过我们。我们就像两颗灰尘一样飘过了一个个国家。”

马可也脱了帽子，脸上依然放着光。“感谢上帝！”他说，“我们开始爬山吧。”

他们拨开蕨叶，在林间钻来钻去，终于找到了那条羊肠小道。山上深林茂密，小径有时又黑又陡。但他们知道只要沿着它走下去，最终会通到一片几乎没有树木的地方，小小的教堂在岩崖上等着他们。神父也许不在那里，他们也许需要等待，但他无论漫游到哪里，都一定会回来做早弥撒和晚祷。

天上星星已经很多，山径最后一转，教堂出现在他们上方。它很小，用粗糙的石块砌成，看样子可能是神父本人和他那些散居的教徒开凿、背扛或推运了一些山石来建造的。它有一个小小的、清真寺那样的圆顶，是历史上土耳其人带进欧洲的式样。教堂小得只能容下很少的教徒，旁边还有一个小棚屋，显然是神父住的。

两个男孩在小路上停下来望着它。

“一扇小窗户里有烛光。”马可说。

“门边有一口井——有人开始汲水了。”耗子接着说，“天太黑了，看不清是谁。听！”

他们听到水桶在吊索上放下，溅起水花，然后被拉上来，似乎有人在饮水，饮了好大一会儿。接着，他们看到一个模糊的人影走上前，静静伫立，一个声音开始响亮地祈祷，显然习惯于绝对的孤独，没有想到尘世会有人听见。

“来吧。”马可说，他们走上前去。

由于星星那么多，空气那么澄澈，神父听到了山径上的脚步声，并且几乎在同时也看到了他们。他停止了祈祷，望着他们走近。一个拄双拐的少年，行动像小鸟一样轻盈自如——旁边还有一个少年，其姿态在几米之外就已引人注目，那不是高傲自负，但却让他在人们见过的所有男孩中卓尔不群。一个高贵的少年——虽然当他走近时，星光照出他面庞瘦削，眼睛凹陷，好像是极度劳累和饥饿所致。

“这是谁呢?”老神父喃喃自语,“谁?”

马可停在他面前,恭敬地行礼,然后抬起他那黑色的头颅,挺直身躯最后一次传达口信。

“灯已点亮,神父。”他说,“灯已点亮。”

老神父穆然肃立,望着少年的面孔,随即低下头仔细端详他,几乎像是有些害怕,想确认什么。此时耗子一闪念中想到,山顶的老太婆也曾有过类似的惊恐表情。

“我是个老朽,”他说,“眼神不大好,要是有点光——”他朝屋里瞥了一眼。

耗子旋身冲进门里,抓起了蜡烛。他猜到了神父想要干什么,便举着蜡烛,让烛光照到马可的脸。

老神父凑得越来越近,惊讶得透不过气。“你是斯蒂芬·罗利斯坦的儿子!”他喊道,“是他的儿子来传达信号。”

他跪倒在地,双手捂着面孔。两个男孩听到他在哭泣祈祷——一边哭泣一边祈祷。

他们对视了一下。耗子激动万分,但觉得有一点尴尬,想知道马可会怎么做。一位老人跪在地上哭泣,让人觉得不知说什么好,是该安慰他呢,还是该让他哭下去?

马可只是安静地站在那里,理解而庄严地望着他。

“是的,神父。”他说,“我是斯蒂芬·罗利斯坦的儿子,我给大家都传达了信号,您是最后一位。灯已点亮,我也会喜极而泣的。”

神父的眼泪和祈祷止住了。他站起身来——一位脸上刻满风霜的老人,浓密的白发垂到肩头——用依然湿润的双眼望着马可。

“你带着这消息走遍了一个个国家?”他说,“你奉命传达那四个字?”

“是的,神父。”马可答道。

“就是这些?你不想说别的了?”

“我不知道别的。自从我小时候宣誓效忠之后,沉默就是命令。我还不到年龄,不能打仗服役或是推理重大的事情。我所能做的就是保持沉默,训练自己的记忆力,时刻准备着。我父亲看到我准备好了,便信任地派我传达信号。他对我说了那四个字,没有别的。”

他猜到了神父想要干什么，便举着蜡烛，让烛光照到马可的脸。

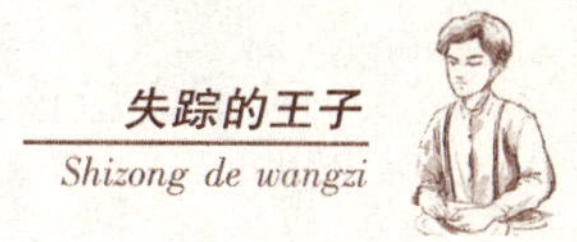

老人满脸惊奇地望着他。

“如果斯蒂芬·罗利斯坦不了解,谁还了解呢?”

“他永远都了解。”马可自豪地说,“永远。”他像年轻的国王一样朝耗子挥了挥手,想让他们遇到的每个人都知道耗子的价值。“他为我选了这位同伴,”他补充说,“我不是一个人。”

“他让我当他的副官!”耗子激动地说,“为了他,千刀万剐我都心甘情愿。”

马可作了翻译。

神父看着耗子,慢慢颔首:“是的,他最了解,他永远最了解。我看得出来。”

“您怎么会知道我父亲是谁呢?”马可问,“您见过他?”

“没有,”老者答道,“但我见过一幅画像,据说是他的画像——而你与画中人一模一样。神的两个作品竟会如此相像,实乃奇事。这其中自有用意。”神父让两人到他那简朴的小屋里休息,喝羊奶,吃点心。他在棚屋般的小房子里走动时,脸上有一种神秘而兴奋的表情。

“在我们出门之前,好好休息一下。”最后他说,“我要带你们到山中一个隐蔽的地方,那里的人见到你会心跳加快,见到你将会带给他们新的力量与决心。今晚他们要聚会,这样的聚会已经祖祖辈辈坚持了许多世纪,但现在他们的等待就要结束了。我将让他们看到斯蒂芬·罗利斯坦的儿子,他就是信使!”

两个男孩吃了他给的面包和奶酪,喝了羊奶,但马可解释说他们已经睡了一天,不需要休息,随时可以跟他走。

他们出门时,黄昏最后一丝微光已溶入夜色中,繁星满天。白发老者手拄一根虬结的拐杖在前面带路。这条路崎岖陡峭,根本没有明显的痕迹,但他非常熟悉。他们有时好像在绕山而行,有时在向上攀登,有时要费力地攀过岩石或倒下的树木,或是穿过几乎无法穿越的灌木林。他们不止一次地下到深谷,然后冒着生命危险,抓着矮树再从对面爬上山去。耗子使出了浑身解数,拄着双拐越过障碍,马可和神父有时帮他一把。

“我今晚不是证明了自己不是瘸子吗?”他有一次对马可说,“你会告诉他的,是吗?跟他说拐杖没碍事,好用极了。”

露天步行将近两个钟头后,他们来到了一处地方,这里灌木茂密,暴风雨中刮倒的一棵大树横在地上。离大树不远处的地上有一块岩石突起,在乱蓬蓬的草木中只能看到一个顶部。

他们跟随神父穿过了灌木与小树杂生的莽丛,不知道下面会去哪里,是不是还要继续跋涉,却见神父在那块岩石旁停了下来。他默立了几分钟——几乎一动不动,仿佛在倾听森林和黑夜的声音,但四周一片寂静,听不到一丝风吹动树叶,或是一只小鸟睡意蒙胧的吱吱声。

他用拐杖敲敲岩石——两下,接着又是两下。

马可和耗子屏息而立。

没等多久。两人突然俯身向前,几乎不敢相信地瞪大了眼睛,不是盯着神父和他的拐杖,而是盯着岩石本身!

它在动!是的,它动了。神父站到一边,岩石缓缓转动,好像被杠杆撬起一般,渐渐露出了一个深穴,里面有微光透出。神父对马可说:“萨马维亚到处都有这样的隐蔽点,耐心与苦难在里面等了很久,这就是铸剑士的洞窟。来吧!”

第 27 章　失踪的王子！艾弗！

自从踏上旅途之后，两个男孩曾多次激动兴奋得心怦怦跳，他们置身其中的故事是一种令人脉搏加快的体验。但当他们小心地沿着那似乎通到地球内部的陡峭台阶往下走时，马可和耗子都觉得神父一定能听到他们年轻身体中的撞击声。

“铸剑士！记住他们说的每一句话，”耗子小声说，“以后讲给我听，一丁点也别忘掉！要是我懂萨马维亚语就好了。”

台阶底下站着一个人，显然是启动杠杆撬岩石的哨兵。他是一位身材魁伟的农夫，端正的脸上带着警觉的表情。神父向他致以问候和祝福，接过了他递上的灯笼。

三人穿过一条窄窄的、黑漆漆的甬道，又下了一些台阶，拐进另一条从山石泥土中挖出的甬道。这里宽敞了一些，但仍然很黑。走了好几米后，马可和耗子的眼睛才慢慢适应昏暗的光线，看到洞壁似乎是用武器密密摞成的。

“铸剑士！”耗子下意识地喃喃道，“铸剑士！”

他们小心穿行的这条甬道一定是历经多年才挖成的，垒起这密密森森的剑墙的时间就更长了。但耗子想起了陌生人对他那酗酒的父亲讲的故事：几位山里的牧民因为王子失踪而悲愤交加，一起立下了一个庄严的誓言并将它代代相传。萨马维亚是一个记忆力很好的民族，被迫压抑反而使他们的感情愈加炽烈。五百年前他们第一次宣誓之后,王朝更迭,国王去世或被杀,但铸剑士没有变更或忘记他们的誓言,也没有动摇那个信念——总有一天,在这些漫长黑暗的岁月之后,失踪王子的精魂会回到他们中间,他们将跪在那位化身的脚边,亲吻他的双手。在最近一百年中,他们的人数、力量和隐蔽点大大增加,终于遍布萨马维亚,只需屏息等待——灯被点亮。

老神父知道那是怎样一种屏息等待,也知道他将带给他们什么。马可和耗子虽然耽于少年的幻想,但毕竟还年轻,不了解铁血硬汉的屏息等待中蕴含着怎样的风暴和烈焰。但知道他们要作为"信使"被带到那些人面前,就有一种扣人心弦的紧张感。耗子身上热一阵冷一阵,他咬着指甲。他简直要激动得尖声大叫了,这时老神父停在了一扇大黑门前。

马可没有出声。激动或危险总是让他显得高大而苍白,他现在就是如此。

神父敲了敲门,门应声而开。

他们面前是一个巨大的洞窟,洞壁和顶上都排满了武器——步枪、长剑、刺刀、标枪、匕首、手枪,被逼急的人们会使用的各种武器。洞里全是人,一齐转向了门口。那些人都向神父行礼,但马可几乎同时发现,他们吃惊地看到神父不是独自一人。

他们是一群奇特而有趣的人,在熊熊的火把光中站在武器堆底下。马可立刻看出其中有各阶层的人,虽然他们都穿着粗布衣服。有高大的山民,也有平原人,有青年,也有壮年。一些个子最大的是白头发,但有着巨人的身材,嘴部轮廓坚毅。马可看到有许多人,而且无论老少,每个人的眼里都燃烧着一种坚定而不可征服的火焰。他们屡遭欺凌、压迫和掠夺,但每个人眼里仍有这种不可征服的火焰,在这么漫长的苦难岁月中代代相传。就是这火焰持续了几个世纪,坚守着誓言,在地下洞窟中铸造刀剑,而今天这火焰在——等待。

老神父把手放在马可肩头,轻轻推着他向前走去。人们纷纷让出一条路,最后两人站在了圈子中央,人群退后一些,惊讶地注视着。马可抬头望着老者,因为他有几分钟没说话,显然是太激动了。他张开嘴,但似乎发不出声音,又试了一下才说出来,说得让大家都能听见——包括人群最后面的人。

"我的孩子们,"他说,"这是斯蒂芬·罗利斯坦的儿子,他来传达信号。孩子,"他转向马可,"说吧!"

这时马可明白了神父的意图，以及他的感觉。马可自己也感觉到了，那崇高的、灵魂升华的喜悦，他高高昂起黑色的头颅，举起右手。

“灯已点亮，弟兄们！”他高声说，“灯已点亮！”

站在一旁观看的耗子觉得洞窟中这个奇异的世界一下疯狂了！激动而克制的叫喊声爆发出来，人们互相热烈拥抱，跪到地上，搂在一起哭泣，使劲握手，蹦跳雀跃。听到长期的等待终于结束了，他们好像高兴得无法承受。他们冲向马可，跪在他脚边。耗子看到魁梧的农夫亲吻他的鞋子、双手和他衣服上每一寸够得到的地方。狂热的人群涌动着把他团团围住，耗子都害怕起来。他没有意识到，在这狂热情绪的感染下，他自己也激动得像片树叶在风中颤抖。喜悦过度的人们此刻似乎都快失去理智了。马可还只是个少年，那些人不知道他们把他挤得那么厉害，简直密不透气了。

“别挤着他！别挤着他！”耗子奋力冲上前，叫道，“往后退，你们这些傻瓜！我是他的副官！让我过去！”

虽然没人听得懂英语，但有一两个人突然想起刚才看到他是跟神父一起进来的，于是给他让路。但正在这时，老神父把手高高举起，用严厉的命令语气说话了。

“退后，我的孩子们！”他喊道，“疯狂表示不出你们应该带给斯蒂芬·罗利斯坦之子的敬意。服从！服从！”他的声音中有一种威严，穿透空气，传到最狂热的牧人耳中。疯狂的人们纷纷后退，马可的身边空了出来。耗子终于看到了他的面孔，激动得十分苍白，眼中有一种近乎敬畏的表情。

耗子冲上前，站到他身边。他不知道自己说话时几乎带着哭腔。

“我是你的副官，”他说，“我要站在这里！你爸爸派我来的！我奉了命令！我担心他们会把你挤死。”

他瞪着周围那群人，好像他们不是如痴如狂的崇拜者，而是一群敌人。老神父看在眼里，碰了碰马可的衣袖。

“告诉他不用担心。只是刚开始的几分钟，激动的心情使他们忘乎所以。他们都是你的仆人。”

“后面的人一直推前面的人，会失去控制把你踩死的。”耗子坚持道。

“不，”马可说，“我一说话他们就会停下来的。”

“那你为什么不说话呢？”耗子急了。

“他们是为萨马维亚而激动，为我父亲，”马可说，“为了那个信号。我和他们心情一样。”

耗子软化了一些。的确，他怎么能压制他们热烈崇拜罗利斯坦的——崇拜他为他们拯救的这个国家的——崇拜召唤他们去争取自由的那个信号？他不能。

接下来是奇特而有趣的庆祝仪式。神父在人群中走动，对一个又一个人说话，有时对大家说话。人们围成了一个大圈。那苍白的老人走动时，耗子感到好像要举行某种宗教仪式，他从头看到尾，灵魂深深受到震撼。

在洞窟尽头有一块大石头被凿成祭坛模样，布置成白色，其后洞壁上方挂着一幅用帷幔挡着的大画框。前方悬挂着一盏古老的金属吊灯，用链子从洞顶垂下。祭坛前有一个石台，神父请马可站上去，副官侍立在下层。一些最高大的牧人出去了片刻，每人抱着一柄特别大的宝剑回来，那可能是在黑暗的岁月里最早铸成的吧。持剑者分两列站在马可两边，举起宝剑，在他头上用剑锋搭成一个拱道，共有十二对人。当剑尖相交时，耗子用力捶打着自己的胸膛，兴奋得简直承受不了。他看到马可沉静地站着——他和他父亲那种令人惊叹的、岿然不动的沉静，耗子不知道自己如何才能做到。马可仿佛准备沉着应付可能出现的任何异常情况——因为他“有命在身”。耗子知道马可这么做只是为了他父亲，好像他觉得自己正在代表父亲，因此必须风度高贵，不动声色，虽然他还只是个少年。

在剑锋搭起的拱道一端，老神父站在那里向这个或那个人做手势。得到信号的人就穿过拱道走向石台，跪下来把马可的手举到嘴边，热烈地亲吻，然后返回自己原来站立的地方。人们一个接一个地走过剑锋的拱道，跪下，亲吻那棕色的少年之手，起身离开。耗子时而听到几个词，近乎于喃喃的祈祷，时而在一个蓬乱的脑袋俯下时听到一声哽咽，并一次次看到湿润的眼睛。有一两次马可说了几句萨马维亚语，听到的人欢喜得脸放红光。耗子也像马可一样留意到，许多面孔看上去不像是农民，有的五官精致分明好像学者或贵族。所有人下跪和亲吻少年的手用了很长时间，但没有人省略这一仪式。当仪式终于结束后，洞窟中突然静得出奇。人们站在那里目光炽热地彼此对视。

神父走到马可一侧，站在祭坛旁。他倾身向前，抓住一根从带帷幔的画框

他倾身向前，抓住一根从带帷幔的画框上垂下的绳子——一拉，帷幔打开了。

上垂下的绳子——一拉，帷幔打开了。一位高贵修长的少年站在里面凝视着他们，深邃的双眼里有神的星光静静闪耀，脸上的笑容圣洁美妙，在那浓密的黑发上，早已过世的修士画师安了一个淡淡的光环。

“斯蒂芬·罗利斯坦的儿子，”老神父用颤抖的声音说，“这就是失踪的王子！艾弗！”

洞中所有人都跪了下来，连举剑搭成拱道的壮士也当啷当啷地放下武器，跪倒在地。那是他们的神圣——那个少年！死去五百年后，他仍是他们的神圣。

“艾弗！艾弗！”喊声化为低沉的哼鸣，“艾弗！艾弗！”好像在念祷文。

马可走上前去盯着画像，他突然噎了口气，嘴唇张开。

“可是——可是，”他结结巴巴地说，“可是如果我爸爸也这么年轻——就会像他一样！”

耗子瞪大了眼睛，目光从马可移向画像，又从画像移向马可。他呼吸越来越快，一个劲咬着指甲。但他没有说话，即使想说也说不出来。

然后马可像做梦一样走下石台，老神父紧随其后。持剑的壮士一跃而起，剑刃叮当重新搭成拱道。老神父和少年一起从下面穿过。现在所有人的目光都集中在马可身上。在进来时那扇厚重的大门旁，马可停住脚步，迎住众人的目光。他看上去非常年轻，瘦削而苍白，但突然，他父亲那样的笑容照亮了他的面孔。他用萨马维亚语清晰而庄严地说了几句话，敬了个礼，走出门去。

“你对他们说什么了？”耗子跌跌撞撞地跟在他身后问道，大门已经关上，把激动的话语声挡在了里面。

“只有一点要说，”马可回答，“他们是男子汉——我只是一个男孩。我为我父亲感谢他们，告诉他们他永远——永远都不会忘记。”

第28章 “号外！号外！”

伦敦在下雨——大雨滂沱。已经下了两个星期，雨量或大或小，一般都是大雨。当多佛的火车停到查林十字车站时，天气似乎突然觉得以前太仁慈了，必须更猛烈地宣泄一番，于是倾尽全力下了一场连伦敦人都感到惊讶的暴雨。

雨水抽打着车窗，顺着窗玻璃往下淌，坐在三等车厢里的马可和耗子根本看不见外面。

回家的旅程比他们出来的时候要快得多。当然，跋涉回边境费了一些时间，但到了火车站之后就没有必要在其他地方停留了。他们有时感到疲劳，在车厢的木板座位上睡得很沉。他们一心只想快点到家，嘈杂肮脏的菲利伯特街七号在他们的想象中成了世上最可爱的地方。对马可来说那里有他父亲，而耗子想到那里时只看见罗利斯坦。他想象着自己跟马可一起走进房间，立正敬礼，说道：“我把他带回来了，首长。他完成了您给他的每一个命令——每一个。我也是。”他的确做到了。自从被派做旅伴和随从，他的每个念头都是忠诚的；如果马可允许，耗子愿意像仆人一样服侍他，并且会为此而自豪。但马可从不让他忘记他们只是两个男孩，谁也不比谁更重要些。耗子甚至私下里对这种态度有些不满。如果他们中间有一个当另一个的仆人，如果这另一个张狂一点，下达命令并要他奉献牺牲。如果忠诚的仆从为年轻军官受伤或被关进地牢，冒险经历会更加完整。虽然他们一路上充满奇遇，美不胜收，耗子的脑海中就像有一幅用世间各种色彩和所有辉煌编成的织锦，但就是没有地牢和受伤。在慕尼黑历险之后，他们这两个不引人注目的男孩就没再碰到大的威胁。正如耗子说的“像两颗灰尘”飘过了欧洲大陆，好像不存在一样。这正在罗利斯坦计划之中，是他深思熟虑的安排。如果他们是成人，可能就不会这么安全了。

从离开山上的老神父返回边境那时起，他们就习惯于良久沉默，不论是并肩跋涉时或是躺在林间的青苔上。任务完成了，心情发生了变化，不再有计划要做，不再有变数要考虑。他们将要回到菲利伯特街七号——马可回到父亲身边，耗子回到他崇拜的人面前。两人都在想着许多事情。马可非常渴望看到父亲的面庞，重新听到他的声音，感到他的手按在自己肩头的力量——以确定他是真的而不是一个梦，因为在回家的旅途中，已经发生的一切经常显得像一场梦。一切都这么奇妙——清晨在盖斯山上醒来时俯视着他们的登山客；小店里给他量脚的山里鞋匠；很老的老太婆和她那位贵人；站在阳台上仰望明月的亲王；跪在地上喜极而泣的老神父；巨大洞窟里黄色光焰中那群人热情洋溢的面孔；帷幔拉开后那双沉静的眼睛和黑发上的光环！过去之后，一切都显得像他做的一个梦。但却不是梦，他要回去对父亲讲述这一切。父亲的手放在他肩头的感觉是多么美好啊！

耗子经常咬着指甲，他的思绪像马可的一样纷乱狂热，如野马奔腾，他无法控制。提醒自己这是犯傻也没有用，现在任务完成了，他有时间尽情地犯傻。但他多么渴望到达伦敦，站在罗利斯坦的面前！信号传达了，灯点亮了，下面会发生什么呢？列车还没停，他的双拐已经拄到了胳肢窝下。

“到了！到了！”他急不可耐地对马可叫道。没有行李拖累，两人背着包跟随人流走上站台，大雨像子弹一样打在高高的玻璃屋顶上。马可脸上放射着兴奋热切的光辉，人们都回头看他，以为这是个回来度假的少年，正要去一个他非常喜欢的地方。他们来到出站口，雨点在人行道上跳舞。

“出租车不贵，”马可说，“可以快一些。”

他们叫了一辆。两人面孔都红通通的，马可的眼睛仿佛盯着远方的什么东西，望着那里出神。

“我们回来了！”耗子声音有些发颤，“我们已经——我们回来了！”他突然扭头看着马可，“你有没有想到过，也许——这不是真的？”

“想到过，”马可答道，“但它是真的，而且完成了。”沉默一两秒之后他又

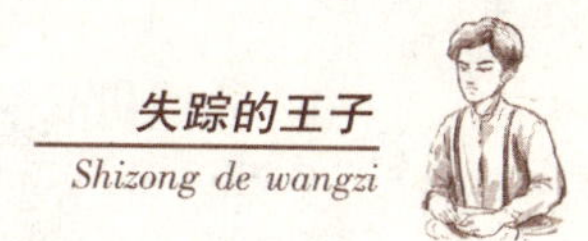

加了一句，正是耗子心里说的，“下一步呢？”马可说得很轻。

到菲利伯特街并不远，他们拐进那条喧闹混乱的街道，公共汽车、运货马车和手推车载着负荷艰难地穿梭往来，神情疲惫的人们在人行道上匆匆而行。他们望着这一切，觉得梦已远远抛在了身后，他们到家了。

真好，他们还没下出租车，就看到拉萨勒斯打开了门，站在那里等着。出租车很少停在菲利伯特街的房子跟前，所以这种时候屋里的人总会马上出来开门。拉萨勒斯一看到这辆车停在破铁门前，就知道它带来的是谁了。他许多天里一直忠实地望着窗外——尽管他知道，即使一切顺利他们也不会回来得这么快。

他的军人风度格外显著。当马可跨进门槛时，他的敬礼正式而庄严，这敬意是发自内心的。

“感谢上帝！”他喜悦地低吼道，“感谢上帝！”

马可伸出手，老战士低下灰白的头颅，虔诚地亲吻着它。

“感谢上帝！”他又说。

“我爸爸呢？”马可问，“我爸爸出去了？”他知道父亲如果在屋里，是不会待在里间的。

“先生，”拉萨勒斯说，“要跟我去他房间吗？你也来，先生。”这是对耗子说的，他以前从未这么叫过。

他打开那扇熟悉的房门，两个男孩走了进去，屋里是空的。

马可没有说话，耗子也没有。他们静静地站在破地毯的中央，仰望着老战士，两人都突然觉得地面陷了下去。拉萨勒斯看到了，急速地颤声解释，看起来几乎像他们一样慌乱。

“他留下我服侍你们——听你们吩咐。”他说。

“留下你？”马可问。

“他留下我们三个，命令我们——等待。”拉萨勒斯说，“主人走了。”

耗子感到有滚烫的东西涌到了眼睛里，他擦掉了它，让自己能看到马可的面孔。后者由于震惊而神情大变，热切的快乐光辉消失了，脸色发白，眉头拧了起来，几秒钟没有说话。当他开口时，耗子知道他声音镇定只是用意志强加克制的结果。

“如果他走了。”他说，“那是因为有重要的原因，因为他也有命令在身。”

"他说你会懂的。"拉萨勒斯接口道,"他被召走得那么急,只来得及写了几句话,给你们留在他的书桌上。"

马可走到书桌前,打开了桌上的那个信封。里面的纸上只有几行字,显然写得十分匆忙。内容如下:

"我毕生的生命——为了萨马维亚。"

"他被召去——召去萨马维亚了。"马可说,这个想法让他浑身热血奔涌,"他去萨马维亚了!"

拉萨勒斯粗笨地抹了一下眼睛,声音颤抖而沙哑。

"马兰诺维奇阵营中起了很大的内讧,"他说,"残余军队都发了狂。先生,沉默仍是命令,但谁知道呢——谁知道呢?只有上帝吧。"

他话还没说完,忽然转过头去,好像在聆听街上的声音。那是曾经打断敢死队的集会,使他们冲到街上去买报纸的声音。能听到报童吵吵嚷嚷地吆喝着,因为什么轰动性的新闻而发了"号外"。

耗子最先听到,立刻向门口冲去。他打开门时,一个报童正好跑过,扯着嗓子叫卖他的新闻:"迈克尔·马兰诺维奇国王被自己的士兵刺杀!马兰诺维奇遇刺!号外!号外!号外!"

当耗子带着一份报纸回来时,拉萨勒斯郑重其事、毕恭毕敬地挡在他和马可中间。"先生,"他对马可说,"我听您吩咐,但主人留给我一个命令,我要向您转述一下。他要您在跟他见面之前别读报纸。"

两个男孩倒退一步。

"不看报纸?"他们一起叫起来。

拉萨勒斯从未如此恭敬和礼貌。

"请原谅,先生。"他说,"我可以奉命为您读报,报告您应当了解的情况。有过许多黑暗的报道,还可能会有更黑暗的。主人要求您不要自己读报。如果你们重逢——等到你们重逢,"——他急忙改口,"等到你们重逢,他说您会理解的。我是您的仆人,我将读给您听并尽我所能回答所有这类问题。"

耗子把报纸递给他,三人一起回到里间。

"你会告诉我们他希望我们听到的情况。"马可说。

新闻很快读完了。报道不长,因为具体细节尚未传到伦敦。只是简单地

说马兰诺维奇派的首脑被自己军队中狂怒的士兵处死。军队主要是从农民中征募的,既不喜欢他们的首脑,也不希望打仗,苦难和残酷的待遇终于使他们怒火爆发了。

“下面怎么办?”马可问。

“如果我是萨马维亚人——”耗子说了半句就停住了。

拉萨勒斯咬着嘴唇站在那里,面无表情地盯着地板。不只是耗子,连马可也注意到他突然严峻起来。这严峻意味着他在用铁的意志控制自己,好像虽然受着焦虑的折磨,但他发过誓不能让它形诸于色,这决心使他紧咬牙关,棱角分明的脸上刻出了新的纹路。两个男孩都暗暗地这么想,但不想说出来。如果他感到焦虑,那只会出于一个原因,他们都明白是什么。罗利斯坦去萨马维亚了——那个四分五裂、鲜血淋漓、充满动荡和危险的国家。如果他去那里了,只会是因为危险召唤着他去面对最可怕的情况。拉萨勒斯被留下来照看他们。沉默仍是命令,他知道的不能告诉他们,也许他也只知道一个伟大的生命可能会牺牲。

因为主人不在,老战士似乎感到他必须比以前显示出更大的礼貌和恭敬才能聊以自慰。他总是随叫随到,听从马可吩咐,就像往常对罗利斯坦那样。这种礼遇甚至也延伸到了耗子身上,他似乎在老战士心目中占据了一个新的地位,现在也成了要毕恭毕敬侍候和应答的对象。

用晚餐时,拉萨勒斯从桌首拉出罗利斯坦的椅子,庄严地站在它后面。

“先生,”他对马可说,“主人要求你坐他的位置,直到——当他不在期间。”

马可默默坐了进去。

凌晨两点,喧嚣的马路沉寂下来,街灯的清光洒进小卧室,照在两个男孩苍白的脸上。耗子照旧双臂抱膝坐在他的沙发上,马可平躺在硬枕头上。两人都没有睡,但也没说多少话。两人都默默猜测了许多对方没说的内容。

“有一点我们必须记住,”马可在夜里早些时候曾说,“我们不应当害怕。”

“我们又累又乏,回来时原指望能全都告诉他,我们一直都盼着这么做,从来没想过他可能不在——结果他不在。你有没有觉得——”他转向沙发,“胸口好像被什么东西砸了一下?”

“有,”耗子沉闷地回答,“有。”

耗子照旧双臂抱膝坐在他的沙发上，马可平躺在硬枕头上。

“我们没有心理准备。”马可说，“他以前从没离开过，但我们应该想到也许有一天他会——被召去。他是被召去了。他叫我们等待。我们不知道要等待什么，但知道我们不应当害怕——让自己害怕就是违反法则。”

“法则！”耗子叹息一声，垂下脑袋，用手捂住了脸，“我都忘了。”

“我们来回忆一下，”马可说，“现在正是时候。‘不要仇恨。不要恐惧。’”他反复念诵着后面一句，“不要恐惧。不要恐惧。什么也伤害不了他。”

耗子抬起头来，转脸望着小床。

“你觉得——”他缓缓地说，“你有没有想过也许他知道失踪王子的后代在哪儿？”

马可答得还要缓慢。

“如果有人知道——他当然有可能。他知道这么多。”

“听我说！”耗子突然叫道，“我相信他去告诉人民了。如果他这么做——如果他能让他们看到，那全国都会高兴得发疯的。不仅是秘密政党，所有萨马维亚人都会起来追随他举起的任何旗帜。他们已经为失踪的王子祈祷了五百年，一旦相信他回来了，他们准会狂热地为他而战。但没仗可打了，所有人都是一个想法！只要看到那个有艾弗王子血统的人，他们就会觉得王子回来了——死而复生。他们会相信的！”

他激动得把两个拳头砸在一起。“时候到了！时候到了！”他大声说，“没人会放过这样一个机会！他必须告诉他们——必须。这一定是他回去的原因。他知道，他知道，他一直都知道！”他仰面倒在沙发上，双臂挡住面孔，躺在那儿喘息。

“如果时候到了，”马可声音低沉，有些不自然，“如果真到了，而他知道——他会告诉他们的。”他也用胳膊挡住面孔，静静地躺着。

谁也没有再说一句话。街灯照在他们身上，像在等待会发生点什么。然而什么也没有。渐渐地两人都睡着了。

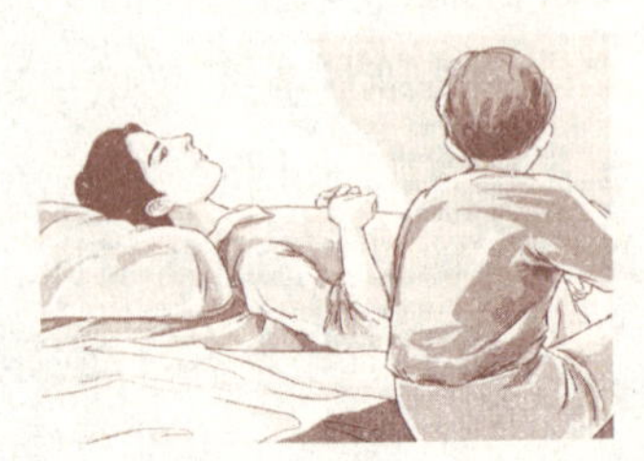

第29章　一夜之间

在此之后就是等待。他们搞不清在等待什么,也根本估计不出等待到什么时候结束。拉萨勒斯把他能说的都告诉了他们,他愿意连续几小时恭敬地站在那里给马可讲他们不在的时候主人和他是怎么过的。他说罗利斯坦每天都提到儿子,因为担忧而经常脸色苍白,夜间在屋里踱来踱去,深深思索,眼睛视而不见地盯着地毯。

“他允许我讲你的事儿,先生。”拉萨勒斯说,“我看出他希望经常听到你的名字。我跟他讲起你在别的孩子还被保姆抱在手里的年龄,就那么坚强、那么健壮地跟我们一起旅行,好像简直不是一个孩子——累了或是饿了的时候也不哭。就好像懂事一样——好像懂事一样。”他自豪地说,“如果因为上帝的力量,一个小生命六岁时就可以是男子汉,你便是如此。许多黑暗的日子里我看着你严肃、专注的眼睛,几乎有些害怕,因为一个孩子能那么严肃地回应大人的目光,简直是一件不可思议的事。”

“我对那些日子最主要的记忆,”马可说,“就是他跟我在一起。每当我饿了或累了时,我知道他一定也是这样。”

“等待”的感觉如此强烈,日子显得陌生而异样。当邮差的敲门声响起时,每个人都努力不惊跳起来。也许某天会来一封信说——他们不知道会是什么。然而没有信来。上街时,他们都情不自禁地要匆匆赶回家,也许发生了什么呢。拉萨勒斯忠实地读报,在晚上对马可和耗子讲“他们应该听到的”所有新闻。但萨马维亚的动乱不再有多少报道,已经成了旧闻。在迈克尔·

马兰诺维奇遇刺的轰动平息之后，事态似乎暂时没有进展。迈克尔的儿子没敢继位，有传言说他也被杀了。伊亚诺维奇派的首领自立为王，但由于本派内部的纠纷而尚未加冕。国家似乎处于苦难、饥荒和悬念的噩梦中。

"萨马维亚也在'等待'。"一天晚上聊天时耗子冲口而出，"但它不会等太久的——它等不了。如果我是萨马维亚人，并且在萨马维亚……"

"我父亲是萨马维亚人，他正在萨马维亚。"马可年轻庄严的声音插进来。耗子脸红了，意识到自己说了什么。"我多傻啊！"他嗫嚅道，"我——请原谅——先生。"说到最后一句时他站了起来，并且加上了"先生"，仿佛突然意识到他俩之间有一段距离，近似少年和成人之间的距离——但又不一样。

"你是一个好萨马维亚人，但是——你忘了。"马可回答。

拉萨勒斯那一脸的严峻与日俱增，他对马可的礼貌与恭敬也与日俱增。好像他越焦虑，态度就越礼貌庄严。就好像为了让自己保持勇气，他得把里间小起居室生活中的每件细小事情都做得像在更大、更气派的场合下一样。耗子觉得自己几乎像宫中的侍从武官，也必须摆出高贵庄严的姿态了。他开始有了点达官显贵的感觉，似乎有人隆重地为他开门，有许多仆从听他指挥。五十个仆从殷勤的服侍都体现在拉萨勒斯的态度中。

"我很高兴，"耗子有一次反思道，"我爸爸曾经——不一样。这也许使我学起来容易一些。如果他没跟我讲过那些人——那些从来没见过骨头棒街的人，我要理解这一切也许就会更难。"

后来他们一起去看望敢死队，在墓园后的营地度过了一个上午。那一群武装战士大为惊疑地盯着他们的司令，觉得他好像遇到了什么事。他们不知道是什么，但仿佛有某种经历使他神秘地变了个人。他不像马可，但却奇异地似乎与他更接近了。队员们只知道罗利斯坦的某种事务使他们离开了伦敦和"游戏"。现在他们回来了，显得成熟了。

一开始，队员们觉得有点窘，不自然地用脚蹭着地，打完招呼之后就不知该说什么了。是马可打破了冷场。

"先给我们操练吧，"他对耗子说，"然后我们可以谈谈'游戏'。"

"立正！"耗子派头十足地叫道。然后大家忘掉了一切，迅速站好了队。操练结束后，他们在破石板地上团团而坐，游戏比以前更加精彩。

"我有时间阅读，想出新的东西。"耗子说，"阅读就像旅游一样。"

马可也坐在那里听着，被他那自由驰骋的想象迷住了。他没有泄露一条危险的事实，却从他们的旅行和经历中构思出一套全新的历险故事，足可使任何一群少年热血沸腾，心驰神往。描述的地点和人物是安全的，耗子讲得绘声绘色。队员们激动难耐，就好像他们自己在维也纳跟随皇帝游行，站在皇宫前的队列中，勒紧背包在陡峭的山路上攀登，守卫高山要塞，冲进萨马维亚的城堡。

敢死队员们兴奋得满面红光，耗子也兴奋得满面红光。马可惊奇而钦佩地望着那尖尖的脸颊和炽热的目光。这种把故事编得活灵活现的奇异本领，他知道父亲会称之为“天才”。

“我们再来效忠宣誓吧。”上午游戏结束时，卡德嚷道。

“报上从来不讲失踪的王子，但我们都拥护他！宣誓吧！”于是他们重新排好队，马可站在队首，再次宣誓。

“我手中的利剑——为了萨马维亚！

“我跳动的心脏——为了萨马维亚！

“我敏锐的视力，我所有的思想，我毕生的生命——为了萨马维亚！

“十二个男子汉在成长——为了萨马维亚！

“感谢上帝！”

这一次比第一次更加庄严。敢死队员们都强烈地感受到了。卡德和本都感到一阵颤栗顺着脊梁直传进靴子里。当马可和耗子离开时，队员们先立正敬礼，然后爆发出响亮的欢呼。

回家的路上，耗子问了马可一个问题。

“早上出门的时候，你有没有看到比德尔太太站在地下室的台阶顶上，盯着我们看。”

比德尔太太是菲利伯特街七号的房东。她是一个神秘的、灰扑扑的女人，住在屋中的“地窖厨房”区域，房客们很少看到她。

“看到了。”马可答道，“我最近见过她两三次了，以前好像从来看不到她。我爸爸就没见过她，尽管拉萨勒斯说那女人会在拐角看他。她为什么突然对我们如此好奇呢？”

“我也想知道，”耗子说，“我一直想搞明白。自从我们回来之后，她就经常从厨房楼梯后，从栏杆上，或从地窖厨房的窗户里往外窥视。我认为她想

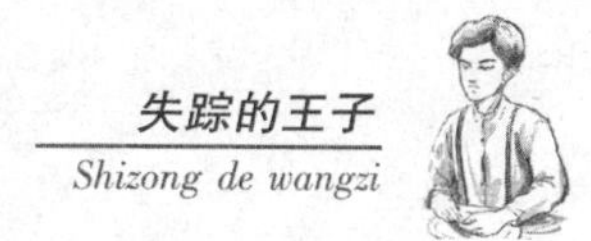

跟你说话,但知道拉萨勒斯不会让她那么做。拉萨勒斯出现时,她总是赶快缩回去。”

“她想说什么呢?”马可说。

“我也想知道。”耗子又说。

到了菲利伯特街七号就搞清楚了,因为门开后他们一眼就看到过道那头,神秘的比德尔太太站在通往地窖厨房的楼梯口,穿着她那灰扑扑的黑外套,戴着一顶灰扑扑的黑帽子,显然是那一刻刚从地下洞穴里爬上来的。她上来得那么快,拉萨勒斯都没看到。

“罗利斯坦少爷!”她权威般地喊道。拉萨勒斯猛然转过身。

“住口!”他命令道,“你怎么敢叫少爷?”

她冲他打了个响指,抱紧胳膊走上前。“你甭管闲事,”她说,“我是跟罗利斯坦少爷说话,而不是跟他的仆人。该有人对他说这些了。”

“住口,女人!”拉萨勒斯喝道。

“让她说吧,”马可说,“我想听。您想说什么,夫人?我父亲不在。”

“我就是想问这个。”女人接口道,“他什么时候回来?”

“我不知道。”马可回答。

“是啊。”比德尔太太说,“你这么大了,该知道两个大男孩和那样一个大男人不可能白吃白住。你可以说你们过得不奢侈——是不奢侈,但出租房就是出租房,租金就是租金。如果你父亲要回来而你能告诉我个日子,我也许不一定要把你们头顶上的房间租出去。但我太了解外国人了,不会在他们消失的时候让账单拖欠下去。你父亲现在消失了。他,”她把头朝拉萨勒斯一摆,“付了上星期的钱。我怎么知道他这星期还会照付呢!”

“钱早准备好了。”拉萨勒斯吼道。

耗子很想发作。他知道骨头棒街的人会对那种女人说什么,他知道那些词语。但那不是一位副官在上级面前该用的词语,不是侍从武官在宫廷中会用的词语。他不敢允许自己发作。他站在那里,气得眼睛冒火,面孔通红,把嘴唇都咬出了血。他想抡起拐杖教训她。斯蒂芬·罗利斯坦的儿子!信使!他眼前跳出了那火把通明的洞窟中的画面,狂热的人们跪着亲吻这个男孩的脚,亲吻它们,亲吻他的手、他的衣服、他站的那片土地,对他无比崇拜;祭坛上那高贵年轻的面孔安详地注视着,头上有光环般的晕轮。如果现在能一吐为快，耗子觉得可能会好受些，但作为副官他不能说。

“你现在就要钱吗？”马可问，“这星期刚开始，我们到周末才该付给你。你希望现在就付吗？”

拉萨勒斯脸色煞白，愤怒中他显得更加高大，看上去很危险。

“少爷，”他一字一顿地说，声音就像他的脸色一样可怕，实际上他声音很低，“这个女人——”

比德尔太太朝地窖厨房的台阶退去。

“外面有警察，”她尖声说，“罗利斯坦少爷，叫他往后站。”

“没人会伤害你，”马可说，“拉萨勒斯，如果你身边有钱，请把它给我。”

拉萨勒斯真是咬牙切齿，但他控制住自己，得体地敬了个礼，把手伸进胸口的衣袋里，摸出一个旧皮钱包。里面只有几枚硬币，他指指一枚金色的。

“我听您吩咐，先生——因为我必须——”他喘着粗气说，“这个就够付她一个星期的了。”

马可拿起金币，递给那个女人。

“您听到他的话了。”他说，“这星期末如果付不起下星期的，我们就走。”

拉萨勒斯看上去那么像一条鬣狗，只是被钢链拴着才没有扑上去，比德尔太太不敢接钱。

“如果你说我这钱丢不了，我可以等到这星期末。”她说，“你不过是个小孩，但你很像你父亲，你的样子让人信得过。如果你父亲在这儿，说他现在没钱，但到时候会有的，我就是等一个月也能等，他说了会给就会给的。但他不在，两个男孩和一个那样的男人好像不大靠得住。不过我相信你。”

“请你收下吧。”马可说着，把硬币放到她手里，然后好像看不见她似的转身回到里间起居室。

耗子和拉萨勒斯跟了进去。

“只有这么点钱了吗？”马可问，“我们的钱从来都很少。特别少的时候，我们住过更穷的地方，不行就饿肚子。我们知道怎么饿肚子，饿不死人的。”

拉萨勒斯突起的额头下那一双大眼睛充满了泪水。

“嗯，先生，”他说，“饿不死人，可是侮辱——侮辱！真受不了。”

“要是我父亲在这儿，她就不会说了。”马可说，“的确，我们这样的男孩身上没钱。还够不够再住一个星期？”

“够，先生。”拉萨勒斯回答，艰难地咽了一口唾沫，好像嗓子里堵了一块东西，“也许够住两个星期——如果我们吃得很少的话。要是——要是主人肯接受人家愿意给予的捐助，他永远也不会缺钱。可是他那样的人怎么会呢？他怎么会呢？离开的时候，他以为——他以为——”但他突然煞住了。

“没关系，”马可说，“没关系。我们哪天付不起了就搬家。”

“我可以出去卖报纸。”耗子尖尖的嗓门说，“我以前干过。拄着双拐比较好卖，坐轮车卖得更快。我坐轮车出去。”

“我也可以卖报纸。”马可说。

拉萨勒斯呻吟般地叫了一声。

“先生，”他大声说，“不，不！我不是可以出去找活干吗？我能搬东西，我能跑腿。”

“我们三个都出去找活干吧。”马可说。

这时——就像他们回来那天一样，外面街上传来报童的吵嚷声，这次喊声似乎还要兴奋。报童们边跑边喊，人数似乎多于往常。喊声中最鲜明的词是“萨马维亚！萨马维亚！”。但今天耗子没有听到第一声就冲向门口，他立定在原地——几秒钟里三人都呆立着——聆听着。后来每个人都说是有种奇怪而强烈的感觉让自己静立等待，好像要听到什么重大的事情。

拉萨勒斯先跑出房间，耗子和马可跟在后面。

楼上一位房客已经匆匆跑下去打开了大门，向报童询问。报童们兴奋得手舞足蹈，闹闹嚷嚷。他们叫卖的新闻显然有其轰动性质。

那位房客买了两份报纸，正在把硬币递给一个报童，那孩子连珠炮似的大声介绍着。

“大事情！”他说，“一个秘密政党起义控制了萨马维亚！一夜之间！那个失踪王子的后代现身了，他们把他推上了王位——一夜之间！把王冠扣到他头上，争分夺秒。”他撒腿跑开，继续喊着，“失踪王子的后代！失踪王子的后代当了萨马维亚国王！”

这时拉萨勒斯也跑开了，连礼貌都忘记了。他跑回起居室，一头冲进去，门自动关上。

马可和耗子买了报纸沿过道走进来，发现门关着。马可在门前站住，没有转动门把手。里面传出剧烈的抽泣、激动的萨马维亚语祈祷和敬拜感激

那位房客买了两份报纸，正在把硬币递给一个报童，那孩子连珠炮似的大声介绍着。

之声。

“我们等一等，”马可说，声音有一点颤抖，“他不希望有人看见。等一等。”

他深深的黑眼睛看上去特别大，身子站得笔直，但从头到脚都在微微颤抖。耗子也哆嗦起来，像发了疟疾似的，脸上带着不像少年的强烈感情，使他看上去近乎非人。

“马可！马可！”他的低语像是喊叫，“这就是他回去的原因——因为他知道！”

“是的，”马可答道，“这就是他回去的原因。”他的声音发颤，像他的身体一样。

少顷，屋里的抽泣声突然停止。拉萨勒斯想起来了。他们猜他刚才发泄时一直靠在墙上，现在他显然站直了，也许为自己忘情的疯狂感到吃惊。

马可拧开门，走进房间，把门在身后关上。三人站在那里。

萨马维亚人感情喷发的时候，真是激烈。拉萨勒斯看上去就像刚刚经历了一场暴风雨。他已经忍住了抽泣，但泪水仍顺着面颊往下淌。

“先生，”他沙哑地说，“请原谅！我好像抽筋了一样，什么都忘了——连职责都忘了。请原谅，请原谅！”在这间黑乎乎的里间起居室里，他竟然单腿跪到破旧的地毯上，热烈地亲吻少年的手。

“你不用请求原谅，”马可说，“你等了那么久，亲爱的朋友。你也像我父亲那样奉献了一生，你了解一个男孩还无法了解的全部苦难，你的宽广胸怀——你的一片忠心——”他哽咽了，露出恳求的眼神，似乎想请老战士记起他的童年，理解其余一切。

“不要下跪，”他接着说，“你不能下跪。”拉萨勒斯又吻了吻他的手，站起身来。

“现在——我们会听到的！”马可说，“等待就快结束了。”

“是的，先生。我们将会接到命令！”拉萨勒斯答道。

耗子举起报纸。

“我们可以看了吗？”他问。

“还要等新的指示，先生。”拉萨勒斯连忙抱歉地说，“接到指示之前，还是先由我来念为好。”

第30章　游戏结束

只要欧洲历史编著传诵下去，萨马维亚秘密政党起义这一无与伦比的事件永远将是其最惊人、最浪漫的记录之一。与这一轰动事件相关的每个细节从头至尾都是那么浪漫，尽管它们产生了那么多实实在在的结果。故事总是从那个清晨讲起，颀长高贵的萨马维亚少年在晨光中唱着昔日美好的牧歌走出王宫，然后是受压迫的民众揭竿而起，然后是传说中那个山间的早晨，老牧人走出山洞发现了英俊少年猎手似乎已僵死的躯体。接下来是洞中疗伤，颠簸的大车堆满羊皮越过边境，停在修道院上着闩的院门前，留下了它那神秘的负载。在其后王朝的仇恨与斗争中，少数牧人在洞窟里集会结盟，相约他们及子子孙孙永远信守一个誓言，决不违反。以后历经世代，百姓惨遭屠戮，国王屡屡更换，但那个誓言永志不忘，铸剑士们在森林和山洞里秘密工作。后来又听到那奇异的故事：未戴王冠的国王在异国流浪，隐姓埋名，深居简出，经常要用自己的双手劳动挣得每日的面包，却从未忘记自己是君主之身，必须时刻准备——尽管从未等到萨马维亚的召唤。整个故事如果要细细讲来，也许写多少卷书都讲不完。

但历史清晰记录了秘密政党的成长——虽然它力求简明，只讲述直白的事实，但不得不讲到"信使"部分时，它几乎已经不像历史了。"信使"是两个少年，像两颗灰尘一样不起眼地飘过欧洲，点亮了明灯，它的光芒直冲霄汉，仿佛从地下突然跳出千千万万的萨马维亚人，愿意为它献身——伊亚诺维奇和马兰诺维奇被扫到一边，只剩下萨马维亚人在大声欢呼，热烈赞美和崇拜把失踪的王子还给他们的上帝。他的名字成为结束每一场战役的口号。刀剑脱手,因为刀剑已经没有用处。伊亚诺维奇派心惊胆丧,马兰诺维奇派销声匿迹。就像报童说的,一夜之间,艾弗王子的大旗树立起来,在所有王宫和城堡上飘扬。从高山、森林和平原,从城市、村庄和集镇,追随者们聚集起来宣誓效忠,溃军和伤员蹒跚赶来加入跪拜。妇女儿童跟在后面,流着喜悦的泪水,唱着赞歌。列国都向这个不久前还匍匐在地无人理睬的国家伸出节杖。一列列满载食品和各种物资的火车开始驶入边境,萨马维亚得到了各国的援助。萨马维亚在和平环境中耕种农田、放牧牛羊、采掘矿产,将有能力偿还这些援助。萨马维亚曾经富到能大量放贷,它丰收的储备让交战国家都愿意依靠。国王加冕的经过是最狂热的——大批欣喜若狂的人们,忍着饥饿,衣衫褴褛,许多人拖着虚弱的伤病之躯,跪在他脚边,把他当作唯一的救星和保障,祈祷他能让他们拥到被炸坏的教堂,在高高的祭坛上把王冠戴到他头顶。这样,就连那些因过去受苦太重而也许性命难保的人们,也能至少向艾弗国王表达他们可怜的敬意,这位国王将管理他们的子女,让萨马维亚恢复往日的尊严与和平。

“艾弗! 艾弗!”他们像祈祷一般唱道——“艾弗! 艾弗!”在屋里,在路边,在街上。

“加冕仪式在那座屋顶都被炮弹炸碎了的破教堂里进行,”一家重要的伦敦报纸说,“其经过读来就像一个中世纪神话。然而,大体而言,萨马维亚的民族性格中就仍然保有某种中世纪的特点。”

拉萨勒斯买下每份登载着传到伦敦的细节的报纸,在他顶楼的房间里读过之后,再回来几乎是逐字逐句地报告。他笔直地站在马可面前,浓眉下的眼睛放射着欢喜的光芒,有时突然涌满泪水。他不肯坐下,他高大的身躯似乎已变成铁板一块,伟岸轩昂。在过道里碰到比德尔太太时,他气势如雷地大步从她身旁走过。那女人急忙转身逃回地窖厨房,吓得差点从石阶上滚下去。这种情绪下,他的样子不能不让人心生敬畏。

午夜时分,耗子突然对马可说话,仿佛知道他醒着能听得见似的。

“他把一生都献给了萨马维亚!”他说,“你们走遍各国,住在犄角旮旯里,是因为这么做他能避开密探,能见到必须争取的人。只有他能让他们认真听。人们只要看到一位皇帝的面孔,听到他的声音,就会愿意聆听。他能够保持沉默，等到时机适宜再说。他能够在别人忍不住的时候保持安静。他能够让面部肌肉保持不动——还有他的双手——他的眼睛。现在全萨马维亚都知道了他的所作所为，知道他是世界上最伟大的爱国者。那天晚上在洞窟里，我们俩都看到了萨马维亚人是什么样的。他们看到他的面孔就会欢喜得发狂！"

"现在他们看到了。"马可在床上低声说。

然后是长长的沉默，但不是完全的寂静，因为耗子的呼吸又急又粗。

"他——一定出席了加冕仪式！"他最后说，"国王——国王会用什么来——报答他呢？"

马可没有回答。他的呼吸也清晰可闻。他脑子里也在想象着加冕的场面——炸掉了屋顶的教堂，庄严崇高的古祭坛废墟前，跪满了久受饥荒折磨的人们，被战争拖垮的、裹着绷带的伤兵！还有国王！还有他父亲！国王加冕时父亲站在哪里呢？准是站在国王的右手。人们对他们报以同样的爱戴和欢呼！

"艾弗国王！"他梦呓般地喃喃道，"艾弗国王！"

耗子撑起身子。

"你会看到他的。"他大声说，"他不再是一个梦了。游戏不再是游戏——它已经结束了——胜利了！它是真的——他是真的！马可，你没听见吧。"

"我听见了。"马可答道，"但它比梦里还要像一个梦。"

"世界上最伟大的爱国者本人就像一位国王。"耗子狂热地说，"如果没有更大的荣誉，他可以被封为亲王——兼总司令——兼首相！你听不见那些萨马维亚人在欢呼、歌唱和祈祷吗？你都会看到的！还记得那个登山者吗？他要把给信使做的鞋收藏起来，等一个伟大的日子来临时将它展示给世人。日子到了！他可以展示！我知道他们会怎么想！"他的声音突然低了下去——像掉进了深坑一般，"你都会看到，但我看不到了。"

这下马可从恍惚中醒来，抬起了头。"为什么？"他问，听上去像是命令。

"因为我知道不能奢望！"耗子痛苦地说，"你已经带我走得很远了，可你没法把我带进王宫。我不会傻到有那种念头，就连你爸爸也——"

他的话中断了，因为马可不仅抬起了头，而且坐了起来。

"你跟我一样传达了信号，"他说，"我们是一起干的。"

“谁会听我讲话呢?”耗子叫道,“你是斯蒂芬·罗利斯坦的儿子。”

“你是他儿子的朋友,”马可回答,“你是奉斯蒂芬·罗利斯坦之命去的,你是斯蒂芬·罗利斯坦儿子的军队。我跟你说过,我到哪儿,你就能到哪儿。我们别再说这个了——一个字也别说。”

他重新躺下,带着一种王子气质的沉默。耗子知道他是真的这么想,斯蒂芬·罗利斯坦也会这么想。他毕竟是个男孩,开始幻想比德尔太太得知这一切之后会作何反应——这一切都发生在一个穷酸的高个子“外国人”住在她那黑乎乎的里间起居室期间,她还密切监视这个人,怕他像穷酸的外国人有时会做的那样悄悄溜走,不交房租。耗子看到自己拄着双拐站得笔直,对她说那个穷酸的外国人是——嗯,至少是一位国王的朋友,而且替他谋得了王冠,即将被封为亲王兼总司令兼首相——因为没有更高的头衔或荣誉了。他的儿子——她曾经羞辱过的人,是萨马维亚的偶像,因为他是信使。还有,如果她在萨马维亚,马可愿意的话,可以把她那破出租房夷为平地,并把她关进监牢——“她活该!”

过去了一天又一天,终于来了封信。是罗利斯坦发来的,当拉萨勒斯把信递给马可时,他脸都白了。拉萨勒斯和耗子立刻走出房间,让他一个人看信。这封信显然不长,因为没多久马可就把他们叫了回来。

“过几天,一些使者——我父亲的朋友,要来接我们去萨马维亚。你、我和拉萨勒斯都去。”他对耗子说。

“感谢上帝!”拉萨勒斯说,“感谢上帝!”

在使者到达之前,周末先到了。拉萨勒斯把他们仅有的几件物品打好了包。星期六马可和耗子要出门时,看到比德尔太太就守在地窖口。

“你不用冲我吹胡子瞪眼。”她对拉萨勒斯说,他正站在为两个男孩打开的门口,对她怒目而视。“罗利斯坦少爷,我想知道你们是否听说了你父亲几时回来?”

“他不回来了。”马可说。

“他不回来了,是吗?那么,下礼拜的租金怎么说?”比德尔太太说,“我发现,你家大人已经在收拾行李了。他没多少东西可以带走,但在我拿到欠款之前,一样也别想从大门拿出去。打包容易的人们以为溜走也容易,他们需要看着点。今天就是周末了。”

星期六马可和耗子要出门时，看到比德尔太太就守在地窖口。

拉萨勒斯疾速转过身，气愤地一挥手，“回你的地窖去，婆娘，”他命令道，“回地底下待着去。看看是什么停在你的破大门外了。”

一辆马车停了下来——一辆十分考究的褐色马车。车夫和男仆穿着褐色镶金的制服，车夫已经礼貌而敏捷地跳了下来。“他们是我主人的朋友，来拜访少爷的。”拉萨勒斯说，“要让你污了他们的眼睛吗？”

“您的钱跑不了，”马可说，“您最好回避一下。”

比德尔太太狠狠地盯了一眼已走进破旧院门的两位绅士。他们是不属于菲利伯特街的类型，仿佛马车和褐色镶金制服对他们是家常便饭。

“不管怎样，他们是两个大人，不是两个身无分文的孩子。”她说，“如果是你父亲的朋友，他们可以跟我说说我的租金安不安全。”

两位来客已经来到屋门口，他们都具有某种沉稳尊贵的特质。拉萨勒斯把门敞开，两人跨进那破旧的门厅，仿佛对它视而不见。他们的目光越过了它的肮脏，越过了拉萨勒斯，越过了耗子和比德尔太太——仿佛是穿过了他们，望着马可。

他立刻朝他们走去。

“你们从我父亲那里来！”他说，把手先伸向年长的那位，再伸给年轻的那位。

“是的，我们从您父亲那里来。我是拉斯特卡男爵——这位是沃弗斯克伯爵。”年长者躬身说道。

“如果他们是男爵和伯爵，又是你父亲的朋友，那应该有财力能对你负责。”比德尔太太凶巴巴地说，因为她有点被镇住了，心里不痛快。“是下星期房租的问题，先生们。我想知道这钱从哪儿来。”

年长的来客冷冷地扫了她一眼，没有对她说话，而是向拉萨勒斯问道：“她在这里做什么？”

马可回答：“她担心我们付不起房租。她觉得非常有必要问清楚。”

“把她带走。”那位先生对拉萨勒斯说，连看都没看她一眼。他从衣袋里掏出了一样东西交给老战士。“把她带走。”他又说了一遍。比德尔太太似乎不再被当成一个人了，她便蹒跚着走下地窖厨房的台阶。拉萨勒斯一直跟着她走到了厨房里，像愤怒的巨人一般耸立在她面前。

“明天他就要去萨马维亚了，庸俗的女人！”他说，“在他走之前，你最好请

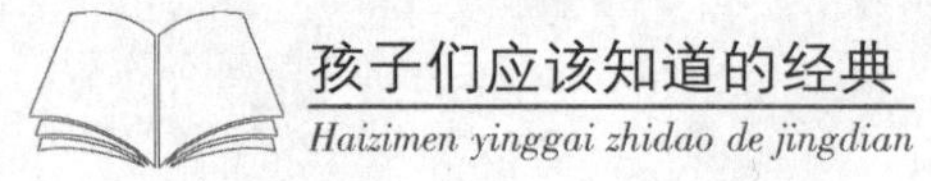

求他的原谅。”

但比德尔太太的观点与他不同。她已经喘气喘顺了一些。

“我不知道萨马维亚在哪儿。”她气哼哼地说，竭力把她那灰扑扑的黑帽子戴端正，“我担保那准是个在地图上几乎看不见的番邦小国——里面连一座像样的英国城镇都没有！他爱啥时走就啥时走，只要先付清房租。萨马维亚，哼！你说得跟白金汉宫似的！”

第31章　斯蒂芬·罗利斯坦之子

当两个男孩由一位军人般的高大男仆随从，并由两位气度不凡、具有显著外国特征的长者陪同，出现在查林十字车站的站台上时，这一小支队伍吸引了很多人的注意。实际上，那个一头浓密黑发的少年英俊刚健，风度翩翩，本来就会引人注目，即使随行者没有显出把他当作如此特殊照顾对象的样子。然而在这样一个国家，人们习惯于看到对某些等级优越的人采取特殊态度和特殊形式——无论他们多么年轻。而且平民百姓还很喜欢欣赏这种态度，所以不止一位眼尖的旁观者评论这一行人来头不一般。

"看那个漂亮的大男孩！"一个工人说，他嘴里叼着一支烟斗，从三等吸烟车厢的窗口探出头来，"他是个年轻的上等人，我可以赌一个先令！你看看他。"他对车里的同伴说。

同伴看了一眼，这两人都是那种工艺学校训练出来的体面人，观察敏锐。

"是，他是像上等人。"他评论道，"但他绝对不像英国人，大概是土耳其或俄国的青年，来留学的。他的随从也像，除了那个拄着双拐的雪貂脸男孩，不知道他是干什么的！"

一个面容和蔼的守卫走过，第一个人便招呼他。

"今天早上有上等人跟我们同行吗？"他把头朝那一行人一摆，"那边的看着像。今天有人离开温莎或桑德灵厄姆[①]去多佛乘船吗?"

守卫好奇地看了那群人一会儿,摇了摇头。

"他们看上去是像什么人物,"他答道,"但没人知道他们的情况。这星期白金汉宫和马尔巴勒宅邸的人都好端端的,没人走也没人来。"

真的,没有一个旁观者会认为拉萨勒斯是个普通的随从,陪同着一个普通人。要不是沉默仍是严格的命令,他会控制不住自己的。现在,他俨然像一名近卫军,站在马可身边,好像除非他死了别人才能接近这个少年。

"在到达梅尔萨之前,"他激动地对那两位绅士说,"在我能站在主人面前,亲眼看到他拥抱他的儿子——亲眼看到之前,我恳求日日夜夜都不要让他离开我的视线。我跪下恳求,让我这一路武装守卫在他身边,我只是他的仆人,没有权利在车厢里占有一个位置。但随便给我个地方吧,我可以像聋子、哑巴、瞎子——除了对他。只要让我近到能在必要时献出我的生命,让我能对主人说'我从未离开过他'。"

"我们会给你找个地方的。"年长者说,"你若如此心切,等我们在旅馆住宿时你可以睡在他的门口。"

"我不会睡觉!"拉萨勒斯说,"我要守卫。假如有马兰诺维奇的魔鬼躲在欧洲疯狂报复呢?谁知道!"

"没有宣誓效忠于艾弗国王的马兰诺维奇和伊亚诺维奇余党都死在战场上了。剩下的都是保皇派,都为有这位国王而赞美上帝。"拉斯特卡男爵答道。

但拉萨勒斯仍然坚持警卫。他被安排在马可隔壁的车厢,一路都站在过道里。每当他们下去转车时,他总是紧跟在这少年身后,严厉的目光扫视着周围一切,手按着藏在他那宽皮带下的武器。在某个城市歇宿时,他便搬把椅子生了根一般坐在看护对象的卧室门口,即使他合过眼,他自己也并不知道本能曾经背叛了他。

如果少年信使的旅程是奇特的,这次则是一种恰恰相反的奇特。那一次是两个衣衫破旧、无人问津的流浪儿四处漂泊,有时在火车的三等或四等车厢里,有时在颠簸的驿站马车上,有时搭农民的大车,有时步行走偏道、山路

① 均为英国皇室成员的居住地。

和林中小径。而现在,两个穿着得体的少年在两位有权力指挥别人的先生的照料下,乘专用包厢旅行,享有豪华设施能够提供的一切舒适。

耗子从来不知道人们可以这样旅行,一切需要都能被预见到,铁路上的官员、车站的搬运工、餐馆的伙计,都可以魔术般地变成殷勤的仆人。靠在带软垫的车厢椅背上,优裕从容地望着窗外掠过的美景,然后发现有书放在你手边,还有可口的饭菜定时送来,这些前所未知的美妙享受让他有时候要打起精神,拼命弄清楚他是醒着的。他是醒着,脑子里有许多东西要"琢磨"——多得在旅行第一天他就决定要放弃努力,等命运慢慢揭晓可以让他了解的斯蒂芬·罗利斯坦的情况。

他最清晰意识到的一点是,斯蒂芬·罗利斯坦的儿子正被秘密而隆重地送往他父亲为之奋斗了一生的那个国家。拉斯特卡男爵和沃弗斯克伯爵都带着尊贵人物的那种礼貌与矜持。马可对他们来说不只是一个男孩,他是斯蒂芬·罗利斯坦的儿子,而他们是萨马维亚人。他们看护着他,不像拉萨勒斯那样,而是带着一份严肃和审慎,似乎用一道壁垒把他围了起来。他们不带谄媚之色,但却充当了他的随从。他的舒适、愉悦,甚至他的娱乐,都是他们个人的职责。耗子可以肯定他们打算尽可能让他享受这次旅行,不能感到疲劳。他们跟他聊天,耗子从不知道大人可以这样跟孩子聊天——直到他遇见罗利斯坦。显然他们知道什么会让他最感兴趣,而且知道他和他们一样熟悉萨马维亚的历史。当他显出想听某些事情时,他们马上会追随他的想法,就像追随成人的想法一样。耗子告诉自己说,那是因为马可与他父亲相处密切,所以他的生活更像大人而不像孩子,这使他训练出了成熟的思想。他一路上非常安静,但耗子知道他一直在思考。

到达梅尔萨的前一天夜里,他们在离首都有几小时路程的一座城市里歇宿。他们午夜时分到达,住进了一家僻静的旅馆。

"明天,"马可在耗子去睡觉前说,"明天,我们就要见到他了!感谢上帝!"

"感谢上帝!"耗子也说。两人分开前互相敬礼。

早晨,拉萨勒斯走进卧室,表情如此庄重,仿佛他手里拿的服装是某种宗教仪式的一部分。

“我听您吩咐,先生。”他说,“我给您拿来了您的制服。”

他拿的是一件装饰华丽的萨马维亚制服。他进来时马可第一眼看到的就是拉萨勒斯本人也穿了制服,那是一身国王保镖的制服。

“主人请你穿着这个进梅尔萨。我还有一套制服给你的副官。”

拉斯特卡和沃弗斯克来了,他们也穿着制服,华丽别致中带有一点东方风味。一件毛皮镶边的短披风用宝石链子系在肩头,衣上绣彩镶金,精美异常。

“先生,我们必须迅速开进车站。”拉斯特卡男爵对马可说,“这里的人爱国情绪高涨,容易激动。陛下希望我们不要被认出来,在到达首都之前避免公众集会。”他们急急忙忙从旅馆走到备好的马车前。耗子看到这里气氛有些异常,侍者从拐角跑出来,客人也从房间走出,甚至倚着栏杆张望。

马可坐上马车时看到一个与他差不多大的男孩在灌木丛后面探头探脑,突然又跑掉了。他们看到他在街上用最快速度朝车站飞奔。

但马比他快。一行人到了车站,被迅速引到一个为他们留好的特等车厢。当列车驶出车站时,马可看到刚才跑掉的那个男孩冲上了站台,挥舞着胳膊,兴奋而狂热地喊着什么。站在周围的人们转身看着他,随即也都摘下帽子扔向空中,高呼起来,但听不到呼喊的是什么。

“差一点。”沃弗斯克说,拉斯特卡点点头。

火车开得很快,在到达梅尔萨前只停了一次。那是在一个小站,站台上有一些农民带着大筐的花环和常青枝叶,把它们搬上了火车。马可和耗子很快发现有些异常。有一次他们分明看到外侧狭长站台上有一个男人在挂花环,还把一些旗子递给在屋顶忙碌的人们。

“他们在用萨马维亚国旗和许多鲜花、绿叶做东西!”耗子兴奋地叫道。

“先生,他们在装饰车厢的外部。”沃弗斯克说,“铁路边的乡亲们得到了陛下的许可。斯蒂芬·罗利斯坦的儿子路过他们的家,他们不能不表示一下敬意。”

“我理解,”马可说,他的心怦怦地撞击着制服胸口,“是为了我父亲。”

终于,披着绿叶、戴着花环、飘着彩旗的车厢缓缓驶入了梅尔萨的中央车站。

“先生,”进站时拉斯特卡说,“您能否站起来,让人们看到您?外围的人

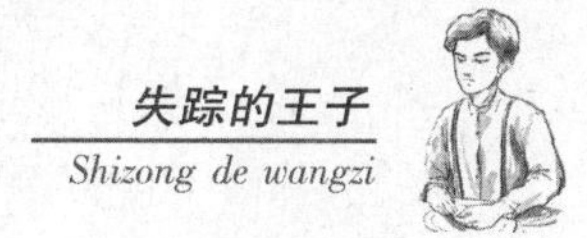

们只能远远地看到一眼,但他们会永远难忘的。"

马可站起身来,其他人围在他身后。外面响起一片欢呼声,最后简直变成了暴风雨般的尖吼。这时铜管乐器响亮地奏起萨马维亚国歌,激动的声音跟着唱起来。

如果马可不是一个坚强的男孩,并具有长期训练的自制力,此刻看到听到的一切也许会令他禁受不起。当列车停稳,车门打开时,连拉斯特卡那稳重的声音都有些颤抖了,他说:"先生,您先请,我们应该跟在后面。"

马可身体笔挺地在门口站了一会儿,望着外面沸腾、欢呼、哭泣、歌唱和摇摆的人群——举手敬礼,就像他对敢死队敬礼一样,依然是这样一个男孩,这样一个男子汉,这样一个令人心仪的少年。

看到他站在那里,人群似乎疯狂了——就像那天夜里洞窟中的铸剑士们那样疯狂。喧闹声越来越响,人们扭动、跳跃,狂热中几乎要挤出人命。要不是有士兵队伍挡着,简直好像没有人能活着从人群中走过去。

"我是斯蒂芬·罗利斯坦的儿子,"马可对自己说,好让自己镇静一些,"我就要见到爸爸了。"

然后他穿过维持秩序的卫兵队伍走向出站口。两辆豪华马车停在外面。那里聚集的人比车站里更多,更加狂热。他再次举手敬礼,一次又一次,向各个方向敬礼。他们在维也纳看到皇帝就是这么做的。他不是皇帝,但他是为人民找回国王的斯蒂芬·罗利斯坦的儿子。

"你也要敬礼。"坐进豪华马车时他对耗子说,"也许我爸爸告诉他们了,他们好像知道你。"

耗子被安排坐在马可旁边,他心中经历着一种颤栗的狂喜,几乎近乎痛苦。人们在看着他,向他欢呼——从人群中最近的那些面孔看来确是如此。也许罗利斯坦——

"听!"马可突然说,这时马车已经启动,"他们在用萨马维亚语对我们喊:'信使!'"

这就是他们现在说的,"信使"。

他们被送往王宫。拉斯特卡男爵和沃弗斯克伯爵在火车上解释过了,陛下想见他,斯蒂芬·罗利斯坦也在那儿。

这曾是一座宏伟庄严的城市,也像他们的制服和民族服装一样带有东方风味。白色大理石的圆顶和立柱，高大的拱门、城门和教堂。但因为战火频仍，年久失修，许多地方都已残破不全。那座屋顶已经少了一半的大教堂，阳光中矗立在巨大的广场上，虽经如此大劫，依然是欧洲最美丽的建筑之一。在欢乐的人群中还能看到憔悴的面容，人们四肢或头上缠着绷带，拄着手杖或双拐蹒跚而行。许多人身上色彩斑斓的民族服装都已破破烂烂，但脸上却带着从绝望中一下升入天堂的表情。

"艾弗！艾弗！"他们叫道，"艾弗！艾弗！"伴着喜悦的抽泣。

王宫与白色大教堂一样美丽绝伦，特别宽阔的大理石台阶有士兵警卫，宏大的广场上站满了人，士兵在维持秩序。

"我是他的儿子。"马可对自己说，一面下了豪华马车，登上那简直像大马路那么宽的台阶。他一步步向上走去，耗子跟在后面。当他转向左右，向那些深深鞠躬的人致意时，他发现自己曾经见过这些人的面孔。

"台阶上的警卫是铸剑士！"他悄声对耗子说。

进入王宫，满眼皆是华服美饰，他经过时人们几乎鞠躬到地。他太年轻了，不适应这样的顶礼膜拜和皇家排场。但他希望这一切不会太久，等他跪拜亲吻过国王的手之后，就能看到爸爸，听到他的声音了。他只想听到他的声音，感到他的手放在自己肩上！

穿过一道道拱廊，他终于被领到两扇敞开的大门前，门里是一个金碧辉煌的房间。房间另一头似乎很远很远，许多衣着华丽的人列队恭立两旁。他朝着那宝盖之下的高台走去，感到自己激动得脸色发白，开始觉得像在梦中行走。两边的人都深深地鞠躬，行屈膝礼。

他模糊地意识到国王本人也站在那里，等待他走近。但随着他一步一步向前，离宝座越来越近，周围的五光十色、陌生庄严、王宫外人群狂热的欢呼，让他有些眼花缭乱，看不清任何面孔或东西。

"陛下在等你。"身后一个声音说道，似乎是拉斯特卡，"你头晕吗？你的脸色有些苍白。"

他打起精神，抬起眼睛。好一会儿，他定定地、笔直地站在那里，望着那张深邃庄美的君王面容，然后跪下来亲吻那只向他伸出的手——带着少年的热爱和崇拜。

国王有一双他一直渴望见到的眼睛——国王的手是他一直渴望扶住他

肩头的那双手——国王就是他的父亲！斯蒂芬·罗利斯坦，是那一长串历史人物中的最后一位，五百年中他们为萨马维亚等待、奋斗，像国王一样生活、去世，虽然没有一个人戴过王冠，直到现在！

他父亲是国王！

这个故事那一夜没有讲完，许多夜都没有讲完。人民知道他们的国王和王子很少分开过，王子的住所有专用通道与国王的住处相连。两人之间有异常强烈深厚的感情联系，对人民的爱加深了他们彼此的挚爱。在他们过去的经历中有一种浪漫传奇，让情感丰富的萨马维亚人心潮澎湃，几乎要冲破胸膛。在山上篝火旁，在茅屋里，在星空下，在田野间和森林中，他们那些已知的故事被讲了上千遍，讲述不时被喜悦的哭泣和祈祷声打断。

但谁也不知道在王宫中某个安静而庄严的房间里，一个男子对一个少年讲述的故事情节。那男子曾经只是"斯蒂芬·罗利斯坦"，但历史会称其为萨马维亚一世艾弗国王。对那位少年，萨马维亚人有一种特殊的、迷信式的崇拜，因为他似乎是失踪王子的外形与灵魂的再世，活脱脱就是古老肖像中那位高贵的少年——有人几乎相信当他站在阳光下时，头上能看到一圈光环。

那是一个精彩而扣人心弦的故事，漫长的流浪，严守着那个危险的秘密。一位热忱的爱国志士为萨马维亚不懈奋斗，倾尽一个伟大头脑的非凡能力，运用一个伟大天才的高超技巧，为他那不幸的祖国争取朋友和同情。

在所有了解此事的人中间，只有一个人知道斯蒂芬·罗利斯坦有权继承萨马维亚的王位。他没有索取王位，他谋求的不是王冠，而是祖国的最终自由，他对祖国的爱是一种宗教感情。

"不是王冠！"他对两位信使说，他们像小学生一样坐在他脚边——"不是宝座。'我毕生的生命——为了萨马维亚。'那是我奋斗的目的——是我们大家奋斗的目的。如果在萨马维亚需要的时刻有更贤明的人挺身而出，就不用由我来提起失踪的王子。我可以退到一边。但没有人挺身而出。关键时刻到了——知情的那个人吐露了秘密。然后——萨马维亚在召唤，我就回来了。"

他把一只手放在儿子浓密的黑发上。

"有一件事我们从未谈起过。"他说，"我一直认为你母亲是因为长年累月

他对两位信使说，他们像小学生一样坐在他脚边。

为我担惊受怕才去世的。她非常年轻,也非常爱我。她知道我们每次分别都不知道还能不能活着见面,她临终时求我答应不要让你的童年和少年承受这种令她感到如此可怕的负担。就是她没有这样求我,我也不会告诉你这个秘密,我从没打算在你成年之前向你吐露此事。如果我死了,你会收到一份文件,把我的工作转交给你,把我的计划说清。你会知道你也是一位艾弗王子,必须肩负起国家的重任,准备接受萨马维亚的召唤。我努力帮你训练自己适应任何工作,你从未让我失望。"

"陛下,"耗子说,"我猜到了。那天晚上在山顶的老太婆那里,我就想大概如此,因为她那样看着——看着殿下。"

"叫'马可'吧,"艾弗王子插嘴说,"这样轻松些。他是我的军队,父亲。"

斯蒂芬·罗利斯坦严肃的眼睛湿润了。

"叫'马可'吧,"他说,"你是他的军队——而且不止如此——当我们两个都需要一支军队时。是你发明了那个游戏!"

"谢谢您,陛下。"耗子满面通红,"您给了我莫大的荣誉!但他一路上从来不让我服侍他,他说我们只是两个男孩。我想正是因此,一开始不容易想起来。但我脑子里一直在琢磨,直到后来,我有时都害怕自己会在不适当的时候说走嘴。到了地下洞窟里,我看到铸剑士们对他那么狂热——我知道一定是真的了。但我不敢说,我知道您要我们等待,所以我就等着。"

"你是一个忠实的朋友,"国王说,"而且你一直严格遵守命令!"

一轮明月在夜空中徐徐穿行——恰如暴风雨后在云彩裂隙间穿行的那轮明月,那一晚维也纳的亲王走上阳台,忽然听见黑暗的花园中传来男孩说话声。今晚皎洁的月光也把他们引到了阳台上——宽阔的大理石阳台,洁白如雪。银辉映照着展现在他们面前的一切——美丽的废墟中的城市、宏伟的王宫广场、残破的雕塑和拱门,还有那幽灵般的、失去了半个屋顶的大教堂,高高的祭坛裸露在夜空下。

他们站在那里凝视着。很静很静,全世界似乎都停止了呼吸。

"然后呢?"艾弗王子终于开口了,声音又轻又低,"然后呢,父亲?"

"伟大的事情会一件一件来临,"国王说,"只要我们做好准备。"

艾弗王子从那美丽的、银白的城市废墟面前转过脸来,把他棕色的手放在父亲的手臂上。

“那一夜在凸崖上——”他说，“父亲，你记得吗——？”国王望着远方，但点了点头。

“记得。那也会来临的。你能复述一下吗？”

“能。”艾弗王子说，“副官也能。我们讨论过一百遍了。我们相信它是真的。如果失踪的王子的后代被找回来统治萨马维亚，他将教给人民‘一’的法则。他将教给他的儿子——儿子再教给孙子——代代相传。这样，全世界都会了解这种秩序和法则。”